Clara Glass

MEIN WEG

ZUR

GEISTIGEN   EBENE

Impressum

© 2024 Clara Glass
Verlag: BoD · Books on Demand GmbH,
In de Tarpen 42, 22848 Norderstedt
Druck: Libri Plureos GmbH, Friedensallee 273,
22763 Hamburg

Bilder von:
Regina Thiessen Sommer S.24/ S.75/ S.89/ S.100/
S.117/ S.134/ S.155/ S.170
Martin Zakel S.55
Madhavi Veronika Broszinski S.202

ISBN: 978-3-7583-6911-7

Das Leben leben, aber wie?

Annehmen, wie es ist.

Vertrauen besitzen in eine Kraft,

die mehr weiß als wir.

Hoffnungsvoll sein, dass es so,

wie es ist, gut ist.

Wissen, dass alles in Liebe

verbunden ist.

In Dankbarkeit
Clara

Vorwort

Warum schreibe ich diese Zeilen? Was ist an meiner Geschichte so besonders, dass es andere Menschen lesen möchten? Ich glaube, es geht darum, Ihnen zu zeigen, dass es Hoffnung gibt. Alle, die durch ein tiefes Tal gehen mussten, werden gestärkt wieder daraus hervorgehen. Ich habe es erlebt. Ich kann es erzählen und aus tiefstem Herzen und tiefster Überzeugung sagen, dass es so ist.
Es gab Momente, in denen ich nicht wusste, wie ich das Leben aushalten soll. Ich fühlte mich ohnmächtig, den Ereignissen ausgeliefert, ohne Halt. Nach einer Zeit der Verwirrung war ich bereit, das Leben zu leben und nicht nur auszuhalten. Ich war bereit, mich auf den Weg zu machen, um Antworten zu finden.
Heute bin ich fest davon überzeugt, dass der, der den Mut hat zu suchen, auch belohnt wird.
Er wird belohnt mit Hoffnung, mit Stärke und der Gewissheit, dass die Dinge, die geschehen, einen Sinn haben, auch wenn wir ihn oft nicht verstehen können.
Wie viel von dem, was geschieht, ist mit der Geburt vorgegeben?
Hat der Mensch die Freiheit, selbst seinen Weg zu bestimmen? Oder ist das nur eine Illusion? Gibt es etwas, was uns lenkt und leitet und uns auf unserem Weg führt?
Meine Erkenntnisse beruhen auf meinen Erfahrungen. Jeder Mensch macht seine eigenen und kommt dabei einen Schritt weiter. Einen Schritt näher an das völlig bewusste Leben in Einklang und Harmonie. Ein Leben in Liebe.

Heute, am 6. Juni, sitze ich im Wohnzimmer am Esstisch, schaue auf das Blumenbeet, auf die Wand im Garten mit dem gestapelten Holz und blicke zurück.

Der 6. Juni 2011 ist der Tag in unserem Leben, an dem sich alles änderte, wirklich alles. Die Welt, die wir uns erschaffen hatten, brach zusammen. Es gab sie von einem Moment auf den anderen nicht mehr. Was ich damals noch nicht wusste: Es wird eine neue Welt entstehen, vielleicht sogar eine leichtere.

Es war Dienstag, der 7. Juni. Ich kam vom Sporttraining nach Hause und sah meinen Mann mit großen Augen an. Irgendetwas Schlimmes war geschehen. Ich sollte mich hinsetzen. Dann sprach er einen Satz: „Stev hat seine Frau getötet." Ich musste schreien und rief: „Nein, oh Gott, nein!" Er nahm mich in den Arm und wir fühlten gemeinsam einen riesigen Schmerz. Gedanken hatten sich aufgelöst, es gab nur Gefühl. Ein unermesslicher Schmerz erfasste mich, ich fühlte mich wie taub. Zweifel waren ausgeschlossen, es stimmte sicher.

Am Nachmittag erhielt mein Mann Besuch von einem Journalisten aus Berlin. Dieser Mann fragte ihn, ob er wisse, dass sein Sohn am Vortag seine Frau in Berlin getötet hatte. Er wäre sehr an Fotos und Informationen über ihn interessiert. Mein Mann war schockiert und wusste nicht, was er davon halten sollte. Er rief einen uns bekannten Strafverteidiger in Berlin an. Nach dem Gespräch stand fest: Es war so. Auf Empfehlung des Anwalts führte mein Mann kein Gespräch mit dem Journalisten und bat ihn zu gehen. Die „BZ" – Berlin schickte einen Mann aufs Dorf, um eine Story zu veröffentlichen, bei der es nur um Effekte ging. Menschliche Gefühle interessierten nicht. Der Journalist kannte den Lebenslauf unseres Sohnes. Woher hatte er die genauen Informationen? Arbeiten Polizei und Zeitung zusammen?

Die Tatsache ist: Unser Sohn Stev hat seine schwangere Frau getötet. Alles andere bleibt Spekulation und verliert an Bedeutung. Die Fragen nach dem „Warum" und die Fragen nach der eigenen Schuld bleiben offen und quälen dich jeden Tag. Nach einer solchen Nachricht ist der Mensch im Schockzustand. Denken geht nicht, fühlen verliert sich, handeln ist nicht möglich. Es existiert nur das eine Wort: „ Nein"! Der Vergleich mit einem schwarzen Loch im Universum ist angemessen. Es verdeutlicht das „Nichts", die Tiefe und Schwere dieses Zustandes. Nach ein paar Stunden kam ein Gedanke zurück. Ich wollte das Schlimmste, das Unvorstellbare, das Unfassbare erzählen. Ich rief gute Bekannte in der Nähe an und sie kamen sofort zum Reden. Dafür bin ich bis heute sehr dankbar. Mit dem Abstandsblick von über zehn Jahren erkenne ich, dass das tiefe Loch einer Spirale glich, die mich immer weiter nach unten zog. Ich musste etwas tun. Es begann ein neues, anderes Leben.

Mein Leben war bis dahin ein Leben mit Höhen und Tiefen, wie es die meisten Menschen erleben. Ich hatte eine behütete Kindheit, durfte einen Beruf erlernen und ausüben, den ich wirklich liebte. Ich wurde Lehrerin für Physik und Mathematik. Ja, ich war es gerne mit Herz, Energie, Leidenschaft, Ehrgeiz und Zielstrebigkeit. Dabei wollte ich die Kinder motivieren zu lernen, ihre eigenen Fähigkeiten zu erkennen und sie zu verbessern.

Als Schülerin der 9. Klasse wollte ich keine Lehrerin werden. Mein Vater war Lehrer für Mathematik und Physik und ich sah jeden Tag, was andere nicht sehen. Wie viel Arbeit nach dem Unterricht noch zu leisten ist. Die Schreibtischarbeit betrifft die Vorbereitungen auf den

Unterricht, die Ausarbeitung und Korrektur von Arbeiten, die Analyse von Ergebnissen, die Vorbereitungen von Elternversammlungen, Elterngesprächen, die Schülereinschätzungen, das Schreiben von Zeugnissen. Am Nachmittag stehen Konferenzen an, das Aufbauen von Experimenten für den Physikunterricht, die Betreuung der Schüler in verschiedenen Formen, Probleme der Klasse und des einzelnen Schülers, Klassenfahrten, Wandertage ... Die Liste ist lang. Ich wusste das und wollte mich nicht auf diesen Weg begeben.

Meine Eltern haben die Entscheidung mir selbst überlassen. Sie überredeten mich nicht, etwas zu tun, was ich nicht wollte. Was wollte ich? Das wusste ich nicht. Mein Klassenlehrer erkannte mein Potential und überredete mich, eine Aufnahmeprüfung an dem damaligen Pädagogischen Institut zu machen. Er sah, dass die Lehrerin in mir steckte und ich nicht mutig war, sie herauszulassen. Die Möglichkeit bestand, in einem Jahr die Voraussetzungen für ein pädagogisches Studium in den Fächern Mathematik und Physik zu erlangen. Da ich in einem Arbeiter- und Bauernstaat lebte (Diktatur des Proletariats) war die Zulassungsquote für die Intelligenzschicht begrenzt. Ich wurde angenommen. Das war eine Überraschung, denn im Innersten glaubte ich nicht daran. Nun begannen die Gedanken zu kreisen. Das Institut hatte ein Wohnheim. Würde ich mit den Mitschülern wohnen? Nein. Meine Eltern wollten mich zu Hause haben, da wir in der gleichen Stadt wohnten. Würde ich dort meinen zukünftigen Mann kennenlernen? Ganz sicher bei 1000 Studenten und Studentinnen.
Das Jahr zur Vorbereitung auf das Studium, der sogenannte Vorkurs war hart. Die Lehr- und Lernmethoden waren neu, die Lehrstoffe anspruchsvoll. Ich merkte schnell, dass meine Ergebnisse in Physik viel besser ausfielen als in

Mathematik. Als ein neuer Studiengang mit dem Hauptfach Physik und dem Nebenfach Mathematik angeboten wurde, entschied ich mich sofort dafür. Es gab noch einen zweiten Grund für diese Entscheidung. Meine Vorahnung hatte sich verwirklicht. Ich habe im Vorkurs meinen Mann kennengelernt. Im Wohnheim gab es eine kleine Party und ich wollte gerne tanzen. Also forderte ich einen gutaussehenden schüchternen Jungen zum Tanzen auf. Er wollte nicht und lehnte ab. Also ein Korb für mich. Na ja, dachte ich, dann eben nicht. Nach der Party geschah es dann. Er kam auf mich zu und entschuldigte sich dafür, dass er nicht mit mir getanzt hatte. Das war`s! So etwas hatte ich noch nicht erlebt. Da brach bei mir Neugierde, Wohlwollen, Interesse, Staunen hervor. Ich war bereit, mich wieder mit ihm zu treffen. Dann ging alles unheimlich schnell. Heute weiß ich, wieso. Wir waren füreinander bestimmt. Es war, als ob sich zwei unterschiedliche Magnetpole anzogen. Nach einem Jahr, mit 18, wurde ich schwanger. Das schlug ein wie ein Blitz. Nicht geplant und neben dem Studium kaum zu bewältigen. Was nun? Wir wollten es schaffen. Meine Eltern waren bereit, uns zu unterstützen, obwohl sich ihre Begeisterung in Grenzen hielt. Sie sahen natürlich mit Sorge, was in nächster Zeit auf uns zukommen würde. Es war ihre Idee, ob wir nicht heiraten wollten. Na ja, das könnten wir tun. Am 29. Mai 1969 heirateten wir mit achtzehn Jahren im kleinem Kreis. Wir waren die Ersten des Studienganges und die Voraussagen für ein langes Zusammenleben waren schlecht. Das wäre einfach zu früh. Nun sind es mehr als fünfzig Ehejahre und wir feierten die „Goldene Hochzeit". Die große Liebe war da und hat uns nie verlassen. Rezepte gibt es nicht, unabhängig vom Alter. Es muss passen und dazu kommen Verständnis, Anerkennung, Vergebung, Geduld, Glaube. Schwer, Worte zu finden. Gefühle sind da und schwer zu beschreiben. Und doch ist es ganz einfach: Ich liebe meinen Mann so, wie er

ist, ich habe es getan und werde es immer tun. Wir sind
füreinander da und begleiten uns auf unserem Lebensweg.
Es gibt einen Menschen, der mich beobachtet. Der große
Tanz unseres gemeinsamen Lebens konnte beginnen. Es ist
nicht wichtig, wie gut jeder Tanzschritt ausgeführt wird, es
kommt nur auf den gemeinsamen Rhythmus an. Für die
gleichen Schwingungen braucht es vor allem Liebe. Wenn
der Tanz beginnt, weiß man nicht, ob jeder Schritt gelingt,
ob man stolpert und ob man durchhält. Das Entscheidende
ist die Zuversicht zu haben, es gemeinsam zu schaffen.

Wir hatten ein Ziel vor uns: eine Familie gründen, das
Studium abschließen. So sollte es aber nicht kommen. Die
vorletzte Klausur schrieb ich schwanger und mit Fieber. Am
Nachmittag musste ich ins Krankenhaus. Eine
Nierenbeckenentzündung könnte Auswirkungen auf das
Baby haben. Also strenge Bettruhe und zur Beobachtung im
Krankenhaus bleiben. Ich nahm es an, so wie es war. Ich
wollte alles für mein Baby tun, damit es wuchs und gesund
zur Welt kam. In solchen Situationen kann ich ganz artig,
gehorsam sein und alle Anweisungen befolgen. Das
bedeutete still liegen, höchstens lesen und die weiße Wand
gegenüber anstarren. Ich hatte Glück. Es war ein Vier-Bett-
Zimmer und nach einiger Zeit durfte ich in das Bett am
Fenster wechseln. Das Hochzeitsfoto stand auf dem
Nachttisch und bei der Visite erklärte ich dem Arzt, dass
mein Mann (ein ungewohntes Wort) arbeiten ging, um die
Babykasse zu füllen. Er arbeitete in einem Sägewerk.
Es verging Woche für Woche in strenger Bettruhe. Ich
fühlte mich manchmal sehr allein und hilflos. So passiv
dazuliegen und nichts tun zu können, war schwer
auszuhalten. Nach vier Wochen, am 6. Juli, bekam ich
starke Blutungen. Die Ärzte entschieden, eine Geburt
einzuleiten. Mit Hilfe einer Pumpe wurde das Kind ganz

langsam herausgesaugt. Ich war wie im Nebel durch die Spritzen, die ich bekommen hatte. Nach längerer Zeit, ich weiß nicht, wie lange, wurde ein Junge geboren. Ralf war da. Ich hörte ihn schreien und bekam ihn nicht zu sehen. Er hatte ein Gewicht von 1050 Gramm. Für ein Frühchen im siebten Monat zur damaligen Zeit sehr wenig. Ich kam zurück in mein Zimmer, nicht auf die Entbindungsstation und schlief von den Medikamenten und Anstrengungen sofort ein.

Am nächsten Morgen wurde mir bei der Visite mitgeteilt, dass Ralf gestorben war. Er war zu klein und hat nur vierzig Minuten gelebt. Das war ein Schock. Ich drehte mich um und weinte in die Kissen. Mein Kind, unser Kind war tot. Die Schwangerschaft war nicht geplant, aber jetzt hatten wir schon einen Kinderwagen, erste Babykleidung und einen Plan, wie wir alles schaffen wollten. Die Vorfreude auf ein Kind, auf eine Familie war da. Das gerade aufgebaute Gedankenhaus zerbrach. Die Traurigkeit erfasste mich und der Wunsch, nicht allein zu sein.

Ich fühlte mich verlassen, ohne Beistand. Ich hatte dieses entstehende Leben gespürt, sein Wachsen und seine Tritte gefühlt. Ich wollte ihn, wir wollten ihn. Nun war er weg, obwohl er kaum angekommen war.

Beim Frühstück gab es dann den zweiten Schock. Ich hatte gerade eine Kleinigkeit im Sitzen zu mir genommen, da betrat eine Krankenschwester das Zimmer. Sie wollte zu mir und stellte mir die Frage, ob ich einverstanden war, dass das Krankenhaus Ralf der Universität für Forschungszwecke übergab. Vor ein paar Stunden hatte ich erst erfahren, dass mein Baby tot war, und nun diese Frage. Ich war wie gelähmt. Gedanken hatte ich keine. Ich wusste nur, dass ich Ralf nicht mit nach Hause nehmen konnte. Meine Antwort lautete „Ja" und ich leistete eine Unterschrift, denn es musste sofort entschieden werden. Aus heutiger Sicht auf mein Leben weiß ich, dass diese

Ereignisse ein Trauma bei mir ausgelöst haben. Nach über vierzig Jahren konnte ich dieses auflösen. Ich habe den ganzen Schmerz aus mir herausgeschrien. Damals habe ich ihn versteckt, weggeschlossen. Er blieb bei mir, fast mein ganzes Leben. Es war wie eine Starre, die über den Körper kommt. Der Körper funktioniert und die Seele leidet. Der Schmerz konnte nicht heraus, er blieb unaufgelöst. Am Nachmittag bekam ich Besuch, an den folgenden Tagen auch. Genaueres habe ich über diese Zeit nicht behalten. Ich stand nach ein paar Tagen allein in meinem Zimmer bei meinen Eltern und kam mir sehr verloren vor. Ich kann mich an fast nichts erinnern. Ich trug einen gelben Pulli und einen dunkelgrünen kurzen Rock, in den passte ich ja nun wieder hinein. Ich stand mitten im Zimmer und hatte das Gefühl, dass die Zeit stehen blieb.

Vielleicht tut sie das ja auch für einen Moment, aber das Leben geht weiter. Der Fluss des Lebens fließt und reißt dich mit. Auch wenn du noch nicht bereit bist, du musst wieder mit. Ich fuhr zum Institut, um meine letzte Prüfung nachzuholen. Der zuständige Dozent empfing mich mit den Worten: „Na, nun wissen Sie, wie Sie sich zu verhalten haben."
Wie hatte ich mich denn zu verhalten? Die Liebe hatte zwei Menschen zusammengeführt. Gut, die Zusammenführung war eher wie ein Zusammenprall. Die Gefühle hatten die Oberhand und der Verstand war geschrumpft. Das ist doch nichts Falsches, dachte ich. Aber der Verstand musste nun größer werden. Es betraf das Verhütungsproblem. Wir hatten uns im Jahr 1969 keine Gedanken gemacht. Zwei verliebte, naive, junge Menschen hatten sich Hals über Kopf verliebt. Nun tauchte die Frage auf: „Was können wir tun?" Ich besuchte meinen Frauenarzt und der erklärte mir, was geschehen war. Ich besitze zwei Gebärmütter, die mit

einer Trennwand verbunden sind. Das tritt etwa bei 1000 Frauen ein Mal auf. Das Kind konnte sich in einer Hälfte nicht ausreichend entwickeln. Bei einer nächsten Schwangerschaft wären die Bedingungen günstiger, aber immer noch schwierig. Er empfahl mir eine Babypille, da eine andere Form der Verhütung nicht in Frage kam. Die sogenannten „Babypillen" waren neu auf dem Markt und mussten selbst bezahlt werden. Sie kosteten 7Mark der DDR. Der Arzt begründete diesen Betrag mit den Worten: „Mit 7 Mark wäre es nicht möglich, ein Kind zu ernähren". Damit hatte er natürlich Recht. Wir kannten eine Bezahlung von Medikamenten in unserer Gesellschaft nicht. Der Schock des Geschehenen saß so tief, dass ich alles unternommen hätte, damit so etwas nicht wieder passiert. Wurde über das Geschehene gesprochen? Gab es Hilfe für meine kranke Seele? Nein. Ich war verheiratet, hatte einen neuen Namen, hatte unser Kind verloren und alles andere sollte einfach weitergehen. Es ging weiter. Deckel drauf und los.

Die Prüfungen lagen hinter uns und das neue Studienjahr begann. Ich wohnte in einem halben Zimmer bei meinen Eltern. Das zweite Studienjahr gehörte zum Grundstudium und es gab ein neues Angebot für die Pädagogikstudenten mit der Fachrichtung Mathematik/Physik. Das Institut hatte die Idee, eine neue Ausbildung mit dem Hauptfach Physik anzubieten. Das bedeutete, nach dem Grundstudium folgte eine intensive Ausbildung in Physik und Mathematik war abgeschlossen. Das gefiel mir sehr, denn in Physik war ich einfach besser. Mein Mann entschied sich sofort für diese Richtung. So wurde eine Seminargruppe P/M mit achtzehn Studenten eröffnet, sechzehn Jungen und zwei Mädchen. Ob Fachvorlesungen oder Seminare, wir waren immer achtzehn. Da fiel sofort auf, ob jemand fehlte oder etwas nicht konnte. Ab diesem Jahr waren wir zwei immer zusammen. Wir saßen nebeneinander, lernten gemeinsam, führten die langen experimentellen Praktika durch, stritten über Fachfragen und diskutierten hart über die Wege zum Ergebnis. Wir haben dadurch viel gelernt. Über die Naturwissenschaft Physik, aber auch über uns, die Gemeinsamkeiten und das Trennende. Mein Mann mochte nicht tanzen, aber ich liebe tanzen. Ich glaube, es fehlte ihm nur der Mut dazu. Beim Studentenball wollte er nicht mit mir tanzen, also habe ich gesagt: „Wenn du nicht mit mir tanzt, tanze ich mit anderen." Das hat ihn umgestimmt und er bemüht sich seitdem, das Tanzbein zu schwingen. Wir tanzen nun schon über fünfzig Jahre durch das Leben. Ich habe die Vorstellung, dass das Leben ein Tanz ist. Die Schwingung erfasst dich und du hast mit deinem Partner den gleichen Rhythmus. Es kommt nicht auf die exakten Schritte, auf die Korrektheit an. Die Leichtigkeit, die Übereinstimmung, die Freude beim Tanz ist entscheidend. Wir haben sie gefunden. Was für ein Glück!

Die finanzielle Situation eines Studenten ist schwierig. Wir hatten aber auch Vorteile. Für eine günstige Unterbringung im Wohnheim war gesorgt. Dazu gehörten zwei Räume zum Lernen für vier Studenten und ein gemeinsamer Schlafraum für acht. In der Mensa konnten wir für wenig Geld essen. Die Kosten der Ausbildung übernahm der Staat. Dadurch sollte es jedem möglich sein zu studieren, wenn er angenommen wurde. Die Fachbücher waren teuer. Ich hatte Glück und durfte beim Professor für Physikmethodik als Hilfsassistentin arbeiten. Das bedeutete 30 M monatlich dazu. Außerdem erhielt ich ein Leistungsstipendium in Höhe von 30 M. Jetzt konnten wir mal ins Kino, in die Milchbar, in der „Jugendmode" einkaufen und regelmäßig ins Theater. Mein Mann hatte weniger Geld, aber Probleme gab es deshalb nie. Das Geld kam in eine gemeinsame Kasse und wurde gemeinsam ausgegeben. So blieb es unser ganzes Leben bis heute.

Ein weiterer Punkt machte uns das Leben einfach. Wir hatten nur zu lernen und keine weitere Verantwortung. Wer zielstrebig und pflichtbewusst lernte, erzielte Erfolge. Die Lernzeiten zogen sich hin und manchmal bis in die Nächte. Unsere Ausbildung war sehr gut. Das wurde uns in unserer Lehrtätigkeit sehr bewusst. Insbesondere im Fach Methodik war die Ausbildung gegenüber der an einer Universität wesentlich besser. Innerhalb von vier Jahren wurden wir systematisch an den Beruf herangeführt. Hier liegt nach meiner Ansicht ein großer Vorteil bei den Fachhochschulen. Sie sind spezialisiert und konzentriert auf einen Beruf. Der Lehrerberuf braucht keine zweijährige „Probezeit" nach dem Studium, wenn die Ausbildung sehr gut ist. Schon im 3. Studienjahr durften wir im Beisein von Betreuern des Institutes Probestunden geben. Sie wurden unmittelbar innerhalb einer Gruppe besprochen und ausgewertet. In den Ferien wurden wir für die Betreuung von Kindern eingeteilt. Danach absolvierten wir ein mehrmonatiges Praktikum an einer Schule mit Hilfe von Lehrern und Betreuern. Die Methodik Ausbildung ist für mich das Entscheidende am Lehrerberuf. Das Fachwissen ist eine gute Voraussetzung. Es geht aber darum, wie ich den Stoff den Kindern vermitteln kann. Das ist der Unterschied zu einem Mathematiker oder Physiker. Mir hat es sehr geholfen, ein Verständnis für das Kind zu haben und trotz einer Zielstellung vom Stoff her, Geduld zu üben und neue Ideen zu finden. Immer auf der Suche nach den individuellen Fähigkeiten der Kinder.

Am Ende unseres Studiums konnten wir das Diplom mit „Sehr gut" abschließen. Das machte uns stolz, wir hatten es geschafft. Wir waren Diplomfachlehrer. Mit dem Schaffen ist das so eine Sache. Ein Lebensabschnitt geht zu Ende und ein neuer beginnt. Es wurden mit uns Gespräche geführt, wo wir als Lehrer arbeiten werden. Der Staat hatte unsere Ausbildung finanziert und vertrat die Auffassung, dass wir dort arbeiten gehen, wo uns der Staat hinschickt. Ich erhielt ein Angebot für eine Doktorarbeit im Bereich Physikmethodik. Das lehnte ich ab. Wohnraum gab es nicht. Also hätte es bedeutet, für die Zeit der Dissertation weiter bei meinen Eltern zu wohnen. Der Titel „Frau Doktor" hätte sich gut angehört, aber mehr Bedeutung hatte er für mich nicht.

Wir wollten ein gemeinsames, unabhängiges Leben beginnen. Also gemeinsam aufs Land?

Ich lehnte wieder ab und wurde zu einem Gespräch mit der Bezirksschulrätin bestellt. Meine Vorstellungen vom Leben auf dem Land waren furchtbar. Die Schulrätin hatte einen strengen, großen Dutt und redete auf mich ein. Da platzte mir der Kragen. Sie könne leicht reden, denn sie lebte in der Stadt. Auf dem Land war man doch weg vom Schuss. Wir besaßen kein Fahrzeug, waren auf den Bus angewiesen. Es gab ein Lockmittel. Eine Eineinhalb-Zimmerwohnung und ich könnte nach drei Jahren wieder weg. Also stimmte ich zu.

Ich wusste damals nicht, dass ich mir diesen Ort und diese Schule schon längst ausgesucht hatte. Im Traum hatte ich sie gesehen, bevor ich da war. Mein Mann und ich kamen an dieselbe Schule als Mathematik-/ Physiklehrer. Ich war mir nicht sicher, ob das gut war. Es wäre mir lieber gewesen, wenn jeder an einer anderen Schule unterrichtet hätte. Später stellte sich heraus, dass es perfekt war, so wie es war. Wir konnten uns gegenseitig helfen, zeitlich abstimmen und trotzdem hatte jeder seinen Freiraum. Wir trafen eine Abmachung, die wunderbar klappte. Nach dem Unterricht tranken wir zu Hause einen Kaffee, sprachen über die wesentlichen Ereignisse und dann war das Thema beendet.

Vor Beginn des neuen Lebensabschnittes gab es etwas Schönes für uns. Mein Bruder verkaufte mir sein Motorrad.

Eine Jawa mit 175 cm³. Endlich etwas Fahrbares! Ich machte die Fahrerlaubnis und traf auf einen Fahrlehrer, der Fan von „Jawa"-Motorrädern war. Jeder musste sein Motorrad für die praktischen Fahrstunden mitbringen. Kaum hatte er meins gesehen, saß er auch schon drauf und fuhr eine Runde. Der 1. Gang lag oben, man musste ihn mit dem Fuß hochziehen und die anderen dann nach unten drücken. Da es ein gebrauchtes Krad war, sprang der 1. Gang manchmal raus. Dann hieß es: Ruhe bewahren und noch einmal versuchen. Kaum hatte ich meine Fahrerlaubnis, wollte ich im Sommer fahren. Es ging los mit meinem Schatz auf dem Rücksitz. Nach einem Stopp bei der Oma machte das Anfahren genau die Schwierigkeiten mit dem 1. Gang. Ich behielt nicht die Ruhe, zog das Gas, das Motorrad kam vorne hoch wie ein Ziegenbock und ich lenkte es gegen einen Betonpfeiler. Wir flogen über den Lenker und lagen verteilt auf der Straße. Die Vordergabel war verbogen und wir mussten von unserem ersten Lohn wohl investieren, denn ein Fahrzeug war für mich unverzichtbar. Dadurch hatte ich ein Gefühl von Unabhängigkeit und Freiheit. Außerdem konnte ich meine Elternbesuche mit dem Motorrad machen. Ja, damals besuchten die Lehrer die Eltern zu Hause. Das Ergebnis des kleinen Unfalls war neben Schäden am Krad Blessuren an unseren Körpern. Ich hatte nur einen Gedanken: „Jetzt stehst du am ersten Schultag zur Begrüßung vor allen Schülern im Minikleid und jeder kann deine blauen Flecken sehen." Ich glaube, es hat niemand meine Flecken beachtet. Ich bekam eine 6. Klasse als Klassenlehrerin. Ich war die 7. für die Kinder. Die Klasse war im ersten Jahr sehr schwierig. Es gab keine Ordnung und die Meinung, dass ich bestimmt in ein paar Jahren wieder gehen würde. Das Kollegium erwies sich als nett und feierfreudig. Die Lage des Dorfes war zentral zwischen zwei Städten und die Ostsee war nicht weit.

Es packte mich der Ehrgeiz, mit den Kindern klarzukommen, und es entstand eine Liebe zum Beruf. Die täglichen Aufgaben waren das eine, aber wenn dich alle Augen erwartungsvoll ansehen und du die Chance bekommst, etwas zu bewegen, ist das ein tolles Gefühl. Es gab für mich eine Parallele zum Schauspieler. Der Vorhang öffnet sich (die Klassentür öffnet sich), der Schauspieler (der Lehrer) tritt auf. Alle schauen zu ihm hin, du spürst die Erwartung, du spürst die Anspannung und möchtest sie halten, sie umsetzen in Aktivität, in Motivation und zum Schluss in Erfolg. Der Erfolg wird nicht durch eine bestimmte Zensur deutlich, sondern durch das Ergebnis mit dir selbst. Der Zuschauer (der Schüler) hat etwas gelernt und du hast ihn dahingeführt. Es gelingt nicht immer, es bedarf Geduld, Ausdauer und Orientierung. Ich hatte das Gefühl, dass ich die Fähigkeiten besaß, Lehrerin zu sein. Mein Vater, der selbst Lehrer war, hatte mir gesagt: „Du brauchst sieben Jahre, um es genau zu wissen." Ich wusste es früher.

Die ersten zwei Jahre waren wir mit unserer Arbeit voll beschäftigt. Wir besaßen keinen Fernseher, nur ein Radio und als Erstanschaffung einen Plattenspieler. Das Anfangsgehalt war gering, aber wir wollten alle Dinge nach und nach anschaffen. Dazu gehörten ein zweiflammiger Gaskocher, ein alter Tisch zersägt und angestrichen als Schreibtisch. Ein alter Kleiderschrank von der Oma wurde ebenfalls angestrichen (in weiß mit großen Kreisen). Neu war eine Doppelbett-Couch zum Ausziehen. Wir hatten eine gute Arbeit, nette Kollegen und das Dorf war irgendwie nicht mehr ganz so schlimm. Und wir hatten uns. Einmal die Woche ging mein Mann zum Fußball und ich zum Handball. Ich spielte schon als Schülerin. Im Nachbarort gab es eine Frauenmannschaft in der Bezirksliga, immerhin. Das bedeutete in der Woche Training und am Wochenende

Punktspiele.

Seit der Geburt unseres ersten Kindes waren fünf Jahre vergangen und es kam die Frage auf,
ob wir keine Kinder mehr bekommen können. Doch, wir konnten, aber wir wollten nicht. Die Angst war so groß und saß so tief, dass uns dasselbe Schicksal wieder treffen könnte. Wir wussten, dass der Verlauf der Schwangerschaft schwierig sein würde und ein Risiko für das Kind bestand. Wir hatten Sehnsucht nach einem Kind und wollten es mutig probieren. Es sollte klappen und die Hoffnung besiegte die Angst. Die Schwangerschaft wurde sofort als Risikoschwangerschaft eingestuft. Ich bekam Beruhigungstabletten und wurde zu einer Kur geschickt. Innerhalb der Kur traten Probleme auf und die Ärzte entschieden, den Muttermund zuzunähen. Ich war zu allem bereit. Hauptsache ein gesundes Baby. Mein Mann besuchte mich mit dem Motorrad und versuchte, seine Angst nicht zu zeigen. Bis zum siebten Monat konnte ich das Kind halten, dann kam es zum Blasensprung und zur Einlieferung in die Klinik. 1975 war die individuelle Betreuung nicht sehr hoch. Ich lag auf dem Flur in der Warteschleife, da es viele Entbindungen an diesem Abend gab. Mein Muttermund öffnete sich und keiner dachte daran, dass er zugenäht war, bis ich in den „Kreißsaal" kam. Ultraschall-Untersuchungen gab es nicht, sodass im Vorfeld nicht festgestellt wurde, dass unser Baby verkehrt herum lag. Es war eine Fuß-Steißlage, aber gemeinsam haben wir es geschafft und ein gesunder Junge kam auf diese Welt. Unser Frank war sehr klein (48 cm, unter 2500g) und ganz blau mit geringer Körpertemperatur. Ich durfte ihn kurz spüren, für einen Moment wurde er mir auf die Brust gelegt. Dieser Augenblick war erfüllt von Glückseligkeit. Ich wollte ihn behalten, aber das ging nicht. Die Schwestern wickelten ihn so, wie er war, ohne ihn zu waschen, zogen ihn an und mein Baby wurde in die Kinderklinik in einen Glaskasten

gebracht. Mein Herz weinte, aber mein Verstand wusste: Es muss sein. Dort blieb er vier Wochen, bis wir ihn abholen durften. Ich hatte den festen Glauben, dass alles gut werden würde. Wir hatten ein Baby bekommen.

Die riesige Freude, das große Glück mischten sich trotzdem mit dem Angstgefühl, dass unserem Kind etwas passieren könnte. Ich lag in einem Acht-Bett-Zimmer auf der Entbindungsstation. Die anderen Mütter bekamen ihre Babys zum Stillen und ich nicht. Wenn die anderen Babys kamen, drehte ich mich auf die Seite und tat, als ob ich schlief. Mit meinen Gefühlen war es wie im Karussell. Freude, Angst, Hoffnung, Schmerz, alles vermischte sich. Ein Mal am Tag bei der Visite hörte ich einen Bericht über den Zustand unseres Babys. Da die Entbindung schwierig war, musste ich zehn Tage fest liegen, danach fuhr ich ohne Baby nach Hause. Wieder ohne Baby, aber voller Hoffnung. Die frohe Erwartung besiegte wieder die Angst.

Bei der Entbindung konnten die werdenden Väter anwesend sein, aber nur bei „normalem" Verlauf. Üblich war es nicht, dass die Männer bei der Geburt im Krankenhaus dabei waren. Ich wollte eine starke Frau sein und es alleine durchziehen. Nun stellte ich fest, dass es schön gewesen wäre, meinen Mann an meiner Seite zu haben, seine Hand zu drücken. Das Gefühl der Einsamkeit kam durch. Die Freude über unser Baby überwog alles. Wir warteten auf einen Anruf aus der Kinderklinik. Ich weiß bis heute, wie unser Frank aussah, was er anhatte, was die Schwester sagte, wie ich mit ihm im Auto saß. Ich fühlte mich im Himmel, nicht auf der Erde. Die Liebe strömte nur so durch mich durch.

Leider hatten die Ärzte nach längerer Beratung entschieden, dass ich nicht stillen durfte. So bekam unser Sonnenschein von Anfang an künstliche Babynahrung. Wenn ich heute auf diese Zeit und die Ereignisse zurückschaue, fühle ich immer noch diese gemischten Gefühle. Es ging um das Überleben unseres Sohnes. Das war die Hauptsache, aber ich bin mir nicht sicher, ob die sofortige Entfernung von der Mutter Spuren hinterlassen hat.

Ist dadurch die innige Beziehung, die zwischen Mutter und Kind besteht, angeschlagen worden? Ich stelle mir vor, ein Mensch kommt auf diese Welt und niemand ist da, der ihn empfängt. Leidet das Vertrauen in diese Welt nicht darunter? Muss nicht ein Gefühl von Einsamkeit und Angst entstehen? Die Schwestern in der Klinik bemühten sich sehr, sie waren aber nicht die Eltern. Besuche waren nicht erlaubt. Kann man dem Neugeborenen auch später noch die Geborgenheit und das Vertrauensgefühl geben? Ich weiß es nicht. Wir haben es versucht, konnten aber die Sorge um unseren Jungen nie ganz ablegen.

Nach der Ankunft in unserem Zuhause, einer 1,5-Zimmer-Wohnung im Neubaublock mit Ofenheizung, mit einer verhältnismäßig großen Küche und einem Bad veränderte sich unser Leben total. Alle Eltern dieser Welt kennen das Gefühl, wenn ein winziges, hilfsbedürftiges Wesen in die Familie kommt. Die volle Aufmerksamkeit und Fürsorge richten sich auf den Neuankömmling. Hinzu kommt die Aufregung, etwas falsch zu machen. Die Hebamme kommt kurz vorbei und dann heißt es, sei mutig und übernimm die Verantwortung. Es war März und wir haben tüchtig geheizt. Bestimmt war es für unser Baby manchmal viel zu warm. Die künstliche Nahrung hatte den Nachteil, dass der Stuhlgang hart wurde und unser Spatz war so winzig und klein. Beim Baden fing er an zu zittern vor Kälte. Alle vier Stunden gab es die Flasche. Er sollte zunehmen. Das tat er auch, bis die Ärzte meckerten, dass er zu dick sei. Durch die Risikoschwangerschaft, die schwierige Frühgeburt wurden wir regelmäßig zur Kontrolle und Beobachtung in die Universitätsklinik eingeladen. Für mich als Mutter war das sehr beruhigend, auch wenn der Aufwand hoch war.

Ein Auto hatten wir nicht, also wurden wir mit dem Sammeltransport zur Klinik gefahren und zurück, bis der letzte Patient wieder zu Hause war. Bedrückend war die Tatsache, dass die Mütter nach sechs Wochen ausgehend vom Geburtstermin wieder zur Arbeit mussten. Das ist viel zu früh.

Später habe ich mich gefragt: Warum hast du das mitgemacht? Ich weiß es nicht. Das Gesetz war so. Als Lehrerin brauchte ich keine Angst um meinen Arbeitsplatz zu haben. Die Erwartungshaltung in der Gesellschaft war klar. Du gehst arbeiten. In anderen Gesellschaften erwartete man von der Frau, dass sie zu Hause bei den Kindern blieb und nicht arbeiten ging. Die Frauen in der Welt sind in großer Zahl sehr gehorsam. Sie erfüllen die Erwartungen und stellen ihre Bedürfnisse nach ganz hinten. Natürlich ist eine Mutter zuerst für ihre Familie da, aber wieweit geht diese Fürsorge? Häufig wird es als Egoismus dargestellt, wenn eine Frau auch ihre eigenen Bedürfnisse verwirklichen will. Ist es das wirklich?

Mein Traum war eine Familie und dieser Traum erfüllte sich gerade. Einen Krippenplatz für unser Baby erhielten wir nicht. Die einzige Krippe gehörte zu einem Betrieb, also kein Zugang für Lehrer. Wir konnten eine ältere Dame zur Betreuung gewinnen, allerdings nur halbtags. Das bedeutete für uns eine extreme Zeitplanung. Wir waren bereit und freuten uns über die prächtige Entwicklung von unserem kleinen „Spatz".

Jeder Mensch braucht in seinem Leben Halt und Orientierung. Ich erhielt sie in der Familie und in der Naturwissenschaft. Mein Beruf war meine Pflicht, aber auch mein Bedürfnis. Ich wollte alles schaffen, ich wollte alles lösen. Es fühlte sich richtig und gut an. Mein Mann liebte mich, unser Kind konnte ich immerzu drücken und im Beruf gab ich mein Bestes.

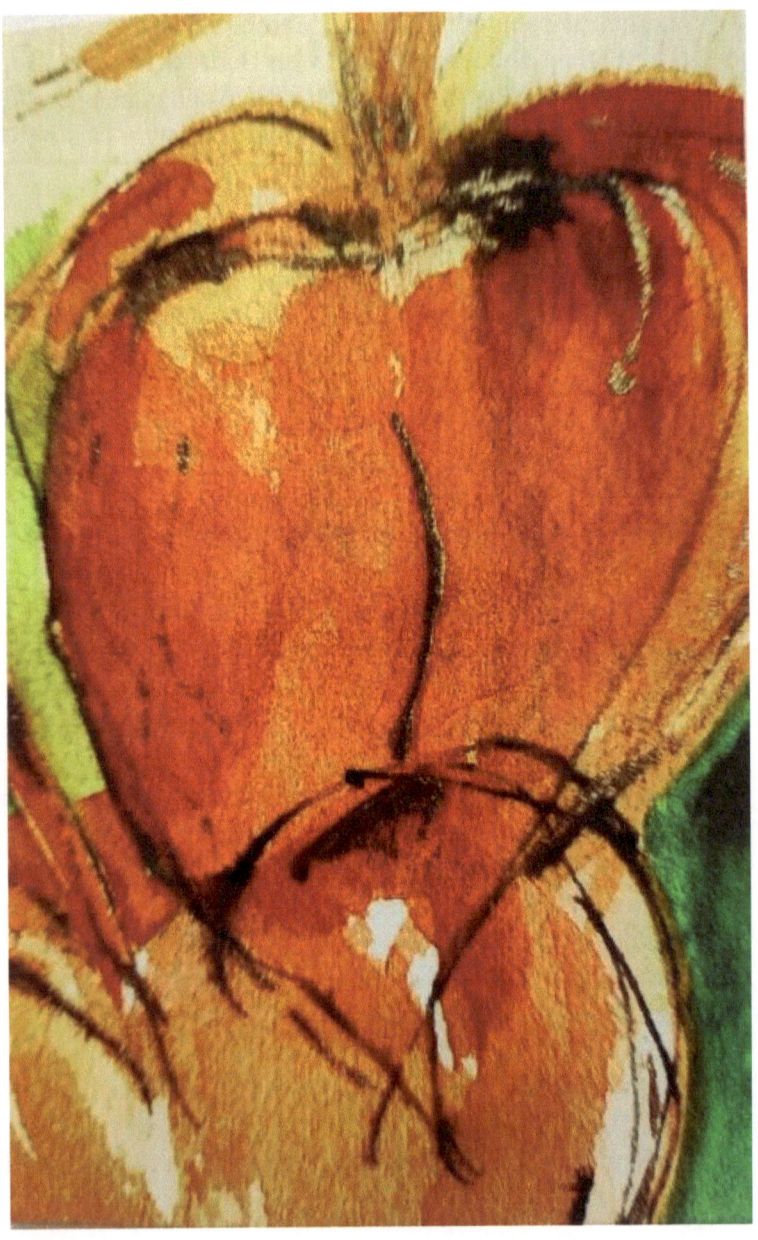

Die Physik ist für mich die Wissenschaft, die vieles erklären kann. Wenn ich den Verstand fordere, komme ich sehr weit. In der Entwicklung der Wissenschaft sind die Menschen ständig zu neuen Erkenntnissen gekommen. Sie haben entdeckt, wie sie sich das Leben erleichtern können. Sie haben Antworten gefunden auf Fragen, die die Menschen über Jahrhunderte beschäftigten. Das ist beeindruckend. Die Wissenschaft kann dir Halt geben. Du kannst an sie glauben. Sie ist eine Möglichkeit für Erklärungen. Die Neuorientierung begann mit Einstein. Große Erkenntnis: Nichts ist absolut, alles ist relativ. Alle Gesetze, die wir in der Schule, im Studium kennenlernen und analysieren, gelten nur unter bestimmten Bedingungen. Die Natur ist aber ein Ganzes. Wenn ich sie erkennen wollte, kam ich an meine Grenzen, um Antworten zu finden. Ich glaubte an die Wissenschaft, ich wollte glauben. Alle lernen den Energieerhaltungssatz: „Energie kann nicht entstehen oder verloren gehen, sie kann nur umgewandelt werden. Die Summe aller Energien ist konstant".

Wenn dieses Gesetz allgemeingültig ist, kann es auch auf die gesamte Natur übertragen werden. Also auch auf den Menschen. Hier begannen meine Zweifel an der Wissenschaft, die als Fels in der Brandung steht und immer eine Antwort weiß. Ich habe weiter unterrichtet, 34 Jahre lang. Die Aussagen der Wissenschaft sind richtig, nur nicht absolut. Sie sind begrenzt.

Sie sind eine große Hilfe für den Menschen, genau wie der Verstand. Sie sind nicht alles! Wenn du dich an die Gesetze hältst, bist du auf der sicheren Seite. Du hast die Wissenschaft verstanden, du kannst sie anwenden. Experimente liefern die Beweise. Die Mathematik unterstützt dich beim Begründen. Alles ist in Ordnung. Du lebst in deiner Ordnung.

Eine sehr schwere Bewährungsprobe kam auf uns zu. Wir wussten damals noch nicht, dass es nicht die schwerste in unserem Leben sein sollte. Mein Mann wurde mit 26 Jahren zur Armee einberufen, für 1,5 Jahre zu den Grenztruppen. Die oberste Grenze für eine Einberufung war 27 Jahre. Es traf uns wie ein Blitzschlag. Unser Baby war ein Jahr alt. Das interessierte niemanden. Da mein Mann keine Verwandten in Westdeutschland hatte und im Osten gerade eine Familie gründete, war er der perfekte Kandidat für die „Grüne Grenze". Das bedeutete für ihn ein halbes Jahr Grundausbildung und ein Jahr Wache stehen an der Grenze, an der es jeden Augenblick zum Ernstfall kommen könnte. Urlaub gab es je nach Situation nach drei bis sechs Monaten. Als die DDR zusammenbrach, gab es die Meinung, dass er das doch hätte ablehnen können. Wir lebten in einer Diktatur. Was wäre passiert? Entlassung als Lehrer mit der Empfehlung, dass er bei keinem Betrieb eine Arbeit erhält? Vielleicht auch Inhaftierung oder Arbeitsbrigade? Von außen ist es immer leicht zu beurteilen, aber der Druck, der auf dem Mann mit Familie ausgeübt wurde, war groß. An der Grenze standen die Männer ständig unter Druck. Wer Befehle nicht ausführte, dem drohte das Gefängnis in Bautzen. Jeder hoffte, dass in seiner Wachschicht nichts passierte. Es gab einen Schießbefehl.

Mein Mann kam vollständig ergraut von der Armee wieder nach Hause. Wir waren es gewohnt, alles gemeinsam zu lösen, die Aufgaben zu teilen und uns zu unterstützen. Für mich gehörte diese Zeit damals zu den schwersten. Der einzige Vorteil: Ich bekam einen Krippenplatz für unseren Kleinen. Er fühlte sich dort wohl, denn er hatte Kinder zum Spielen. Die Einrichtung war klein und die Betreuerinnen sehr besorgt und aufmerksam.

Für mich war es schwer, alle Anforderungen über diese lange Zeit alleine zu erfüllen. Meine erste Klasse als Klassenlehrerin erreichte die Abschlussklasse. Die Schüler hatten sich weiterentwickelt. Ich konnte mich auf sie verlassen. Am Ende der zehnten Klasse wollten wir zum Camping nach Berlin. Größere Probleme gab es nicht. Ich musste zwar ein Feldbett im Zug mitnehmen, um beim Zelten keine Blasenentzündung zu bekommen. Aus heutiger Sicht war das eine völlige Überforderung für mich. Ich hatte mir das in den Kopf gesetzt und wollte es durchziehen. Ich fühlte mich stark und musste feststellen, dass ich mich übernommen hatte. Hilfe, Unterstützung gab es fast nicht. Das „Paket" wurde zu schwer zum Tragen. Die Aufgaben in der Schule, das Kleinkind, der Garten, das alte Auto, die Angst, krank zu werden, waren zu viel. Zum Ende der Armeezeit nahm ich täglich fünf starke Beruhigungstabletten und zum Camping bin ich mit einer Klasse nie mehr gefahren. Organisierte Reisen konnten es eher sein.

Nachdem wir zehn Jahre in der 1,5-Zimmer-Wohnung gelebt hatten und unser Spatz zur Schule kam, wurde es zu eng. Zwei Schreibplätze für uns, einen für unseren Sohn und drei Schlafplätze. Es ging nicht. Eine größere Wohnung gab es nicht. Nun ja, es wurden neue Wohnblöcke gebaut, aber nur für Betriebsmitarbeiter, nicht für Lehrer.

Wir entschlossen uns, ein Ultimatum zu stellen. Entweder eine größere Wohnung oder wir müssten in eine Stadt ziehen. Ach, wirklich, ich wollte bleiben. Wer hätte das vor zehn Jahren gedacht? Nun gab es auf Anweisung von „oben" doch eine Wohnung für uns. Zwei Mathematik-/ Physiklehrer waren nicht so einfach zu ersetzen. Drei Zimmer, Bad, Küche und Schwerkraft-Zentralheizung. Wow!! Die Wohnblöcke wurden vom Staat gebaut und dem Betrieb (Milchviehanlage) zur Verfügung gestellt. Das neue Wohngefühl hatte etwas von mehr Raum (72 qm), mehr Luft, weniger Aufwand beim Heizen (nur eine Feuerstelle), sich zurückziehen können. Ich war jetzt 31 Jahre alt. Da kam die Idee von einem zweiten Kind. Platz hätten wir ja.

Unsere Angst war immer noch da, aber nicht mehr so stark. Wir hatten einen Sohn. Also wollten wir es mutig versuchen. Und siehe da, es gelang und sogar ohne Probleme. Wir bekamen einen zweiten Sohn: Stev. Ich war zwar die Älteste bei der Entbindung, aber diesmal konnte ich mein Baby behalten. Es war wieder ein Frühchen, aber größer und stillen durfte ich es auch. Ich konnte unseren „kleinen Spatz" mit nach Hause nehmen. Die Aufregung und Spannung war groß. Unser Leben würde sich ändern. Es gab eine neue staatliche Regelung, so dass ich für ein Jahr zu Hause bleiben durfte. So verändert sich das Leben. Nichts bleibt, wie es ist. Diese gemeinsame Zeit hätte ich mir auch für unseren älteren Sohn Frank gewünscht.
Nach einem Jahr mit Kind und Hausarbeit zog es mich wieder in die Schule. Ich fühlte, dass es meine Aufgabe war zu unterrichten. Ich brachte „unseren Spatz" zur Kindereinrichtung, die neu gebaut wurde. Als ich ihn abgegeben hatte, habe ich den ganzen Weg zur Arbeit geweint.
Die Frage, die später an mich gestellt wurde, ob ich mein Kind nicht nur abgegeben habe und die Erziehung anderen überlassen habe, kann ich mit ruhigem Gewissen beantworten. Sie lautet: „Nein".
Wenn Kinder eine Zeit des Tages mit Kindern verbringen, lernen sie viel für ihr weiteres Leben. Dazu gehören Gemeinschaftssinn, Einordnen in eine Gemeinschaft, Nachgeben, gemeinsames Lernen durch Spielen mit anderen Kindern, Vergleichen von eigenem und dem Verhalten von anderen Kindern, Durchsetzen. Die wichtigen Dinge des Lebens lernen sie immer von ihren Eltern. Sie werden geliebt. Sie lernen, Vertrauen zu haben, sie lernen Regeln in der Familie einzuhalten, sie fühlen Geborgenheit, Verlässlichkeit, Aufmerksamkeit, Fürsorge, Beachtung, Respekt. Ich bin der Meinung, dass eine Kindereinrichtung den Kindern gut tut. Sie sollten nur nicht

zu früh vom Alter her hingebracht werden und am Tag (wenn es geht) nicht zu lange bleiben. Da alle Menschen verschieden sind, wird es für die Kinder natürlich unterschiedlich empfunden. Unser ältester Sohn wollte z.B. nach der Schule am liebsten gleich in den Hort. Dort hatte er Kinder zum Spielen. Das gefiel ihm besser als allein zu Hause. Nun haben wir zwei Söhne mit einem Altersunterschied von fast neun Jahren. Wenn man genau hinsieht, sind es zwei Einzelkinder.

Die Herausforderung für uns als Eltern bestand darin, noch einmal ganz von vorne anzufangen. Das hatten wir unterschätzt. Es blieb schwierig, das Familienleben mit dem Berufsleben in Einklang zu bringen. Du möchtest alles schaffen, alles richtig machen und spürst, dass es nicht immer gelingt. Ich habe es versucht und hatte dabei viel Unterstützung durch meinen Mann. Ich denke, dass die Frauen im Rückblick sehr viel geleistet haben. Sie sind sehr stark.

Die Aufgaben eines Fachlehrers und Klassenlehrers waren sehr umfangreich. Das Unterrichten wurde nach meinem Empfinden immer mehr zur geringeren Aufgabe und sie sollte doch das Wichtigste sein. Der Beruf wurde z.B. mit zusätzlichen Forderungen wie Pionier- und FDJ-nachmittage gestalten, eine Arbeitsgemeinschaft leiten, wechselnde Wandzeitungen präsentieren, Wandertage durchführen, Klassenfahrten organisieren, Zivilschutz unterrichten, Essensgeld und Milchgeld von den Kindern einsammeln, am Parteilehrjahr teilnehmen (auch, wenn man kein Mitglied der SED war) ... überfrachtet. Die Hauptaufgabe war für mich, einen guten Unterricht zu machen. Das bedeutete, sich auf jede Klasse neu einzustellen. Das Unterrichtsgeschehen anzupassen. Die Schüler kennenzulernen und sie entsprechend ihren Möglichkeiten zu fordern und zu fördern. Es geht nicht nur um das Vermitteln von Stoff. Es geht darum, dass die Schüler mehr verstehen, motiviert werden für das Lernen, selbst wollen, entsprechend ihren Möglichkeiten. Mit meinen Methoden, meiner Begeisterung und meinem Wissen kann ich ihnen dabei helfen. Ich fühlte mich als ihr Verbündeter. Die Grundlage der Zusammenarbeit zwischen Lehrer und Schüler ist für mich gegenseitiger Respekt und die Annahme der Hilfe durch den Schüler.

Für eine Klassenfahrt hatte ich immer ein offenes Ohr. Neben den Fahrten in eine Jugendherberge gab es die Tradition der Klassenfahrt mit einer 8. Klasse nach Berlin und die Abschlussfahrt nach der 10. Klasse. Das Geld dafür wurde z.B. mit der Arbeit auf dem Rübenfeld verdient und dann flogen wir z.B. nach Moskau, nach Ungarn.

Ich hatte ein chronisches Gefühl der Überlastung. Der Widerspruch zwischen dem, was zu bewältigen war und dem, was ich leisten konnte, wurde größer. Ich wollte es aber nicht annehmen. Ich erreichte meine Grenze und habe sie überschritten. Ich fiel vor den Schülern beim Unterrichten einfach um. Körperliche Beschwerden gab es nicht, da war die Antwort:

„Sie sind Lehrerin, dann ist ja alles klar". Für mich war es nicht klar. Ich wollte alles unternehmen, um eine stabile Gesundheit zu erreichen.

Ich übte meinen Beruf weiter aus, denn es galt, keine Schwäche zu zeigen. Außerdem liebte ich meine Arbeit mit den Kindern und Jugendlichen. Ich hatte tief in mir das Gefühl, für diesen Beruf geboren zu sein. Was konnte ich tun? Dauerhaft Tabletten zu nehmen, kam überhaupt nicht in Frage. Die Lösung konnte nur eine psychische Behandlung sein. Ich fuhr ein Jahr zur Universitätsklinik zum autogenen Training. Heute ist diese Behandlung bekannt und jeder, der möchte, findet einen Kurs, um es durchzuführen. Damals gab es diese Behandlung nur auf Rezept und mit bestimmten Leitern. Die Übungen haben mir geholfen. Den Kopf konnte ich nicht frei bekommen. Der Verstand war zu stark, er ließ es nicht zu. Nach einem Jahr gab ich auf.

Unsere beiden Jungs entwickelten sich toll. Wir hatten so viel Freude mit ihnen. Sie sind schön (Ja, schön! Meine Oma meinte auch: Wie könnt ihr so schöne Jungs haben?), sie sind klug, sie sind aufmerksam, sie sind beliebt und wir lieben sie sehr. Trotzdem sind sie verschieden. Jeder lebt in einer anderen Welt.

Mir wurde von den Frauenärzten empfohlen, keine weiteren Kinder zu bekommen. Da wir uns vollständig fühlten, stellte ich einen Antrag auf Eileiterunterbrechung. Dieser Antrag musste von einer Ärztekommission des Bezirkes bestätigt werden. Sie sagten zu. Damit war für uns klar, wir bleiben zu viert.

Nach etwa zwei Jahren nach dem Eingriff wurde ich schwanger. Das war nach Meinung der Ärzte nicht möglich. Es war aber so. Das Ringen von Gefühl und Verstand begann. Die Angst hat gewonnen. Uns fehlte der Mut und wir hörten auf den Rat der Ärzte. Das Baby wurde nicht geboren. In schweren Stunden stehen da die Fragen nach dem: Was wäre wenn?

Vielleicht ein Mädchen? Vielleicht hätten wir es doch geschafft? Vielleicht wäre alles gut geworden? Die Antworten werden wir nicht erhalten. Der Wille hat entschieden und wir gehen unseren Weg weiter.

Die Ärzte wollten wissen, wie so etwas mit einem Körper passieren konnte. Mit Kontrastmittel haben sie bei einer schmerzlichen Untersuchung genau hingeschaut. Eine Antwort haben sie nicht gefunden. Ich besitze nur einen Eierstock, der durchtrennt wurde. Wie kam ein Ei in die Gebärmutter? Es muss also noch andere Wege geben.

1987 war ein Jahr der Lockerungen für die DDR-Bürger.

Warum das so war, erfuhren wir erst später. Unser Wohnort lag in einem Gebiet, in dem es nur zwei Fernsehsender gab. Wir gehörten zu dem „Tal der Ahnungslosen". Meine Patentante in Reutlingen sollte umziehen.

Sie bekam eine Sozialwohnung. Ein Enkel und ich wollten ihr bei diesem Umzug helfen.

Also stellte ich mutig einen Reiseantrag in die BRD. Meine Mutter bekam es mit der Angst.

Irgendetwas Schlimmes würden sie mit mir machen, denn eine Lehrerin stellte keinen Antrag. So dachte sie.

Die Zeit öffnete die Tür. Der Antrag wurde bewilligt. Sicher wurden durch die Staatssicherheit Erkundungen über mich eingeholt, dass ich mit Sicherheit wieder zurückkehrte. Ich hatte einen Mann, zwei Kinder, war nicht Mitglied in der SED, hatte keine weiteren Verwandten in der BRD, mein Mann hatte an der grünen Grenze gedient. Nach der Zusage kam die reiselustige Diva durch. Ich kaufte mir ein schickes Reise Set, einen modernen Hosenanzug und eine Fahrkarte 1. Klasse. Ich war überzeugt, dass ich vor dem Eintritt in die Rente nicht mehr in die BRD reisen würde. Mit dem Reisepass wurde mir der Personalausweis abgenommen und ich erhielt ihn erst nach meiner Rückkehr zurück.

Für die Reise gab es vom Staat 25,00 DM. Manche Eindrücke dieser Reise sind geblieben und manche sind im Nebel verblasst oder ganz verschwunden.

Eine erste Reise im ICE über Hamburg, Hannover, Frankfurt. Deutsche Städte, die für mich weiter entfernt waren als Moskau. Die Grenzkontrolle zwischen der DDR und der BRD war demütigend. Alle Reisenden mussten das Abteil verlassen, es wurde überall unter und stichprobenweise reingeschaut. Vor dem Zug lief die Polizei mit Hunden entlang. Aussteigen musste niemand, das geschah aber auf der Rückreise. Eine behinderte Frau mit ihrer Enkelin als Begleitung. Das Gefühl war beklemmend. Ich kam mir vor, als hätte ich gegen Gesetze verstoßen und musste gleich damit rechnen, dass ich abgeführt würde. Es herrschte eine totale Anspannung.

Im Süden füllte sich das Abteil. Fünf Männer mit Anzügen und Krawatte und ich. Als ich meine Koffer brauchte, gab es keine Hilfe. Ich durfte sie allein aus den Ablagen über mir herunterholen. Da zeigte sich ein Unterschied zu den DDR-Männern. Die meisten hätten geholfen.

Als ich in Reutlingen ankam, sollte ich von meiner Tante und ihrem Enkel abgeholt werden.

Sie verspäteten sich etwas. Da stand ich nun. In einem fremden Land (obwohl es Deutschland war), ohne Geld, in der Abenddämmerung. Auf einer Bank vor dem Bahnhof schlief ein Obdachloser. Das kannte ich überhaupt nicht. Obwohl ich nicht ängstlich bin, beschlich mich ein eigenartiges Gefühl von Ausgeliefertsein. Ich freute mich riesig, die beiden endlich zu sehen. Die nächsten Tage vergingen mit viel Arbeit. Ein Umzugsunternehmen hatte die Tante nicht, weil die neue Wohnung nur ein paar hundert Meter die Straße hoch lag. Das bedeutete für uns, alles zu schleppen. Ich habe in dieser Zeit abgenommen. Ich sagte nicht „Ich möchte ein Eis". Ich sagte nicht „Ich habe Lust auf Süßigkeiten". Ich sagte nicht „Ich möchte etwas unternehmen". Ich fühlte mich abhängig. Ich kannte dieses Gefühl nicht. Von der Stadt Reutlingen erhielt ich 70,- DM. Das Geld wollte ich natürlich für meine Lieben zu Hause ausgeben.

Nachdem der Umzug geschafft war, zeigte sich meine Tante Gertrud großzügig. Wir besuchten eine Bekannte und fuhren zu „Adler". Dort durfte ich mir einen Mantel aussuchen. Tante Gertrud, die Schwester meiner Großmutter, erhielt eine Entschädigung für die Vertreibung aus Ostpreußen. Dort besaßen meine Urgroßeltern ein großes Gut mit Landwirtschaft. Meine Tante hatte eine eigene Fleischerei. Von der Entschädigungssumme hat sie ihrer Tochter, ihrer Schwester, ihrem Neffen, ihren Nichten, ihren Enkeln große Geschenke gemacht. Sie interessierte sich als meine Patentante immer für meinen Lebensweg und war stolz darauf, dass ich Lehrerin geworden bin. Ich konnte durch meine Hilfe etwas von dem, was meine Großtante für mich, meine Eltern und meine Oma getan hat, zurückgeben.

Nach der Wiedervereinigung der deutschen Staaten besuchten mein Mann und ich sie zu ihrem 80. Geburtstag und sie zeigte uns ihre erste alte Wohnung in Schönau im Schwarzwald. Wir waren erschrocken, wie bescheiden und klein ihre Wohnung war. Sie hatte großzügig geschenkt und selbst wenig besessen. Unsere Vorstellungen vom Leben in der BRD wurden realistischer. Es gab dort große Unterschiede. Je nach den Lebensumständen musste der Alltag bewältigt werden, nur anders.

Für meine Rückreise hatte ich mir etwas Mutiges ausgedacht. Ich fuhr zwei Tage früher aus Reutlingen ab und machte Zwischenhalt in Hannover. Dort wollte ich meine Freundin Christel und ihre Familie besuchen. Das war natürlich nicht erlaubt, aber mein Wunsch erfüllte mich so sehr, dass ich mich darüber hinwegsetzte. Meine Freundin Christel und ihr Mann holten mich vom Bahnhof ab mit Blickrichtung 2. Klasse. Falsch, die 1. Klasse war für diese einmalige Reise angemessen. „Zur Begrüßung einen Cappuccino?" „Ja". mal sehen, was das ist. Unterwegs im Auto viele kleine Felder. Ich kenne nur große. Irgendwie altmodisch. Ein süßes gemütliches Einfamilienhaus erwartete mich. Überwältigend, dass ich hier bin. Kaum zu glauben.

Im Juli 1961 wollte Christel mit der Mutter zum Arzt nach West-Berlin zu einer Operation und der Vater mit den Söhnen einen Radurlaub machen. Wir wohnten in einem Haus. Meine Eltern, mein Bruder und ich unten in einer großen 3,5-Zimmer-Wohnung und Christels Familie über uns. Christel und ich waren die besten Freundinnen, obwohl

Christel zwei Jahre älter ist. Sie hat mir das Fahrradfahren beigebracht. Sie hatte eine Katze und wir einen Hund. Wir spielten oft zusammen.

Natürlich hatte sie die bessere Puppenstube mit elektrischem Licht. Christel spielt Klavier, ich Akkordeon. Nach dem Juli kamen sie nicht mehr zurück. Sie waren plötzlich weg. Wir Kinder haben das nicht verstanden. Es war ein großer Verlust. Christel hat mir später erzählt, dass sie in die Niederlande zur Kur geschickt werden musste. Was das ganz Besondere an unserer Kinderfreundschaft ist, dass wir sie unser ganzes Leben bis heute erhalten konnten. Zuerst durch Briefe, dann durch Besuche ihrer Familie bei uns, dann durch gegenseitige Besuche und später durch gemeinsame Urlaube.

Ich sitze nach vielen Jahren in ihrem Haus mit ihrer Familie. Wir besuchen auch ihre Eltern. Mir wird bewusst, dass wir bis jetzt ganz unterschiedliche Leben gelebt haben. Der materielle Wohlstand erschlägt mich. Ich stehe im Geschäft und kann z.B. das Radio nicht ohne Hilfe finden, das ich mitbringen möchte. Das Angebot ist zu groß, Verstand und Psyche überfordert. Ich möchte am liebsten nur einmal einkaufen gehen. Die Stellung der Frau in der Familie und in der Gesellschaft gefällt mir nicht. Die Unterordnung der Frau ist nach meinen Lebenserfahrungen zu groß.

Die vielen Eindrücke musste ich erst einmal verarbeiten. Zu Hause fragten mich Kollegen: „Wie ist es dort?" Meine Antwort: „Anders als bei uns".

Bei der Rückreise helfe ich einer Frau mit ihrem vielen Gepäck. Sie will mir 1DM geben. Ich lehne ab. Hilfe ist Hilfe und braucht keinen Gegenwert. Ich fühle mich erniedrigt. In Hamburg bietet sich mir ein Bild, das sich eingeprägt hat. Mein Bahnsteig ist leicht zu finden. Es stehen dort einzelne Personen, meist ältere Damen, umringt von vielen Taschen und Koffern. Sie werden von

Verwandten begleitet und in den Zug gesetzt. Ich frage mich, wie sie mit dem Gepäck aussteigen wollen. Ganz leicht. An ihrem Ausstiegsbahnhof werden sie wieder von Verwandten abgeholt, die das Gepäck in einer Übergabereihe weiterleiten. Das ist also die „Rentner - Reisefreiheit".

Ich kam überglücklich wieder zu Hause an. Hier gehörte ich hin. Zu meinem Mann und meinen beiden Kindern. Meinen Ausweis konnte ich abholen und das war es bis zur Rente, dachte ich.

In den nächsten zwei Jahren entwickelten sich die Ereignisse rasant. Das gesellschaftliche Bewusstsein im Osten Deutschlands veränderte sich. Wenn die Grundbedürfnisse nicht mehr befriedigt werden können, entsteht aus materiellem Mangel ein neues geistiges Bedürfnis. Aus Wut wird Widerstand. Die Menschen wollten so nicht mehr weiterleben. Diejenigen, die unter der Diktatur des Proletariats am meisten unterdrückt wurden und diejenigen mit einem anderen politischen Verständnis stellten sich an die Spitze und forderten zu neuem Zusammenhalt und zum Abbau alter Strukturen auf. Das Ziel war eine Veränderung in der DDR. Die Wiedervereinigung Deutschlands ist daraus entstanden und eine Leistung der Ostdeutschen von innen heraus.

Die innerdeutsche Grenze wurde aufgelöst, die Mauer fiel und Deutschland wurde vereint. Jeder weiß bis heute, wo er zum Zeitpunkt der Maueröffnung war. Mein Mann und ich saßen im Wohnzimmer und weinten. Unser Frank fragte uns: „Warum weint ihr denn?" Er dachte wohl vor Schmerz. Es war ein Gemisch aus Freude, Glück, Loslassen und Unfassbarem.

Ich bin ein Mensch, der eine große Freiheitsliebe und Unabhängigkeitsliebe in sich spürt. Zugleich gibt es da in mir starken Widerwillen gegen jegliche Form aufgezwungenen Gehorsams. Aktivitäten kommen aus mir heraus, Pflichtbewusstsein gehört dazu. Ich erledige vieles gerne freiwillig ohne Aufforderung. Als Lehrerin gefiel mir am sozialistischen System vor allem der Friedensgedanke. Die Welt ohne Waffen, das wäre phantastisch. Außerdem die Solidarität als Mittel, um Schwächeren zu helfen. Die vielen Regeln und Vorschriften bis hin zum Reiseverbot konnte ich nur schwer verarbeiten und nicht annehmen. Die Macht der politischen Partei war schwer zu ertragen. Meine Vorstellungen sahen den Menschen mit seinen speziellen Fähigkeiten, die er für die Gesellschaft einsetzt. Es geht nicht um Gleichmacherei. Die Menschen sind nicht gleich. Es geht um das Erkennen und Fördern des Speziellen. Achte das, was der andere leistet. Erhebe dich nicht über ihn und urteile nicht aus deiner Sicht über den anderen. Wir wurden in eine neue, andere Gesellschaftsform gestürzt. Nachdem der erste Jubel verhallt war, kam die Frage: „Wie weiter?" Ich engagierte mich am „Runden Tisch" in der Gemeinde und danach im Hauptausschuss. Es war eine aufregende Zeit. Die alten Gesetze zerfielen und neue gab es noch nicht. Für mich entstand ein Gefühl des Gestaltenkönnens und des: Alles ist möglich.

Das Entsetzliche für mich war die Verlogenheit der Machthaber, die dem Volk Regeln diktiert und sie selbst nicht gelebt hatten. Nachdem der Vorhang gefallen war, kamen der vollständige Bespitzelungsapparat, der Waffenhandel, der Umgang mit andersdenkenden Menschen und die desolate Wirtschaft zum Vorschein. Angst um Machtverlust, Unfähigkeit zum Handeln, Vernachlässigung von Naturgesetzen führten zu solchen Ergebnissen.

Mit Abstand kann man heute sagen, dass es keine Vereinigung zweier gleichberechtigter Staaten, sondern eine Übernahme war. Die Fehler, die gemacht wurden, treten jetzt klarer hervor. Mit dem Weg, den eine Gesellschaft geht, ist es wie mit dem eigenen Weg. An einer Gabelung entscheidest du dich für eine Seite und musst dort weiter gehen. Ein Zurück gibt es nicht.

Ich hatte mich manipulieren lassen, war auf das Gerede über Frieden und alle Menschen sind gleich hereingefallen. Ich war enttäuscht. Die Täuschung war gelungen. Viele Menschen fragen sich: Musste denn alles zerschlagen werden, um es dann wieder aufzubauen, oder gab es nicht auch Erhaltenswertes? Das gab es sicher, aber das Bewusstsein dafür braucht einen Reifeprozess, um es zu erkennen. Das Bildungssystem hatte einige gute Ansätze wie z.B. die Ausbildung in den Naturwissenschaften, die Spezialschulen, die Kindereinrichtungen. Sie gaben den Müttern Möglichkeiten für ihr eigenes Berufsleben. Die Polikliniken z.B. wirkten effektiv, da mehrere Fachärzte in einem Haus zusammenkamen. Für viele Menschen brachte der Systemverlust Schmerzen, Ängste, Armut. Für andere war es ein Neubeginn, Möglichkeiten, Reichtum.

Als Lehrerin für Physik und Mathematik hatte ich in den kommenden Schuljahren die Arbeit, die ich mir immer gewünscht hatte. Ich konnte entsprechend den Lehrplänen selbst entscheiden, wie ich etwas umsetzen möchte. Bis 1996 lebte ich beruflich im Himmel. Danach setzten die neuen Regeln, Vorschriften, Eingruppierungen und Kontrollen wieder ein. Ich konnte nie verstehen, wie es gelingen soll, dass ein Mensch, der etwas nicht kann, dazu gezwungen werden kann, es doch zu können. Neben der Förderung von Talenten, Begabungen, Fähigkeiten muss es auch die Akzeptanz von Schwächen, Untalentiertheit und Unfähigkeit geben.

Das macht den Menschen aus. Die Verbindung der Menschen ist, dass sie alle Menschen sind, trotzdem sind sie unterschiedlich. Annehmen, wie es ist. Sein Bestes geben. Für mich ist Motivation, Hilfe, Lob mehr wert als

Druck und Tadel. Die Akzeptanz von Forderungen steht dazu nicht im Widerspruch.

Die Menschen im Osten wurden jetzt von den „Siegern", dem wirtschaftlich stärkeren Westen bewertet. Das Abwickeln der Betriebe wurde als bevorzugte Methode eingesetzt. Es sollte schnell gehen und so ging es schnell. Wie der wirtschaftliche Stand der Betriebe war, kann ich nicht einschätzen. Ich weiß nur, dass die Folgen für die Menschen gewaltig waren. Arbeitslosigkeit gab es nicht und nun betraf es Tausende gleichzeitig. Umschulungen brachten nur teilweise Erfolg. Wer einen Beruf erlernt hatte, der gebraucht wurde, wanderte dorthin, wo die Bezahlung besser war. Ein System war zusammengebrochen und die Menschen bezahlten die Rechnung. Für mich haben die Menschen im Osten eine großartige Leistung vollbracht. Von einem Gesellschaftssystem in ein anderes ohne Vorwarnung, aber mit Hoffnung, Tatendrang und auch Illusionen zu wechseln, Respekt!

Nach der Logik eines wirtschaftlich erfolgreichen Systems (das außerdem viel bessere Startbedingungen hatte) mussten die Menschen durch Faulheit, Bequemlichkeit, Hörigkeit, fehlende Eigeninitiative die Schuld am Scheitern des sozialistischen Staates tragen. Das ärgerte mich fürchterlich. Es entstand Wut. Trotzdem wollte ich mir mein Leben nicht von Außenstehenden schlecht reden lassen. Jeder Mensch wird in eine Familie, eine Umgebung und eine Gesellschaft hineingeboren. Er passt sich an und versucht, seine Aufgaben zu erfüllen. Ich bin fest davon überzeugt, dass bei einem Tausch der Lebensumstände die Menschen in Ost- und Westdeutschland ein anderes Leben geführt hätten.

Nämlich das Leben der anderen Seite, mit allen Vor- und Nachteilen. Mit dem Urteilen ist es so eine Sache. Von außen betrachtet sieht vieles anders aus als im Getriebe des Alltags. Ich werde es dem Staatsapparat der DDR niemals vergeben, dass er Menschen aufgrund ihrer Meinungen unterdrückt und verfolgt hat, dass er Eltern ihre Kinder weggenommen hat, dass er Menschen getötet und eingesperrt hat, dass er über die Menschen in ihrer Freizeit bestimmt hat, wohin sie reisen dürfen, dass er, nur aufgrund von Zugehörigkeit zu einer Schicht oder eines Glaubens, Zugang zur Bildung verwehrt hat.

Nun standen wir als Gesellschaft an einer Gabelung, nur dass wir den Weg schon gewählt hatten. Es gab keinen anderen. Das System des Sozialismus hatte nicht funktioniert und war an der Schwäche der führenden Menschen und der Wirtschaft gescheitert. Vielleicht waren die Menschen auch noch nicht bereit für dieses System? Solange die Ansprüche des Menschen befriedigt werden, ist er bereit, sein Ego klein zu halten, einen Gemeinschaftssinn zu entwickeln. Die Triebkräfte, die wirken (um es mit Nietzsche zu sagen), kommen aus dem Mangel oder aus dem Überfluss. Im Zusammenbruch des sozialistischen Systems kamen sie aus dem Mangel, dem Mangel an materiellen Dingen, aber vor allem aus dem Mangel an geistiger Entwicklung. Starres Festhalten von Meinungen, Doktrinen widersprechen dem Leben und werden irgendwann beseitigt. Leben ist Veränderung.

Etwas völlig Neues rollte auf uns zu. Ein steiniger Weg lag vor uns. Das war allen bewusst. Wir wollten ihn gehen. Später wurde diese Zeit als „Wende" bezeichnet. Ich wusste damals nicht, dass meine persönliche Wende noch vor mir lag.

Das Wort „Wende" ist für mich bis heute nicht ganz treffend gewählt. In jedem Fall kam sehr viel Neues in unser Leben, eine große Veränderung. Der Verstand hatte viel zu tun. Die Gesetze, die Regelungen, der Alltag ... alles neu!

Statt einer Krankenkasse eine große Auswahl. Statt einer Versicherung mehrere ...

Ich beobachtete, wie ein großes schwarzes Auto im Dorfzentrum parkte, Männer in Anzügen stiegen aus und schwärmten aus. Danach ergaben Gespräche, dass eine Versicherung mit leeren Vertragsformularen gezielte Werbung durchgeführt hatte, mit Erfolg. Wer zuerst kommt, hat gewonnen. Der neue Markt war offen und groß. Das Abschlusspotential riesig. Die Menschen waren unsicher und brauchten gute Beratung.

Da ich kurz vor der Wiedervereinigung meine Stundenzahl in der Schule reduziert hatte und keiner wusste, wie es weitergeht, habe ich kurzfristig für die „Mecklenburgische Versicherung" gearbeitet. Sie war für mich vertrauenswürdig, denn wie der Name es schon sagt, kam sie ursprünglich aus Mecklenburg. Sie wollte möglichst viele Kunden dort wieder gewinnen. Die Konditionen überzeugten mich und es gab keine Vorgaben für ein Abschlusssoll. Ich bin dankbar für diese Erfahrung. Ich habe gelernt, auf unterschiedliche Menschen einzugehen, ihren Standpunkt zu akzeptieren und ihnen bei der Entscheidungsfindung zu helfen. Sie wollten meine Hilfe. Das war ein schönes Gefühl. Ich weiß, dass viele bis heute ihre Verträge behalten haben.

Das Schulgeschehen entwickelte sich und ich musste eine Entscheidung treffen. Der Lehrerberuf war viel wichtiger und ich konnte meinen neuen Arbeitsvertrag mit voller Stundenzahl erhalten. Die Nebentätigkeit bei der Versicherung gab ich auf. Beides zusammen passte nicht und der Druck bei einigen Vertragsabschlüssen wurde erhöht. Es gab aber auch Kollegen, die den Lehrerberuf nicht mehr ausüben wollten und in die Selbstständigkeit gingen.
Diese Wahlmöglichkeiten waren für alle DDR-Bürger neu. Für die einen genau das, wonach sie sich gesehnt hatten,

und für die anderen eine Überforderung.

Eine weitere neue Möglichkeit war die Wahl des Urlaubs. Das war für mich das Ersehnte. Als unser Sohn Frank fünf Jahre alt war, fuhren wir das erste Mal zum Camping und Wandern ins Riesengebirge. Gemeinsam mit unserem Schwager und der Familie verbrachten wir viele Jahre unseren Urlaub dort. FDGB-Urlaub kam für uns als Lehrer nicht in Frage, nur für Betriebe. Es störte nicht, wir haben das Beste daraus gemacht. Zum Glück hatten wir Freude am Wandern in der Natur. Zuerst fuhren wir mit einem Trabant und einem Dachgepäckträger, dann mit einem Gepäckträger und Anhänger. Das Auto hatte bei 23 PS zu tun, die Berge hochzukommen. Aus dem kleinen Hauszelt wurde ein großes Zelt mit Schlafkabine. Unser Frank zeltet heute noch gerne. Für ihn war der Urlaub immer toll. Das letzte Mal wollten wir zusammen in Bayern campen. Der Abschied vom Camping wurde uns leicht gemacht. Es gab ein großes Unwetter mit Überschwemmungen. Nun wollten viele Menschen eine Unterkunft finden. Wir erwischten ein Zimmer in einem Bauernhaus mit vielen Katzen. Die gemütliche Atmosphäre blieb bei uns und den Jungs immer im Gedächtnis, aber auch der Geruch von vielen Katzen. Unser Stev liebte das Wandern überhaupt nicht. Mein Mann musste ihn oft die letzten Schritte auf den Schultern tragen. Außerdem war es ihm immer zu warm und er hatte angeblich ständig Fliegen vor den Augen. Die Zeit des Campings war zu Ende.

Da auch bei meinem Schwager mit Familie das Zelten seit der Überschwemmung gestorben war, das Zelt war im Abfall gelandet, gab es etwas Neues. Wir wollten in den Ski-Urlaub. Okay. Also Skifahren lernen. Das fortgeschrittene Alter störte uns überhaupt nicht. Wir starteten in Bayern und Tschechien mit ersten Erfahrungen. Nordlichter, die keine Berge haben und sich für zwei Wochen im Jahr auf die Bretter stellen, brauchen eine

Weile. Es ist uns gelungen, wir haben nicht aufgegeben, auch nach heftigen Stürzen nicht. Wir haben uns vorgewagt bis nach Südtirol in die Dolomiten. Die Farbe der Pisten änderte sich von blau auf rot bis schwarz. Unser Sohn Stev wollte irgendwann nicht mehr mitkommen, da er frontal gegen einen Baum gefahren war und bewusstlos mit Gehirnerschütterung zum Arzt gefahren werden musste. Wir hatten gesehen, dass eine Trage den Berg heruntergefahren wurde und wussten erst später, dass Stev darauf lag. Zum Glück ist alles gut ausgegangen.

Meinen letzten Ski-Urlaub verbrachte ich mit Freunden mit sechzig Jahren in den Dolomiten. Das war mein Wunsch zum 60. Danke, dass es so wunderbar war. Die Berge sind bis heute bei mir mit dem Gefühl von Größe, Respekt, klaren Gedanken und Freiheit verbunden. Du nimmst als Mensch eine Verbindung zur Natur auf und weißt, sie ist größer als du, sie bestimmt, du bist ein Teil von ihr. Die vielen neuen Eindrücke durch Reisen erfüllen mich bis heute mit Staunen und Glückseligkeit. Andere Länder, Menschen und Lebensarten kennenlernen zu dürfen, ist eine Bereicherung für Geist und Seele. Der Verstand hat ebenfalls eine Menge zu tun. Er vergleicht, analysiert, schafft neue Strukturen und verbindet Altes mit Neuem.

Wir sind privilegiert, weil wir Verschiedenes (sogar unterschiedliche Gesellschaftssysteme) ausprobieren durften. Trotz allem werden wir wieder auf unseren eigenen Lebensweg zurückkommen, vollgefüllt mit Emotionen und Wissen.

Auch als Lehrer konnten wir unterschiedliche Bildungssysteme kennenlernen. Jedes hat seine Vor- und Nachteile, aber auch seine Zeit. Mit dem Fortschreiten der Gesellschaften muss sich auch das Bildungssystem verändern. Lerninhalte und -methoden ändern sich genau wie das Leben selbst. Ich kann nur sagen, was mir gefallen

hat und was ich mir wünsche. Mir gefällt die Bereitschaft zum Lernen wollen, die Ausdauer und Geduld beim Lernen. Das Ausprobieren der Fähigkeiten und ihre Akzeptanz. Mir ist es schwergefallen, Begabungen schnell zu erkennen und ein Nichtwollen zu akzeptieren. Ich sehe im Lehrer den Anleiter, den Unterstützer, den Lenker, aber auch den Kontrolleur. Von der Gesellschaft wünsche ich mir mehr Wertschätzung des Berufes. Dieser Unterschied ist in den Gesellschaftsformen für mich augenfällig. In der DDR gab es z.B. den Tag des Lehrers (so wie es Tage für andere Berufsgruppen gab). Es war der 12. Juni. Die Schüler brachten an diesem Tag Blumen für die Lehrer mit. Eine schöne Geste. Vielleicht wollten sie es nicht immer oder hatten es vergessen, aber die Eltern haben sie erinnert. Das ist für mich das Entscheidende. Die Zusammenarbeit von Elternhaus und Schule im Interesse der Kinder. Die gegenseitige Fehlersuche und Vorwürfe bringen Widerspruch und Abneigung hervor. Keiner ist ohne Fehler, aber eine Klärung zwischen Eltern und Lehrern bringt den Kindern Vertrauen und Sicherheit. Sie möchten Orientierung auf ihrem Schulweg. Ich sehe auch, dass die Kinder gefordert werden wollen, aber ohne Überforderung. Wo ist hier das richtige Maß?
Das hängt von den Kindern ab, das gilt es heraus zu finden. Ein „Eintrichtern" des Stoffes funktioniert nicht. Das ist das Besondere am Lehrerberuf. Ich arbeite mit unterschiedlichen Menschen. Ich mache einen Stoffverteilungsplan, ein schönes Konzept auf dem Papier. Die Umsetzung muss den Schülern, die da sind, angepasst werden. Ich kann also niemals methodisch gleich vorgehen und die gleichen Forderungen stellen.
Der Beruf des Lehrers ist ein schöner Beruf, eine Berufung. Er ist keine „Boxbirne" für die Menschen. Wie sprechen die Menschen über diesen Beruf? Mit Achtung und Anerkennung oder mit Schuldzuweisungen?

Ich bin manchmal enttäuscht. Warum ist das so? Vielleicht ändert sich im Bewusstsein die Wertschätzung für einen Lehrer im späteren Leben. Mir wurde oft von ehemaligen Schülern bestätigt, dass sie erst später gemerkt haben, was ihnen die Schule gegeben hat. Es gibt also Hoffnung.

Es kam eine neue Herausforderung auf uns zu. Wir wollten die neuen Möglichkeiten nutzen und uns ein Haus bauen. Damit fiel eine endgültige Entscheidung. Wir blieben in Mecklenburg-Vorpommern. Die Gedanken waren kurz da zu gehen, einen totalen Neuanfang zu wagen. Eine Wohnung im Neubaublock aufzugeben, ist nicht schwer. Zwei Mathematik-/Physiklehrer würden bestimmt Arbeit finden. Der Verdienst wäre wesentlich höher. Unser ältester Sohn hatte schon seinen eigenen Weg eingeschlagen. Warum bleiben? Hier waren unsere Wurzeln, unsere Freunde, Bekannten. Hier lebten wir in der Nähe vom Wasser. Uns gefiel es hier. Also stand fest: Wir bleiben hier! Hausbau, eine tolle Idee. Mit zwei gut bekannten Familien hatten wir die phantastische Idee, gemeinsam in einen Ort zu ziehen. Jetzt brauchten wir Informationen über Häuser, Finanzen, Grundstücke ... Kein Problem. Wir wurden mit einem Bus abgeholt und die Reise ging für eine Gruppe von Interessenten Richtung Kiel. In einem Wohngebiet mit vielen Eigenheimen wurden wir „ausgeschüttet".
Mit Abstand betrachtet waren wir in unserem Benehmen sehr naiv und rücksichtslos. Voller Vorfreude hüpften wir durch die Vorgärten (Privateigentum gab es für uns nicht) und schauten in die Fenster. Einige Bewohner traten vor die Tür und unsere Reiseleitung musste sich für uns entschuldigen oder Erklärungen abgeben. Die Peinlichkeit wurde uns erst später bewusst. Es war aufregend und am Ende der Fahrt hatte sich jede Familie ein Haus im Geist ausgesucht, was sie gerne wollte.
Dann kam die Finanzberatung. Beide Elternteile Lehrer, das

hörte sich für den Berater gut an. Die konkreten Zahlen kamen auf den Tisch. Das Gesicht verwandelte sich in ein lebloses. Die genannte Summe müsste der Verdienst jedes Einzelnen sein und nicht für beide zusammen. Der große Aha-Effekt setzte ein. Wir stiegen runter vom Pferd. Was nun? Erst sparen, dann kaufen? Wir waren zu alt mit über vierzig und einem leeren Konto. Ein Bausparvertrag konnte schon mal nicht schaden. Das Land doch verlassen, um mehr Geld zu verdienen? Nein.

Da gab es plötzlich eine neue Möglichkeit. Im Nachbarort sollte ein Haus aus familiären Gründen verkauft werden. Ein Umsiedlerhaus aus den fünfziger Jahren. Mit einem großen Grundstück (3200 m²) und einer tollen Lage in der Nähe vom Bodden kurz vor dem Naturschutzgebiet. Wir hatten großes Interesse. Man könnte schrittweise erneuern und schon im Haus wohnen. Im Haus befanden sich eine große Bauernküche und ein ehemaliger Stall. Die Heizung funktionierte in den oberen Räumen nicht komplett. Ein kleiner Wohnraum, eine Vorveranda und ein Bad gehörten dazu.

Die Vorstellung vom eigenen Haus hat uns über vieles hinwegsehen lassen. Heute denke ich, es sollte so. Sonst hätten wir uns auf das alte Haus nicht eingelassen. Zu den Vorteilen des Hauses gehörten eine halbe Unterkellerung, freier Blick bis zum Wasser (etwa 1,5km), Nebengelass (Garage, Carport). Das Haus war umzingelt von Ställen. Fünf ehemalige Putenställe und ein großer ehemaliger Kuhstall.

Wir haben auf Kredit gekauft und sind am 1. Mai, dem Kampf- und Feiertag der Werktätigen eingezogen. Dieser Tag passte zu dem, was uns bevorstand.

Es ist uns nie in den Sinn gekommen, dass unsere Entscheidung falsch war oder dass wir es nicht schaffen könnten. Wir hatten in den folgenden Jahren die nötige Energie, unsere Ideen und Vorhaben umzusetzen. Wir waren dort glücklich.

Als meine Eltern uns das erste Mal besuchten, schlugen sie die Hände über dem Kopf zusammen. Sie sahen nur die Ställe, den vielen Schrott ringsherum, das alte Haus. Wir sahen in die Zukunft, wie all das verschwindet, wie wir uns ein schönes Zuhause schaffen. Mit den Jahren brachte uns unsere fleißige Arbeit, unsere Schaffenskraft die Anerkennung unserer Eltern ein.

Einmal besuchte uns eine Verwandte des Erbauers. Sie staunte und zeigte uns ihre Dankbarkeit für das, was wir im und um das Haus geschaffen hatten.

Der ehemalige Kuhstall brannte ab, weil Jugendliche auf dem Heuboden mit Feuer gespielt hatten. Das war für uns eine Grenzerfahrung. Der Stall brannte gegen 23.00 Uhr auf seiner gesamten Länge von circa hundert Metern. Wir schliefen schon. Ich wurde wach und ging zum Fenster. Die Flammen schlugen auf der gesamten Länge hoch. Ich konnte nur sagen: „Der Stall brennt". Die Feuerwehren kamen schnell, insgesamt drei. Die Entfernung vom Haus zum Stall betrug etwa fünfzig Meter. Wir hatten Glück mit dem Wind. Bei einer anderen Windrichtung hätte die Feuerwehr das Haus sichern müssen.

Das bedeutet „Wasser marsch" und der Schlauch wird ins Haus gehalten. Die Holzverkleidung von der Garage haben wir mit Wasser aus Eimern begossen, da sie schon heiß wurde.

Was macht man automatisch, wenn es brennt? Zuerst habe ich natürlich unseren Sohn geweckt, den Hund aus dem Zwinger gelassen und dann unsere gesamten Dokumente und Fotoalben mitten auf das Grundstück gebracht. Ein Reflex. Ich weiß nicht mehr, wie lange der Rauch im Haus und Garten noch zu spüren war. Wäsche konnte ich nicht raushängen. Am Ende war der Stall auf eine dramatische Weise verschwunden.

Mit den Putenställen lief es ruhiger, nur mit viel Geduld. Es dauerte einige Jahre. Wir wussten, dass Tierhaltung nicht mehr möglich war. Eines Morgens stand ich im Bad und schaute auf die Ställe. Da liefen Männer in weißen Anzügen auf den Dächern herum. Ich sagte meinem Mann Bescheid und der wusste sofort, was da passiert. Auf den Dächern lagen Asbest-Platten. Diese wurden jetzt entsorgt. Unsere Geduld wurde belohnt. Alle Ställe wurden schrittweise beseitigt. Ich saß in meinem Bett und der Blick war frei, ich konnte bis zur Insel Rügen sehen. Es durchströmte mich ein Glücksgefühl. Wir hatten es gewusst, hier ist der richtige Ort. Besser geht es nicht. Du darfst nicht aufgeben, du darfst nicht auf andere hören (Wo wollt ihr denn hinziehen, das ist doch weg vom Schuss?). Verwirkliche deine Vorstellungen und sei überzeugt, dass du es schaffen kannst. Diese Erfahrung konnten wir erleben. Nimm dabei Hilfe an. Das mussten wir noch lernen. Finanziell haben wir Hilfe angenommen. Wir haben ein Stück Land an eine Familie verkauft, die mit uns in den gleichen Ort ziehen wollte.Wir haben Fördermittel beantragen können für das Dach und die Fassade. Den Rest (bis auf die Elektrik und Klempnerarbeiten) haben wir alleine gemacht. Von dem alten Haus ist nicht mehr viel geblieben. Das Grundstück war unser ganzer Stolz. Ein großer Teich mit Pavillon, eine Strandkorbecke, eine Außensauna mit Holzheizung. Wir haben uns einen Traum erfüllt.

Aus dem Stall im Haus wurde unsere Küche, aus der ehemaligen Bauernküche wurde mit einem Durchbruch zum kleinen Wohnzimmer unser großes Wohnzimmer, ein zweites Bad mit Dusche gab es neu in der oberen Etage, ein Kinderzimmer und ein Arbeitszimmer. Das besaßen wir vorher nicht, Arbeiten und Schlafen befanden sich in einem Raum. Die praktischen Arbeiten empfanden wir als Ausgleich zu unserer Lehrertätigkeit, die starke Nerven braucht. Ich hatte ein chronisches Schlafbedürfnis.

Als die Heizung eingebaut wurde, lag ich mitten im

Zimmer und schlief. Manchmal war das Geld knapp, aber wir gaben nie die Hoffnung auf, dass alles gut würde. Urlaub war für ein paar Jahre gestrichen. Das ist uns nicht schwergefallen. Dafür bleiben Ereignisse wie unsere „Silberne Hochzeit" für immer im Gedächtnis. Kaffeetrinken an langer Tafel auf der Wiese, Tischtennisplatte, Zelte für die Kinder zum Spielen, Grillen. Ein Gast meinte: „Was ist das denn für eine silberne Hochzeit?"

Beim Kauf von Haus und Grundstück gehörten zwei Katzen dazu. Ein schmaler schwarzer Kater und eine kluge, weißschwarz gefleckte Katze. So hatte unser Jüngster gleich zwei Kumpels, denn er ist absoluter Katzenfreund. Das Grundstück war groß genug, um einen Hund zu halten. Wir sahen uns um und fanden einen süßen Schäferhund in einem Wurf einer „Kripo"-Hündin. Dadurch konnten wir sicher sein, dass der Vater auch ein Schäferhund war. Wir nahmen ihn mit sechs Wochen. Später merkten wir, dass es zu früh war. Die Mutter hatte ihm das Toilettengeschäft noch nicht beigebracht. Das war nun unsere Aufgabe. Es fehlten ihm seine Geschwister sehr. Also musste ein Ersatz her. Ein größerer blauer Teddy. Wir suchten einen Namen für unseren Hund. Der wurde demokratisch durch alle vier Familienmitglieder gefunden. Jeder konnte Vorschläge machen. Es standen drei zur Auswahl und jeder durfte einen davon auf einen Zettel schreiben. Gesiegt hat „Arco". Die nächste Aufgabe war ein Zaun. Wir wohnten fast auf dem Feld. Wildschweine kamen vorbei, Rehe, Füchse und manchmal auch Marderhunde. Außerdem sollte Arco nicht so viel im Hundezwinger eingesperrt sein. In der Pubertät ist er nur einmal mit dem Hund vom Nachbarn ausgerissen. Er hat den Weg zurück nach Hause gefunden und es nie wieder getan. Dieses Tier hat uns viel Freude gegeben, uns in Bewegung gehalten. Wir spürten seine Treue, aber auch seine Hilfsbedürftigkeit. Wer mit einem

Tier lebt, hat das Gefühl, dass es ein Familienmitglied ist.
Der Kater hatte den Neuankömmling in seinem Revier sehr
aggressiv begrüßt. Er fuhr seine Krallen wiederholt aus und
bearbeitete damit die Hundeschnauze. Er wusste nicht, dass
dieser Hund ein Vielfaches an Größe erreichen würde.
Eines Tages kam der Kater nicht mehr zu uns. Er hatte sein
Revier aufgegeben. Die Katze war schlauer. Sie legte sich
in Demut auf den Boden und zeigte Unterwürfigkeit, wenn
Arco auftauchte. So klappte es mit dem Zusammenleben
von Hund und Katze.
Arco hat dreizehn Jahre bei uns gelebt. Das ist für einen
reinen Schäferhund eine lange Zeit. Wir sind dankbar dafür
und werden die vielen Erlebnisse mit ihm nicht vergessen.
Sie haben uns auf der Gefühlsebene tief berührt und uns
beeinflusst. Mein Mann konnte Hunde nicht leiden und
diese bellten ihn sofort an. Durch Arco hat sich das stark
verändert. Der Hund war erst klein und ist langsam
gewachsen. So baute sich eine Bindung auf und der große
Hund war nicht mehr das böse Tier. Mensch und Tier
begegnen sich auf derselben Ebene wie Mensch und
Mensch. Durch Respekt, Liebe und Aufgabenverteilung
kann sich ein harmonisches Zusammenleben entwickeln.
Das Tier ist nur gehorsam, wenn es den Menschen als
Führung anerkennt. Sonst kann es gefährlich werden. Als
Kind hatten wir zu Hause auch einen Schäferhund: „Lux".
Ich mochte ihn sehr, aber er wurde bissig, wenn er die
Familie oder sich selbst verteidigte. Er hat mich zweimal
gebissen, weil ich die Hundesprache nicht verstand. Wir
verkauften ihn kurze Zeit später mit zwei Jahren an die
Armee. Meine Eltern, mein Bruder und ich besuchten ihn
einmal nach über zwei Jahren. Alle meinten: „Das hat
keinen Sinn. Er erkennt euch nicht mehr". Irrtum. Zuerst
bellte uns ein kräftiger großer Hund aus seinem Zwinger
mit gefletschten Zähnen an.
Dann rief meine Mutter seinen Spitznamen:„Hünschi" und

alles erstarrte plötzlich an ihm. Kein Bellen mehr, sondern Schwanzwedeln und das mitgebrachte Fleisch wurde gerne gefressen.

Meine Eltern, mein Bruder und ich gingen mit Tränen in den Augen zum Auto und fuhren nach Hause. Nun war es klar: Tiere haben Gefühle, die lange anhalten und nicht vergessen werden.

Unser Arco konnte und wollte Fußball spielen. Als Angreifer, aber auch als Verteidiger. Er umklammerte dabei dein Bein mit seiner Pfote und wollte dich so am Spielen hindern. Bei der Gartenarbeit war er eher ein Hindernis als ein Helfer. Er legte sich dicht neben Spaten oder Harke. Als wenn er auf Beobachtungsposten lag oder alles genau kontrollieren wollte. Ich mag Kontrolle nicht.

Ich war für Körperpflege und Kuscheleinheiten zuständig. Dazu gehörten: Zecken entfernen und Fell bürsten (besonders beim Fellwechsel). Am Abend erzählte er mir, was er erlebt hatte. Es kamen unterschiedliche Laute heraus, aus denen ich den Tag je nach Aufregung deuten konnte. Andere Katzen wurden auf und um das Grundstück nicht geduldet. Rettung gab es für sie auf einem Obstbaum für mehrere Stunden, denn Arco wartete geduldig darunter. Manchmal flüchteten sie auf ein Autodach. Beim Auto wurde er ungeduldig und versuchte, die Katze vom Dach zu verjagen. Das Auto gehörte einem Besuch und lange Kratzer zeugten vom Geschehen. Wir hatten zum Glück eine Haftpflichtversicherung. Diese ist äußerst wichtig für Tierhalter, da man nie weiß, was sie anstellen.

Ein Nachbar hatte einen Rottweiler. Wir wollten einen Sparziergang machen und hatten Arco nicht gleich angeleint. Hunde sind sehr schnell. Sie können sogar Rehe einholen, wenn diese eine Pause machen. Er lief um die Ecke und zum Rottweiler. Leider konnten die beiden sich nicht leiden. Sie gingen aufeinander los, zum Glück brachten sie sich keine Wunden bei. Hunde versuchen, den

Gegner am Hals zu treffen. Arco hatte ein starkes Lederhalsband um. Die Geräusche der Tiere waren für mich erschreckend. Ich trat dem Rottweiler in den Hintern, wenn es passte. Das brachte nicht viel, aber es störte ihn. Der Nachbar kam angerannt und sah zwei Hunde und eine Frau, die in einen Kampf verwickelt waren. Bis auf den Riesenschreck ging es gut aus. Ich fühlte mich danach sehr stark.

Verreisen konnten wir mit unserem Hund nicht. Wir hatten es ihm nicht beigebracht. Zuerst hatten wir keine Zeit und später war er zu alt. Einmal starteten wir einen Versuch. Solange wir zusammen gingen, merkten wir seine Nervosität, aber es klappte irgendwie. Dann wollte mein Mann ein Eis kaufen und entfernte sich. Da bellte er die ganze Gegend zusammen und zog an der Leine. Wir probierten es nicht mehr.

Was mit dem Tier machen, wenn wir verreisen wollen? Eine Möglichkeit ist die Tierpension. Wir fanden eine und hatten das Gefühl, dass er dort gut aufgehoben war.

Es war wie ein Ferienlager. „Mädels" gucken gehörte dazu. Ab und zu wurden Hündinnen an den Zwingern vorbeigeführt. Das war für unseren Arco neu. Er kannte keine Hündinnen. Er war von Hunden umgeben und wenn eine Hündin in erreichbarer Nähe war, wurde diese zu bestimmten Zeiten eingesperrt. Als wir vom Urlaub zurückkamen, würdigte er uns keines Blickes. Er lief an uns vorbei und sprang ins Auto. Aha, eingeschnappt also. Beim nächsten Urlaub kam Oma und wollte testen, ob sie mit dem Hund klarkam. Es klappte gut und Oma freute sich mit dem Tier. Nun war es ein festes Bündnis für die Urlaubszeit, wenn Frank nicht konnte.

Alles hat seine Zeit. Als die Zeit mit Arco zu Ende war, stellten sich die typischen Trennungsmerkmale ein. Traurigkeit, Es-nicht-akzeptieren-Wollen, Annehmen und Loslassen. Mit dem Loslassen ist es so eine Sache. Alles im

Leben, was zu uns kommt, müssen wir auch wieder loslassen, sogar das Leben. Manchmal gelingt das Loslassen und manchmal nicht.

Unser ältester Sohn Frank hat sich früh von uns abgenabelt. Er besuchte mit Freude das Gymnasium, denn dort konnte er lernen, wie er wollte. An der Realschule fühlte er sich nicht wohl, da fleißige Lerner als „Streber" bezeichnet wurden. Hinzu kam, dass seine Mutter zu seinen Lehrern gehörte. Das ist immer schwierig für beide Seiten. Als Mutter möchte man den Eindruck vermeiden, sein Kind zu bevorteilen. Also behandelt man es strenger und der Sohn kann sich nicht entfalten, da er ständig unter Beobachtung steht. Am Gymnasium traf Frank im Unterricht auf seinen Vater. Hier störte es ihn kaum, da die Schule viel größer war und der gemeinsame Unterricht nur ein Jahr dauerte. In einer Mathematikstunde meldete sich Frank beim schriftlichen Arbeiten. Mein Mann dachte, dass er eine Frage hat und ging zu seinem Platz. Da sagte Frank zu ihm: „Vati, du hast mein Hemd an".
Im Internat traf er auf gute Freunde, mit denen er sich austauschen konnte und die gemeinsame Interessen hatten. Die Verbindungen bestehen bis heute. In der Woche war er weg und nur am Wochenende bei uns. Frank lernte seine erste große Liebe am Gymnasium kennen. Er wollte natürlich möglichst viel Zeit mit ihr verbringen und so blieb immer weniger für uns. Wir gaben ihn frei.
Nach der Schule folgte die Bundeswehr. Er wollte Bauingenieur werden und absolvierte alles mit Zielstrebigkeit, Ehrgeiz und Fleiß. Seinen Wunsch, ein Moped zu fahren, erfüllte er sich selbst. Er ging in der Milchviehanlage arbeiten. Wir waren stolz darauf und bewunderten ihn dafür. Die Arbeit dort war nicht leicht, aber er hat durchgehalten. Auch beim Studium in Lübeck

arbeitete er nebenbei im Hafen. Nach dem Studium konnte er auf Empfehlung sofort eine Stelle annehmen. Es lief alles glatt, bis auf eine Verletzung bei der Bundeswehr und die folgende Operation an der Schulter. Ich bedaure, dass ich ihn nicht im Krankenhaus besucht habe. Ich glaube, dass es unserem Jungen so erging wie mir früher im Krankenhaus. Allein zu sein.

Ich konnte nicht ins Krankenhaus gehen. Nach meinen Aufenthalten dort habe ich mir geschworen: „Nie wieder ins Krankenhaus!" Dieser Glaubenssatz sitzt tief und kraftvoll in mir. So tief, dass ich mich nicht überwinden konnte, ihn zu besuchen. Es tut mir heute sehr leid. Ich hoffe, unser Sohn hat mir vergeben.

Uns verbindet ein weiteres Krankenhauserlebnis. Mein Mann war bei der NVA. Wir hatten einen „Trabant" und ich fuhr im Winter mit unserem angeschnallten Jungen auf der Rückbank allein in die Stadt. Der Gegenverkehr kam im Zick-Zack-Kurs auf uns zu. Da machte ich einen großen Fehler. Ich trat auf die Bremse. Das Auto rutschte in den Graben. Genau an der Stelle stand ein kleiner Baum. Ich fuhr den Baum um und blieb darauf hängen. Mein Junge wurde aus der Verankerung gerissen und lag neben mir auf der Handbremse. Unsere Geschwindigkeit war zum Glück gering. Der Unfall ereignete sich direkt nach einer Kurve hinter dem Krankenhaus. Hilfe kam schnell. Unser Frank hatte nur eine Beule und ich musste am Knie genäht werden. Danach wollte er lange in kein Auto einsteigen. Ich war schuld an diesem traumatischen Erlebnis. Ich glaube, da entstand mein Postulat: „Nie wieder!"

Wir hatten keine großen Sorgen um unseren Frank und wussten immer, dass er sein Bestes gab. Dadurch gelang uns das Loslassen leichter. Die Liebe zum Kind bleibt.

Vielleicht lag es auch daran, dass wir noch einen kleinen Jungen hatten. Ihm konnten wir die ganze Aufmerksamkeit schenken. Wir waren uns sicher: Frank geht seinen Weg selbstbewusst.

Seine erste große Liebe fand er schon am Gymnasium und sie studierten an der gleichen Hochschule. Wir hatten uns vorgestellt, dass es die Frau für sein Leben sein wird. Nach dreizehn Jahren Gemeinsamkeit zerbrach das Glück. Wir standen da und wussten nicht, was passiert war. Der Verstand konnte es nicht erfassen. Beide machten doch so einen glücklichen Eindruck. Ein gemeinsames altes Haus war gerade gekauft worden und sollte schrittweise umgebaut werden. Enkelkinder hatten wir noch nicht, aber eine Hoffnung auf später.

Nun lag das Glück in Scherben. Unser Sohn konnte es auch nicht verstehen. Seine Freundin zog aus und ließ ihn mit der quälenden Frage zurück: „Warum?" Er hatte sie geliebt, sich angestrengt für diese Beziehung. Es war nicht genug. In der ersten Zeit der Trennung sagte er zu uns: „Es fühlt sich an wie sterben." Ich glaube, dass wirklich etwas in ihm gestorben ist. Alle sagen: „Das Leben geht weiter." Es ist so. Der Schmerz wird kleiner und die Kunst besteht darin, die Vergangenheit loszulassen. Ich glaube nicht, dass die Zeit die Wunden heilt. Du musst sie selbst heilen. Vergib den anderen Menschen und vergib dir selbst. Mit dem Vergessen ist es schwieriger. Die Ereignisse, die Erfahrungen bleiben in deinem Leben. Sie können nur verstärkt, bekräftigt werden oder an Einfluss verlieren. Unser Sohn ist stark, stärker als wir dachten. Als kleiner Junge begann sein Leben mit Schwierigkeiten. Nun als erwachsener junger Mann schaute er langsam nach vorne. Er hat so viele liebenswerte Eigenschaften, die ihm bewusst werden mussten. Frank ist zuverlässig, rücksichtsvoll, engagiert, ordnungsliebend, fleißig, offen, herzlich, fürsorglich, pflichtbewusst und hat seine eigene Meinung.

Manchmal ist er sehr empfindlich, braucht Anerkennung und ist überfordert, weil er alles gut machen will.

Es dauerte nicht lange und er fand (oder sie fand ihn) eine neue Frau, die diese Eigenschaften erkannte und ihn genau deshalb liebt. Sie lebten lange Zeit zusammen, einige Zeit davon in getrennten Orten, bis sie heirateten. Die Erfahrungen der Vergangenheit hatten sie ängstlich vor einer zu schnellen Verbindung gemacht. Wir haben jetzt zwei Enkelinnen und eine Hochzeit gab es auch. Das Bekenntnis, den weiteren Weg des Lebens gemeinsam zu gehen mit dem Risiko, dass es nicht klappt. Die Hochzeit ist für mich kein formaler Akt oder nur eine Unterschrift. Es ist der feste Glaube und Wille, mit dem Partner zu leben. Dabei geht es nicht um die anderen, die Öffentlichkeit. Es geht um die beiden Menschen ganz allein.

Ein schnelles Loslassen gibt es nicht mehr. Ich glaube auch, dass die Bereitschaft, für die Ehe zu kämpfen, größer ist als für eine Beziehung ohne Bekenntnis, da das Bündnis stärker ist. Ich kann mich irren, denn die Scheidungszahlen sind leider sehr hoch. Wo ist der Kampfgeist? Sind die Ansprüche zu hoch? Hat es mit dem Selbstbewusstsein der Frauen zu tun? Ich bin mir sicher, Mut, für die Liebe zu kämpfen, wird belohnt.

Das Gefühl der Liebe zu den Kindern bleibt ein ganzes Leben. Egal, was passiert, es ist da. Ich übe das Loslassen noch immer. Ich wünsche mir mehr Informationen, Telefonate, Gespräche, Besuche. Es kann viel mehr sein, sagt das Gefühl. Der Verstand redet von der Kanzel herab und ist schlau: „Dein Kind hat seine eigene Familie und die geht vor." Ich antworte: „Ich weiß. Trotzdem."

In unserem Kollegium gab es einen schrecklichen Unfall. Auf einem Wandertag wollte eine Klasse zum Abschluss grillen. Das Feuer geriet außer Kontrolle und beim Versuch, es zu löschen, erlitt die Kollegin sehr starke Verbrennungen.

Danach schwebte sie zwischen Leben und Tod. Es kamen ein paar Leute zu ihr in die Klinik und halfen beim Rückweg ins Leben. Das beeindruckte mich sehr, denn sie setzten keine Medikamente ein. Als ich erfuhr, dass sie von einer Kirche kamen, wollte ich diese kennenlernen. Die Kirche hieß „Scientology-Kirche" und befand sich in Hamburg. Mir sagte dieser Name nichts. Ich erfuhr weiter, dass der Begründer Ron Hubbard war. Er hatte Mathematik/Physik studiert, war viel auf Reisen in der Welt und hatte seine Erfahrungen in Schriften dargelegt und eine Theorie entwickelt. Die Grundlage, dass der Verstand alles steuert, bestimmt sein Hauptwerk „Dianetik". Durch die Methoden der Kirche könnten Suchtkranke geheilt werden, die Not auf der Welt verringert werden, wenn der Mensch dazu bereit ist. Das hörte sich für mich gut an und ich wollte es ausprobieren. Ich fuhr mit dem Auto allein nach Hamburg und fand die Kirche. Für Übernachtung war bei Bekannten gesorgt. Am ersten Tag unterschrieb ich einen Vertrag, was ich in der Kirche erreichen wollte und wie viel die Betreuung kostet. Das war für mich selbstverständlich. Nichts ist umsonst, die Einrichtung, die Mitarbeiter, das Essen ...

Nun kam es zur ersten Sitzung. Ein sympathischer Mann saß mir gegenüber und zwischen uns ein Gerät. Dieses Gespräch hieß „Auditing".

Ich beantwortete bereitwillig Fragen, denn ich wollte ein Problem lösen. Das Gerät könnte man mit einem Lügendetektor vergleichen. Der Hautwiderstand wird gemessen und so versucht man, den Wahrheitsgehalt der Antworten zu ermitteln. Das empfand ich als unangenehm, denn Kontrolle mag ich nicht. Ich sage die Wahrheit auch ohne Kontrolle. Der Körper spürte nichts Besonderes dabei. Wir konnten dem Problem näherkommen und zum Schluss auflösen. Das Prinzip heißt: Gehe von einem Ereignis (einem Gefühl), was jetzt besteht, aus und gehe weiter zurück, bis du zum Auslöser kommst. Dann hast du den Schlüssel (Key). Wenn der Schlüssel „einkeyt", werden alle Probleme, die damit zu tun haben, wie an einer Perlenschnur aufgelöst. Ich kann bestätigen, dass es funktioniert hat. Am Beispiel mit meinem Vater habe ich es erlebt. Als ich Kind war, durfte ich einmal meinem Vater die Zensuren seiner Schüler aus dem Klassenbuch für die Zeugnisse diktieren. Das war für ihn eine Arbeitserleichterung. Nur hatte ich beim Diktieren Fehler gemacht und er musste die Zeugnisse noch einmal schreiben. Bestimmt bekam er von seinem Direktor entsprechende Worte zu hören. Ich hatte ihn enttäuscht und war schuld. Ich durfte nie wieder diktieren.

Im „Auditing" fanden wir den Schlüssel und lösten die Schuldgefühle total auf. Das war für mich eine unbeschreibliche Erleichterung. Als ich mit dem Auto bei der Heimfahrt eine Baumallee durchfuhr, fühlte sich mein Geist riesig an. So etwas hatte ich noch nie erlebt. Ich schaute von der Höhe der Baumgipfel auf die Straße vor mir.

Ich schaute mir beim Fahren zu und hatte keine Angst. Es war phantastisch. Dieses Gefühl wollte ich wieder haben. Der nächste Wochenendbesuch war geplant.

Ron Hubbert hat von seinen Reisen unterschiedliches Wissen und Rituale mitgebracht und sie zu seiner Theorie vereint. Ich bin der Meinung, dass er in guter Absicht eine Gemeinschaft aufbauen wollte, die stark und zielstrebig ist, die mit großem Willen alles erreichen kann. Schwierig wird es, wenn die eigenen Ideen als die einzig wahren Ideen angesehen werden. Ab da wird der Pfad der Macht bestritten.

Menschen unbedingt beeinflussen zu wollen, ohne dass sie es selbst wollen, ist Macht ausüben. Die gute Absicht tritt in den Hintergrund. Der Mensch begibt sich in Abhängigkeit und unter Zwang.

Manche Menschen gehen zur Bank und lassen sich dort finanziell helfen. Die Abhängigkeit ist völlig klar, sie beruht auf Verträgen mit Zahlen und gegenseitigem Einverständnis. Andere Menschen suchen nach einem anderen Weg. Diese Abhängigkeiten können umfassender werden.

Das Interesse an den Methoden war für mich zu Beginn groß, da es funktionierte. Es stellten sich sofort messbare, fühlbare Erfolge ein. Dadurch entstand der Glaube, durch diese Methoden kannst du Verbesserung, Erleichterung, Erfolg erreichen. Du bestimmst deinen Weg.

Ob Ron Hubbert so viel Wirtschaftlichkeit im Sinn hatte? Ich bin mir nicht sicher. Was die Menschen aus erfolgreichen Ideen und Lehren machen, ist eine ganz andere Sache. Die Geschichte hat viele Beispiele hervorgebracht. Das Dynamit, die Kernspaltung, die Raketen, das U-Boot ...

Ich lernte in den Kursen, wie ich mit Beleidigungen umgehen kann, wie ein Text richtig gelesen wird. Du gehst zurück zu dem ersten Wort, das du nicht verstanden hast. Alle Wörter danach werden nicht mehr verstanden. Es geht um die Klarheit jedes Wortes. Der Geist wird klar (clear). Das ist mühevoll, aber es hat Wirkung. Du musst konzentriert bleiben und Ausdauer zeigen. Du darfst erst weiterlesen, wenn du das Wort vollständig verstanden hast. Ich lernte, wie ich die Lebensweise anderer Menschen respektiere und ohne Urteil bin. Jeder Mensch hat seine Welt und deine ist nicht der Maßstab.

Die ersten Zweifel an der Arbeitsweise im Haus der Kirche kamen bei mir auf, als ich meine Kurse nicht mehr selbst bestimmen sollte. Sie wurden für mich festgelegt.

Das funktioniert mit mir nicht. Die nächsten Zweifel entstanden bei einem Morgenappell für die Mitarbeiter. Der Gemeinschaftssinn sollte durch Appelle gestärkt werden. Mit erhobenen Armen wurden Losungen gerufen. Mir lief es kalt den Rücken runter. Appelle dieser Art erinnerten mich an ein Einschwören auf etwas Großes, Ungewisses, von anderen Menschen Erdachtes.

Nach einem „Auditing" sollte ich meine Erfolge aufschreiben und diese wurden an einer Wandzeitung ausgehängt. Das erinnerte mich an die Diktatur, in der ich gerade gelebt hatte. Das wollte ich nicht und lehnte ab. Die Mitarbeiter in der Einrichtung arbeiteten von früh bis spät in die Nacht. Persönliche Freizeit gab es nicht. Alles wurde der Kirche untergeordnet. Die Menschen sollten gerettet werden und die gesamte Menschheit in eine Zukunft nach den Vorstellungen der Kirche geführt werden.

Für mich war es Zeit, meine Besuche zu beenden und einen Schlussstrich unter die „Scientology-Kirche" zu ziehen. In den Ideen von Ron Hubbert steckt das Potential, den Menschen zu helfen und Gutes zu tun. Es enthält aber auch ein großes Potential, um emotionale Abhängigkeiten zu schaffen. Wer wirtschaftlich und geistig erfolgreich sein will, muss sich den Regeln und Gesetzen total unterordnen. Das konnte und wollte ich nicht.

Nachdem ich den Kontakt abgebrochen hatte, erhielt ich Werbung und Angebote für Kurse. Es dauerte lange, bis respektiert wurde, dass ich kein Interesse mehr hatte. Zum Schluss erhielt ich einen Brief, in dem Zahlungen für Kurse geleistet werden sollten.

Ich verwies auf ihre Buchhaltung. Bei genauer Prüfung konnte diese feststellen, dass von meiner Einzahlung ein Restbetrag bestand. Diesen habe ich gespendet. Nun war dieser Abschnitt meines Lebens beendet.

Im Rückblick kann ich feststellen, dass es ein Schritt auf meinem Weg war. Ich erfuhr, dass unser Geist gezielt beeinflusst werden kann. Ich erfuhr es an mir. Unsere Gedanken haben eine Wirkung, sie besitzen Energie. Ich selbst bin die Einzige, die sie verändern kann. Mit der Änderung der Gedanken ändern sich auch unsere Gefühle.

Ich erlebte das Gefühl der „Freiheit", ohne Last zu sein, einfach nur da zu sein.

Doch Vorsicht, dachte ich, achte auf dich, öffne dich und bleibe bei dir. Handle so, wie du es für richtig hältst, lasse dich von anderen Menschen leiten, aber nicht bestimmen.

Deutschland war wieder vereinigt. Es war friedlich geschehen, zum Glück. Nun musste der Osten Deutschlands an den Westen angepasst werden. Es betraf alle Bereiche des Lebens, auch den Bereich Bildung und Schule. Dazu gehörte die inhaltliche, materielle und personelle Neuorientierung. Am Anfang stand die personelle Ausgestaltung. Schulräte, Schulleiter und ihre Stellvertreter wurden ausgetauscht. Das war eine politische Entscheidung. Die Lehrer wurden in eine Gehaltsstufe eingruppiert, die sich nicht nach ihren Abschlüssen richtete, sondern nach der Schule, an der sie zum Zeitpunkt der Eingruppierung unterrichteten. Das war eine Festlegung ohne Einspruchsrecht. Später konnte eine begrenzte Anzahl von Lehrern in einem Antragsverfahren eine Stufe höher eingruppiert werden. Die Verfahren zur Festlegung der Gehaltsstufe wurden in den neuen Bundesländern sehr unterschiedlich gehandhabt. Einige ließen den Beamtenstatus zu, andere nicht.

Wie geht man damit um? Obwohl viele Kollegen eine höhere Ausbildung nachweisen konnten, wurden sie niedriger eingestuft. Annehmen, wie es ist. Akzeptieren, dass es durch den Zusammenbruch des Staates zu willkürlichen Ereignissen kommt.

Ich habe immer versucht, das Positive zu sehen. Der friedliche Umbruch war entscheidend. Ich durfte in meinem Beruf weiterarbeiten. Menschen, die aus anderen Ländern zu uns nach Deutschland kamen, erhielten häufig keine Anerkennung ihrer Ausbildung. Die Ausbildung zur

Kindererzieherin oder Ergotherapeutin in der DDR wurde z. B. in den alten Bundesländern nicht anerkannt oder es kam zu einer Probezeit für eine Einstellung. Schon sind wir bei der Bewertung von Menschen, ohne sie zu kennen.

Daraus folgt eine Herabsetzung der anderen, um sich zu erhöhen. Mit der Zeit entsteht dadurch Wut und Aufbegehren. Das hatte ich nicht. Ich wollte nach vorne schauen und neues ausprobieren.

Mein Mann hatte sich entschieden, auch etwas Neues auszuprobieren. Er wechselte zum Gymnasium. Wir waren ausgebildete Diplomfachlehrer für das Gymnasium. Also los.

In dieser Zeit lag die Entscheidung für den Gymnasium-Schulbesuch der Kinder bei den Eltern. Nach dem Empfehlungsschreiben durch die Schule konnten die Eltern die endgültige Entscheidung treffen, unabhängig von den Leistungen ihres Kindes. Viele Eltern wünschten sich für ihr Kind das Abitur, da sie dann in der Gesellschaft mehr Chancen hätten. Das ist zwar verständlich, denn die Gesellschaft suggerierte diese Vorstellung. Die Gefahr bestand in der Überforderung ihrer Kinder und den Konsequenzen beim Nichterfüllen der Erwartungen. Die Kinder hatten den Druck auszuhalten und erlitten häufig psychischen Schaden.

Ich kann bis heute nicht verstehen, warum ein Abitur mehr Wert sein soll als ein Realschul- oder Hauptschulabschluss, wenn es zum Kind passt. Meine Erfahrungen haben gezeigt, dass ein Kind dort am besten lernen kann, wo es die gestellten Aufgaben erfüllen kann. Bei Überforderung kommt es zu Minderwertigkeitsgefühlen, Sich-zurückziehen oder Aufmerksamkeit erhalten wollen, egal wie. Ständige Misserfolge schaden dem Selbstbewusstsein. Bei Unterforderung kommt es zur Überheblichkeit, falschem Einschätzen des eigenen Könnens, Unaufmerksamkeit und Im-Mittelpunkt- stehen wollen.

Die Gesellschaft mit ihren Auffassungen von „Gut" und „Schlecht" hat das dreigliedrige Schulsystem abgelehnt. Es bestanden die Befürchtungen, dass die Kinder in einer Schublade landen, aus der sie nicht mehr herauskommen. Wurden die Kinder dazu gehört oder war es eine Meinung der Erwachsenen? Meine Erfahrungen haben gezeigt, dass die Kinder und Jugendlichen besser lernen, wenn es Erfolgsaussichten gibt und die Forderungen in einer Klasse für alle gleich sind. Fragen wir die Kinder, ob sie gerne zur Schule gegangen sind, dann erhalten wir ein „Ja" als Antwort, wenn sie sich in der Gruppe wohl fühlten und wenn sie Erfolge hatten.

Die Lösung sollte der differenzierte Unterricht sein. Natürlich gehört er zum Schulalltag dazu, er ist aber nicht die Lösung für sehr unterschiedliche Fähigkeiten.

Es ist leicht, einen unterschiedlichen Schwierigkeitsgrad bei der Aufgabenstellung zu wählen. Es ist unmöglich, diese verschiedenen Aufgaben gleichzeitig zu analysieren und zu vergleichen. Die Schüler möchten aber nicht nur wissen, ob ihre Aufgabe richtig gelöst wurde, sondern auch, welche Fehler sie gemacht haben. Das ist der eigentliche Lernprozess und das kann der Lehrer bei sehr unterschiedlichen Fähigkeiten nicht leisten. Fortschritte sind zu erreichen, wenn auf den Einzelnen eingegangen werden kann. Eine gute Möglichkeit sind natürlich kleine Klassen.

Schauen wir in das Bildungssystem von heute. Die Möglichkeiten durch die Technik werden größer, kommen aber zu langsam voran. Es ist immer noch eine Massenabfertigung. Das hört sich hart an, aber die Klassen sind zu groß, auf den Einzelnen kann nicht individuell eingegangen werden. Durch den permanenten Lehrermangel dürfen Quereinsteiger ohne pädagogische Qualifikation unterrichten. In der Ausbildung zum Lehrer hat sich nicht viel geändert und die Absolventen gehen in das Bundesland mit der besten Bezahlung. Die Anerkennung des Berufes in der Gesellschaft ist nicht sehr hoch.

Welchen Stellenwert hat Bildung in Deutschland? Braucht ein Staat „Elite"-Schulen? Ist das etwas Schlimmes? Hochbegabte Kinder brauchen besondere Aufmerksamkeit und Forderung. Für die Gesellschaft kann es von Vorteil sein, wenn es Talente gibt, die der Allgemeinheit mit ihrem Können dienen. Wenn unser Land diesen Kindern keine Möglichkeiten schafft, werden sie eines Tages fehlen und aus anderen Ländern gerufen. Deutschland hat in seiner Geschichte viele kluge Köpfe hervorgebracht. Tun wir bitte nicht so, als ob es etwas Schlechtes ist, Talent zu haben. Es besteht kein Zweifel, dass es z.B. Musikschulen, Sportschulen oder Kunstschulen geben kann. Warum nicht Schulen für andere spezielle Fähigkeiten? Ich denke z.B. an Landwirtschaftsschulen, naturwissenschaftliche Schulen, aber auch praktische Schulen wie Hauswirtschaftsschulen, Maurer- oder Schlosserschulen.

Ein Experiment wurde zu meiner Schulzeit gestartet. Ab der 9. Klasse konnte man eine bestimmte Richtung wählen. Neben dem allgemeinen Unterricht wurde ein Tag in der Woche diese Klasse anders unterrichtet. Alle Jugendlichen, die ihre speziellen Fähigkeiten noch nicht gefunden hatten, wurden zusammengefasst. Es erfolgte für sehr viele ein Schulwechsel, aber den meisten hat es im späteren Leben und Beruf geholfen. Warum dieses Experiment nicht weiter-geführt wurde, kann ich nicht sagen.

Mein Mann stellte sich den neuen Aufgaben mit Elan und Zuversicht. Er hatte fast zwanzig Jahre an einer Realschule unterrichtet und nun das Gymnasium. Er wollte es versuchen. Am Anfang lief es gut. Bis er die erste Klasse zum Abitur geführt hatte. Drei Abschlussklassen wollten bei drei unterschiedlichen Lehrern in Mathematik das Abitur ablegen. Alle drei Klassen scheiterten in der schriftlichen Prüfung fürchterlich. Das Schulamt erwartete Erklärungen für das Scheitern. Die Schulleitung versuchte, Gründe zu finden. Es musste an der Arbeitsweise der Kollegen liegen. Da eine Fachlehrerin stellvertretende Schulleiterin war, blieben die anderen zwei Kollegen übrig. Sie wurden beurteilt und von der Schulleitung verurteilt. Die mathematischen Voraussetzungen der Schüler wurden nicht in Frage gestellt. Als mein Mann nach den Ferien zur Schule kam, wurde ihm mitgeteilt, dass er und sein Kollege im kommenden Schuljahr nicht mehr am Gymnasium unterrichten und an eine andere Schule versetzt wurden. Sie waren also die Schuldigen.

Es war unstrittig, dass bestimmt Fehler passiert waren. Logisch wäre auch die Versetzung, wenn es nur einen Kollegen betraf. Aber so blieben Fragen offen. Die Kollegen wurden zu „Bauernopfern". Der Personalrat der Schule besuchte uns zu Hause und gab die Empfehlung, dass mein Mann sich die Beurteilung vorlegen lassen sollte. Sie war ohne Kenntnisnahme zum Schulamt geschickt worden.

Meiner Meinung nach geht das überhaupt nicht. Ich wollte ihn überreden, dass er sich diese Vorgehensweise nicht gefallen ließ. Er lehnte ab. Mein Mann sah darin ein Zeichen, dass er nicht an das Gymnasium gehörte. Er wollte nicht kämpfen. Er ließ es geschehen. Später habe ich meinen Mann verstanden. Als ich mich in einer ähnlichen Situation befand, ließ ich das Leben geschehen. Der Fachkollege ließ es nicht zu und wollte kämpfen. Er fühlte sich ungerecht behandelt. Gibt es eine Gerechtigkeit? Oder hängt sie vom Betrachter ab? Er zog vor Gericht und das Ergebnis war ein Vergleich. An das Gymnasium kam er nicht zurück.

Für mich waren diese Ereignisse der Anlass, eine

Kandidatur für den Bezirkspersonalrat anzustreben. So etwas sollte nie wieder geschehen dürfen. Ich arbeitete im Landesvorstand des Realschullehrerverbandes (VDR) mit. Durch den VDR wurde ich zur Wahl aufgestellt und gewählt. Eigentlich hatte ich keine konkreten Vorstellungen, was die Aufgaben dieses Gremiums sind und welche Rechte und Pflichten die gewählten Vertreter haben. In den acht Jahren meiner Mitarbeit hatte ich immer ein gutes Gefühl, mich für die Lehrer des Schulamtsbereiches einzusetzen. Das, was mit meinem Mann und seinem Kollegen passiert war, ist nie wieder geschehen. Der Bezirkspersonalrat besitzt das Recht, von den Schulräten Rechenschaft über personelle Entscheidungen zu erhalten und sie zu begründen. Ein angestellter Lehrer hat das Recht, seine Beurteilung zu lesen und Einspruch zu erheben. Ich bin froh, mich für die Mitarbeit in diesem Gremium entschieden zu haben. Ich lernte viel dazu über den Umgang mit Gesetzen, Papieren und auch über die Grenzen von Verordnungen. Sie sind eine Hilfe, um zu regeln, zu ordnen, zu orientieren.

Dadurch wird aber das menschliche Miteinander, das offene Gespräch, die Einsicht in die Notwendigkeiten, das Ausloten von Möglichkeiten, die gegenseitige Hilfe, Unterstützung und das Verständnis füreinander nicht ersetzt.

Ein Paragraph ist nur das, was er ist. Ein Paragraph. Anwenden und umsetzen müssen ihn die Menschen. Ich habe gelernt, dass es Gleichheit nicht gibt, da jeder Fall individuell geprüft werden muss. Die notwendigen Bedingungen können erfüllt sein und trotzdem enthält jede Entscheidung individuellen Spielraum, Willkür und das Ausüben von Macht können durch solche Gremien vermieden werden. Eine Gerechtigkeit an sich gibt es nicht, es ist eine Illusion. Die Gestaltung des Bildungswesens gehört zur Länderhoheit. In unserem Bundesland wurden nach dem Ende der DDR einige Unterrichtsfächer gestrichen wie z.B. Staatsbürgerkunde, Einführung in die sozialistische Produktion, andere gekürzt wie z.B. die naturwissenschaftlichen Fächer und neue kamen hinzu wie z.B. Arbeit / Wissenschaft / Technik (AWT), Philosophie, Religion. Die Umstrukturierung hatte Folgen für die Beschäftigung der Lehrer. In einigen Fächern gab es zu viele und in anderen zu wenig Fachlehrer. Durch diesen Hintergrund wurde in unserem Land das Lehrerpersonalkonzept erarbeitet. Es war umstritten und basierte auf der Solidarität der Lehrer. Alle vorhandenen Stunden eines Faches wurden landesweit addiert und durch die Anzahl der Fachlehrer geteilt. Das war der Arbeitsumfang für den Kollegen.

Soweit die Theorie. In der Praxis bedeutete das, dass es an einer Schule mehr Stunden gab, als Lehrer arbeiten konnten, und an der anderen zu wenig. Dadurch entwickelte sich ein „Lehrertourismus". Sie fuhren durch das Land, um die Lücken zu schließen.

Manchmal nur für ein Schuljahr. Die Stabilität der Kollegien wurde zerstört, die kontinuierliche Arbeit kam ins Schwanken. Die pädagogische Arbeit gewinnt nie, wenn nur addiert und geteilt wird.

Die Kollegen, die ihr Einverständnis zu diesem Konzept verweigerten, erhielten ihre Kündigung. Der Arbeitgeber hatte das Recht, aus betrieblichen Gründen so vorzugehen. Wir wollten uns von dem politischen Druck lösen und waren in einen arbeitsrechtlichen Druck geraten. Was sagt mir das? Bildung hat immer mit Politik, Wirtschaft und Glauben zu tun. Ich glaubte an die neuen Möglichkeiten. In unserer kleinen Schule auf dem Land gab es sie. Mein Physikraum erhielt neue Tische, Stühle und Schränke. Eine tolle Tafel, an der ich mit Stiften schreiben konnte, keine Kreide mehr. Ich war als einzige ausgebildete Mathematik-/Physiklehrerin übriggeblieben. Ich konnte alleine entscheiden.

Auf den alten Holzbänken duften die Schüler ihre Meinung über die Schule mit Stiften äußern, dann wurden sie entsorgt. Ich konnte da viel Positives, aber auch Frust lesen. Mit den neuen Möbeln entwickelte sich eine neue Aktivität. Die bessere Ordnung trug zu einer bewussteren und leichteren Arbeitsweise bei. Besonders die vielen Schülerexperimente brachten den Kindern Fortschritte in Selbständigkeit, im gemeinsamen Arbeiten, im Umgang mit Geräten und dem besseren Verständnis für den Unterrichtsstoff.

Die neue Zeit brachte für das Kollegium zeitweise einen größeren Zusammenhalt.

Wir kämpften gemeinsam mit den Eltern für den Erhalt der Schule. Unsere Mittel wie Briefe, Gespräche, Demonstrationen schöpften wir, so gut wir konnten, aus. Wir hatten Erfolg. Unsere Schule blieb als einzige Realschule auf dem Land erhalten.

Wir konnten darauf stolz sein und es beflügelte uns, uns weiter in diesem Beruf zu engagieren.

In über zehn Jahren unterrichtete ich hintereinander die Abschlussklassen in Mathematik und bereitete sie auf die zentrale schriftliche Prüfung und anschließende mündliche Prüfung vor. In Physik unterrichtete ich alle Klassen der Schule bis zur schriftlichen und mündlichen Prüfung. Ich fühlte mich gebraucht und spürte nicht, dass es zu viel sein könnte. In dieser Zeit war ich nie krank. Ich besaß die nötige Energie, alles zu schaffen und außerdem neue Ideen zu entwickeln. Anerkennung gab es nicht, daran hatte ich mich gewöhnt. Es war selbstverständlich, dass ich die Aufgaben erfüllte. Ich fühlte mich sicher an meiner Schule. Manchmal wünschte ich mir, dass mich die Lehrer, die ohne Ausbildung Mathematik unterrichteten, um Hilfe bitten würden. Als ich einige Schuljahre Sport unterrichtete, erhielt ich die Antwort. Ich bat auch nicht um Hilfe, ich wollte es alleine schaffen. Wer um Hilfe bittet, ist schwach. Diese Meinung musste ich in meinem späteren Leben als falsch erkennen. Wer bittet, erhält Hilfe und wird stärker. Mein Kollegium begann, für mich unbemerkt, zu zerbröseln. Alte Kollegen gingen in Rente, andere verließen die Schule, um sich selbständig zu machen. Wieder andere Kollegen wechselten die Schule. Es war das Leben mit seiner stetigen Veränderung.

Ich bemerkte es erst bewusst, als wir nur noch sechs Stammkollegen waren und diese den Schulbetrieb mit allen seinen Höhepunkten aufrechterhielten. Die fehlenden Fachlehrer kamen stundenweise zu uns und hatten keine weitere Beziehung zu unserer Schule und zu den Eltern. Dieses Kommen und Gehen ist für die pädagogische langfristige Arbeit ungesund. Wir haben diese Zeit nach meiner Meinung gut bewältigt. Ich fühlte bei mir und den anderen Kollegen Überlastung, aber trotzdem den Wunsch, es zu schaffen. Wir rückten noch einmal zusammen, bis der gewohnte Lebensraum ganz zerbrach.

Unser Sohn Stev wurde mit sieben Jahren an der Realschule eingeschult. Er lernte gern und es fiel ihm leicht. Durch sein Zeugnis am Ende der 4. Klasse und die Empfehlung der Lehrer kam Stev zum Gymnasium. Seine Vorstellung vom Lernen formulierte er so: „Ich muss jetzt gut lernen, damit ich es später leichter habe." Toll, dachten wir, dann läuft die Schule ohne Druck bestimmt prima. Das blieb bis zur 7. Klasse so, danach änderte sich alles. Er hatte keine Lust mehr zum Lernen, keine Lust mehr auf Schule. Die Ursache dafür konnten wir uns nicht erklären. In der 8. Klasse wurden seine Ergebnisse so schlecht, dass er das Klassenziel nicht erreichte.

Eine Entscheidung musste getroffen werden. Wir schlugen den Abgang vom Gymnasium vor, aber Stev versicherte uns, dass er es mit ganzer Kraft schaffen wollte. Er schaffte es gerade so. Wir entschieden gemeinsam, dass nun ein Abgang unvermeidlich war. In der 9. Klasse, mit sechszehn Jahren, war er wieder bei uns an der Schule, war er wieder bei mir. Die Pubertät spielt in dieser Zeit bestimmt eine Rolle. Nach meiner Auffassung damals macht sie sich gut als Begründung von Problemen. Viel später haben wir erfahren, dass sie nur teilweise der Grund war.

Die Kumpel, die Stev an der Schule traf, hatten gemeinsame Interessen beim Ausprobieren und Erfahrungen sammeln mit Alkohol und Kiffen. Der starke Leistungsabfall und die Ablehnung von Schule wurden weiter verstärkt durch eine Lehrerin am Gymnasium, die ihn besonders unter Druck setzte, so dass er aus der Schule weglief. Wir hatten unsere Erfahrungen als Lehrer mit dem Druck, er muss maßvoll sein. Warum Stev diese Behandlung als äußerst schmerzvoll empfand, verstanden wir erst viel später. Ich dachte, dass vernünftige Forderungen erfüllt werden müssen.

Geht nicht, gibt es nicht! Kämpfe und du kommst voran. Strenge dich an und mache das Beste aus dir. Dass Menschen nicht in der Lage sind, sich anzustrengen, kam mir nicht in den Sinn. Stev sagte zu mir: „Du siehst die Welt nur in schwarz und weiß. So ist sie aber nicht." Er sollte Recht bekommen. Wir sahen in unserem Sohn einen Jugendlichen, der zu faul und zu bequem war, etwas zu tun. Er gab sich unbewusst alle Mühe, uns nicht dahinter schauen zu lassen.

Nun saß er also bei mir im Unterricht und besuchte unsere Schule. Von Anfang an war er darauf bedacht, dass die Lehrer alle Schüler nach seinen Vorstellungen gerecht behandeln. Er sprach kritisch aus, was ihn störte. Bei seinen Mitschülern war er beliebt. An der Schule gab es strenge Regeln bezüglich des Rauchens. Es galt für alle Rauchverbot, sowohl für Lehrer als auch Schüler. Das hat Stev wiederholt nicht eingehalten. Also folgten die entsprechenden Schulstrafen. Zu den Gesprächen mit Klassenleiterin und Schulleitung habe ich meinen Mann geschickt. Im Inneren bestand bei Stev eine starke Ablehnung gegenüber Lehrern. Er beschimpfte sie pauschal und das hat mich sehr enttäuscht. Er beschimpfte also auch mich. Ich hatte dafür kein Verständnis und wusste nicht, woher diese starke Wut kam. Sie kam von ganz tief aus dem Unterbewusstsein.

Meine Geduld mit dem Rauchen an der Schule war zu Ende. Es ging um das Einhalten von Regeln, die für alle galten ohne Ausnahme. In einer großen Pause im Sommer lüftete ich den Physikraum im Erdgeschoss. Ich kannte die Ecken, in die sich die Schüler gerne zum Rauchen zurückzogen. Ich wollte sehen, ob Stev wieder dabei war. Ich kletterte aus dem Fenster und schlich um die Ecke. Da stand er allein mit einer Zigarette. Ich war so wütend, holte aus und gab ihm eine Ohrfeige.

Dann ging ich zurück durch das Fenster in den Physikraum. Die Wut hatte sich entladen, aber besser war mir nicht. Meine Gedanken kreisten. Du kannst doch nicht deinen 17-jährigen Sohn schlagen. Die Lösung ist falsch und ich legte mir Worte für eine Entschuldigung zurecht. Als ich nach Hause kam, sagte Stev zu mir: „Ich verstehe dich." Alles klar, aber ich verstand ihn nicht. Unsere Regeln, unser Verständnis vom Leben interessierten ihn nicht. Ich spürte Widerstand und Ablehnung.

Nach dem Realschulabschluss stand eine große Aufgabe vor Stev. Welchen Beruf wollte er ergreifen? Die erste Idee war eine Berufsausbildung mit Abitur. Nach zwei Wochen sollten wir ihn wieder abholen. Es war das Falsche. Er war achtzehn und konnte selbst entscheiden. Dann wusste er es schnell. Es sollte etwas mit Computern sein, ein Programmierer. Wir sahen in ihm das Talent dafür, aber nicht die schulischen Voraussetzungen. Die Bedingung war das Abitur. Stev fuhr zu Bewerbungsgesprächen und erhielt

Ablehnungen. Wir gerieten in Sorge. Wie sollte das weitergehen?

Wir schlugen ihm andere Berufe vor. Nein, er gab nicht auf und wollte es unbedingt. Nun war er schon ein Jahr bei uns zu Hause. In dieser Zeit nahmen die Diskussionen um die täglichen Aufgaben wie aufzuräumen, im Haushalt zu helfen zu. Oft lag er im Bett und machte nichts. Unsere Gedanken gingen immer noch in Richtung Bequemlichkeit. Wir werteten dieses Verhalten als respektlos. Nach einem Jahr kam die Zusage zu einer Ausbildung zum Fachinformatiker mit der Fachrichtung Anwendungsentwicklung. Die ersten zwei Jahre liefen gut. Alles klappte so, wie wir uns das vorgestellt hatten. Unsere Ordnung war wieder hergestellt. Stev hatte seine Orientierung gefunden und wusste, was er wollte. Zuerst wohnte er in einem Zimmer zur Miete, dann bezog er eine eigene kleine Wohnung im Neubaublock. Wir brauchten uns keine Sorgen mehr machen.

Wir waren wieder allein. So ist das mit dem Kreislauf des Lebens. Wenn du auf der Erde angekommen bist, wird dir gezeigt, wie es hier läuft. Du lernst, passt dich an, wirst erwachsen. Du lässt die Kindheit los. Dann bekommst du selbst Kinder und bringst ihnen das bei, was du kannst. Eines Tages sind sie erwachsen und du musst sie loslassen. Von unserem weiteren Leben hatten wir genaue Vorstellungen. Wir wussten noch nicht, dass sie nicht mit dem universellen Plan übereinstimmten. Unser Haus und Grundstück wollten wir weiter schön machen. Der Beruf füllte einen großen Teil unseres Lebens aus, aber vielleicht gab es noch etwas Neues. Etwas, das wir ausprobieren konnten. Wir entschlossen uns, einen Englisch-Sprachkurs an der Volkshochschule zu besuchen. Ich hatte nur sehr wenig Englischunterricht als Wahlkurs in der Schule, da es kaum Lehrer mit dieser Ausbildung gab. Mein Mann verfügte über etwas mehr Kenntnisse. Wir sahen in die Zukunft und die versprach Reisen in die Welt. Dafür brauchten wir Englisch-Grundwissen. Obwohl wir drei Jahre am Abendkurs teilnahmen, hatte ich das Gefühl, einen Großteil wieder zu vergessen.

Sprachtalente sind wir nicht und ich glaube, im Alter (50) vergisst man schneller oder es geht irgendwie nicht in den Kopf hinein. Vielleicht ist es nur eine Ausrede für Unbegabtheit. Auf jeden Fall wurden wir mutiger im Gebrauch der Sprache. Wir hatten trotzdem Spaß, eine nette Lehrerin und wir saßen mal wieder auf der anderen Seite, auf einer Schulbank.

In dieser Zeit kam ich auf eine wundervolle Idee für mich: Ich studiere an der Universität im Direktstudium Philosophie neben meinem Beruf. Mein Vater hielt es für eine „Schnapsidee". War es nicht. Ich schrieb mich ein! Mein Mann unterstützt mich immer bei allem, was ich tue. Es war eine phantastische Zeit. Ich lebte das, was in mir drin war. Woher es kam, wusste ich nicht. Ich hatte schon immer ein Interesse für Philosophie, nur dass es im Lehrerstudium eingeschränkt behandelt wurde. Vor allem Marxismus-Leninismus und etwas Kant. Zum Studium gehörten Vorlesungen, Seminare, Hausarbeiten, Vorträge. Um das alles zu schaffen, sah ich mich nach einer Haushaltshilfe um. Zum ersten Mal in meinem Leben ließ ich Hilfe im Haushalt zu, mit über fünfzig Jahren. Ich stellte fest: Es ist gut so. Lass dir helfen, es ist nicht schlimm. Im Gegenteil, nur so konnte ich meinen Traum leben.

Wenn ich aus der Vorlesung kam, fühlte ich mich leichter, freier und irgendwie beseelt. Woher kommt dieser Drang und das Interesse für diese Wissenschaft? Ich wusste keine Antwort. Ich fragte meinen Professor, ob er wüsste, warum ich zu ihm komme. Er konnte es nicht beantworten. An der

Universität war ich eine Studentin unter vielen. Keine Vorurteile und keine Rücksicht. Einen Altersbonus gab es nicht. Das gefiel mir sehr. Der einzige Nachteil war, dass ich nur die Veranstaltungen belegen konnte, die in meinen beruflichen Ablauf passten. Einen Vorteil hatte ich aber auch.

Eine ehemalige Schülerin von mir, die als Mathematik-Physiklehrerin tätig war, hatte sich ebenfalls entschlossen, Philosophie zu studieren. So konnte ich einige Veranstaltungen gemeinsam mit ihr besuchen.

Ich habe vier Semester direkt studiert und später als Gasthörer teilgenommen. Wenn ich zurückschaue, staune ich selbst über meine Energie, Zeiteinteilung und Disziplin. Die Lust und der Spaß an den Themen war mein Motor. Hatte ich ein nützliches Ziel?

Nein. Meine Leistungen wurden bewertet. Es war alles dabei, von gut bis ausreichend.

Zu meinen ausgewählten Themen gehörten z.B. Vorlesungen wie Nietzsches Neuorientierung der Philosophie; Sein – Welt – Gott; Metaphysik und alltägliche Orientierung; Grundkurs Ethik. Bei den Seminaren entschied ich mich z.B. für: Der Begriff der Metapher; Einführung in die Analytische Ethik; Also sprach Zarathustra.

Ich konnte in dieser Zeit aber auch hinter das Leben eines Studenten schauen. Dort konnte ich sehen, dass die Organisation eines zügigen Studiums schwierig war. Oft lagen die benötigten Vorlesungen oder Seminare parallel. Hinzu kam eine Überfüllung der Räumlichkeiten. Im Fach Philosophie nahm die Anzahl der Studierenden nach kurzer Zeit ab, so dass wieder alle in den Raum passten. Zu Beginn stand ein Teil auf den Fluren. Ich konnte erleben, dass der Umgang mit den Studenten sehr unterschiedlich war. Es gab Dozenten, die hohe Forderungen stellten und gleichzeitig auf die Studenten zugingen. Sie ließen Fragen in den Vorlesungen zu oder beantworteten immer Anfragen per Mail. Leider gab es Dozenten, die Vorträge nur anhörten, ohne eine Analyse abzugeben oder die angefertigten Hausarbeiten im Schnelldurchlauf mit nicht bestanden bewerteten. Eine Nachfrage von mir ergab, dass die Arbeit oberflächlich durch den Gastdozenten gelesen wurde. Da nur die äußere Form kritisiert wurde, habe ich die Arbeit noch einmal geschrieben, ohne den Inhalt zu verändern. Die Bewertung fiel um zwei Noten besser aus. Die Studenten trauen sich die Nachfrage häufig nicht und nehmen die Bewertung hin.

Die vielen Philosophen der Vergangenheit und Gegenwart versuchen Antworten zu finden auf die Fragen, die sich die Menschen stellen. Woher kommen wir? Worin besteht der Sinn des Lebens? Welche Triebkräfte bestimmen das Leben? Was steuert unser Handeln? Woran können sich die Menschen orientieren?

Die Philosophie ist die Liebe zur Weisheit. Diese Erkenntnislehre interpretiert das Leben. Dabei geht es um Freiheit, Wille, Wahrheit, Vernunft, Glaube, Moral, Essenz, Existenz, Geist, Seele, Denken, Gott, Ethik ... Der Gottesbeweis wurde in der Philosophie aufgegeben.

Ich nahm alles begierig in mich auf und wollte Neues finden. Das geschah auch.

Der Mensch hat ein Bedürfnis nach Orientierung. Er möchte einen festen Halt, den es leider nicht gibt. Der Mensch findet Halt, wenn er bereit ist, sich immer wieder neu zu orientieren. Das Leben vollzieht sich über die Orientierung. Die Bedürfnisse ändern sich im Leben und damit ändern sich die Horizonte des Menschen und sie müssen sich neu orientieren. Orientiere dich nicht so viel nach außen. Habe den Mut, dich durch dein Inneres, deine Gefühle, deine Intuitionen leiten zu lassen. Deine Gefühle sind echt, dein Verstand kann dich betrügen.

Die Metaphysik ist eine philosophische Disziplin, die sich mit den über alle einzelnen Naturerscheinungen hinausgehenden Fragen des Seins beschäftigt. Sie ist die höchste Disziplin der Philosophie. Die absolute Wahrheit gibt es nicht, in keiner Wissenschaft.

Jeder schafft sich seine Welt durch Erfahrungen und Gedanken. Denken erkennt nur durch Wahrnehmung. Das Denken setzt sinnliche Wahrnehmung voraus. Das Denken allein reicht nicht. Der Mensch braucht seinen Körper mit den Sinnen zum Hören, Fühlen, Schmecken, Sehen und Riechen. Der Mensch fragt sich: Was soll ich tun? Dabei ist der Verstand ein guter Partner, aber er ist nicht notwendige Bedingung für das Leben. Er kann täuschen, er ist begrenzt, er beruht auf alten Erfahrungen. Das Gefühl stimmt immer. Der Mensch muss sich seinen Illusionen stellen und sich dessen bewusst werden. Der Mensch begibt sich im Leben in etwas Veränderliches, was nur mit Geduld und Mut ertragen werden kann. Diese Erfahrung sollte ich in meinem Leben noch machen. Es gibt dann keine Wahrheit mehr, an der man sich festhalten kann, keinerlei Sicherheiten. Der Mensch ist gezwungen, sich auf Neues einzustellen.

Worin besteht der Sinn des Lebens? Manche sagen, es gibt keinen. Ich denke doch. Der Sinn ist das Leben selbst. Jeder Mensch ist hier, um seine Aufgabe zu erfüllen.

Wer hat ihm die Aufgabe gestellt? Der Mensch selbst. Das Leben ist eine Chance für die Weiterentwicklung des Menschen durch Erfahrungen. Alles, was geschieht, hat seine Zeit auf ein positives Ziel hin.

Wir bekamen unsere Zeit zum Träumen und zum Erfüllen von Träumen. Ein Traum betraf das Motorradfahren. Mit Anfang zwanzig durften wir fahren und mit fünfzig wollte ich mit meinem Mann noch einmal aufsitzen. Ich hatte die Idee, ihm ein Motorrad zu kaufen und es ihm heimlich zu schenken. Einzige Bedingung lautete: Ich darf mitfahren. Das bedeutete, ganz sparsam zu sein. Ich bin der „Finanzminister" der Familie und dadurch hatte mein Mann keine Ahnung, wie viel in der „Extrakasse" gelandet war. Gute Bekannte von uns besaßen ein Motorradgeschäft und so konnte der Kauf vertrauensvoll abgewickelt werden. Ich musste meinem Mann den Personalausweis heimlich entwenden, damit die Papiere auf seinen Namen ausgestellt werden konnten. An seinem 50. Geburtstag im August fuhr ein Transporter vor und eine „Kawasaki" mit 750 cm³ und 76 PS in Rot wurde abgeladen. Mein Mann dachte an eine Probefahrt übers Wochenende: „Ein tolles Geschenk." Ich antwortete: „Nein, das ist jetzt deine Maschine." Da liefen ihm die Tränen übers Gesicht. Die Überraschung war gelungen. Für mich war klar, dieses Motorrad fährst du nicht selbst.

Es ist zu schwer, zu schnell und der Rücksitz ist perfekt für dich.

Unsere erste gemeinsame Ausfahrt bleibt fest im Gedächtnis. Wir hatten Motorradkleidung gekauft. Das ist neben dem Helm eine kleine Sicherung für die Wirbelsäule. Angst hatte ich nie, aber leichtsinnig wollten wir nicht sein. Wir fuhren in die nächste Kleinstadt, etwa zwanzig Kilometer entfernt. Mein Mann wollte ein Gefühl für das Motorrad bekommen und wie es ist, wenn ich mitfahre. Es lief wie eine Hummel, bis wir an einer Kreuzung halten mussten. Die Ampel zeigte Grün an und mein Mann gab Gas. Ich hatte keine Kontrolle über meinen Körper. Die Beine flogen hoch, ich machte einen Salto rückwärts und landete auf der Straße. Sofort stand ich wieder auf, stemmte die Arme in die Seite und ließ einen Satz mit Ansage raus: „Du kannst mich doch nicht einfach abladen!" Mir war nichts passiert. Der Helm zeigte mir seine große Bedeutung an, denn beim Aufprall war etwas Farbe abgekratzt. Hinter uns stand ein Fahrschulwagen an der Ampel. Der

Fahrschüler hatte eine starke Demonstration erlebt. Mein Mann war äußerst erschrocken, denn er hatte für dieses Gefährt zu viel Gas gegeben. Wir beschlossen, eine Rückenlehne anzubauen, an der ich mich festhalten konnte. Unsere Motorradtouren fühlten sich immer wundervoll an. Kein Rasen, ein Genießen der Natur, des Windes und des gemeinsamen Erlebens. Wir liebten es, zum Strand zu fahren. Durch zwei Seitentaschen konnten wir die Motorradkleidung verstauen und ohne Ballast an den Strand gehen. Große Ausfahrten in einer Motorradgruppe besaßen ein besonderes Flair. Wir haben es mitgemacht, aber meinem Mann wurde es zu anstrengend. So fuhren wir allein oder zu viert. Meine Freundin Regina und ihr Mann teilten mit uns die Freude am Fahren.

Regina ist das Mädchen, das in mein Leben trat, nachdem meine Freundin Christel für mich unerreichbar war. Sie wohnte jetzt hinter der Grenze, die Deutschland teilte. Da war es wieder, das Gefühl von Alleinsein. Zum Glück hatte ich meinen Spielfreund Olaf, mit dem ich so wundervolle Spielideen umgesetzt hatte. Wir wurden älter und die Interessen entfernten sich. Mit dreizehn Jahren traf ich Regina und eine lange Freundschaft begann. Ihr Vater war auch Lehrer und das schuf eine gemeinsame Ebene. Später lernten wir zusammen, feierten und vertrauten uns vieles an.

Da in unserer Seminargruppe beim Studium Mädchenmangel herrschte, lud ich sie zum Feiern ein. Einen Partner konnte sie dabei nicht finden. Wenn jeder seine eigene Familie hat, ist die volle Aufmerksamkeit und Energie darauf gerichtet. Es entstehen Pausen in den Kontakten. Das ist normal. Wir haben uns aber nie verloren. Ich bin sehr dankbar dafür, dass ich in meinem Leben zwei Freundinnen habe, die mich bis heute begleiten. Das ist etwas sehr Kostbares und Schönes. Wenn wir uns eine

Zeitlang nicht sehen und uns dann treffen, brauchen wir keine „Aufwärmphase". Wir kennen uns, vertrauen uns, achten uns, lieben uns.

Zum Glück passte es mit den Männern ganz gut. Mein Mann hat das Sternzeichen „Löwe", dadurch liebt er Alleingänge. Wir konnten trotzdem einige schöne Fahrten mit den Motorrädern unternehmen. In den zehn Jahren mit dem Krad gab es viele Erlebnisse, die im Gedächtnis bleiben. Die Bilder davon sind abgespeichert und das Gefühl dazu kommt sofort mit der Erinnerung. Mein Geschenk war der Knaller für uns. Das Träumen soll man bekanntlich nicht aufgeben. Ich kann das nur bestätigen. Manche erfüllen sich gleich, manche später und manche überhaupt nicht. Ich höre nicht auf zu träumen!

Zu meinen Träumen gehört das Reisen. Es ist ein inneres Bedürfnis. Die Aufregung vor jeder Reise ist groß. Ich versuche, sie gut vorzubereiten mit genauer Planung. Wenn die Reise beginnt, fällt alles von mir ab. Ich kann mich total auf die Ereignisse einlassen. Ich genieße die Eindrücke, sauge die Bilder in mir auf und meine Speicherkapazität muss riesig sein. Mich erfasst erstaunlicherweise ein Gefühl von Ruhe und Zufriedenheit. Der Moment des Neuen ist groß und spannend zugleich. Die Automatik des Alltags ist verschwunden. Die Sinne sind bereit, zu staunen, zu genießen, zu lernen.

Das war für mich das Beste an der Wiedervereinigung Deutschlands. Ich darf reisen, wohin ich will. Kaum besaßen wir ein großes Auto, einen Toyota-Kombi fuhren wir nach Italien, im Sommer!

Wir hatten das Auto vor dem 1.Juli 1990 von meiner Freundin Christel und ihrem Mann gekauft, obwohl wir noch keine D-Mark besaßen. Sie gaben uns einen Vorschuss. Dafür durften wir an der alten innerdeutschen Grenze Zoll bezahlen. Wir wollten es unbedingt und ich wollte losfahren und auf Touren gehen. Meine Freundin äußerte Bedenken wegen unserer Reisepläne nach Italien und der Temperaturen. Wir scharrten mit den Hufen und wollten unsere eigenen Erfahrungen machen. Also los im Sommer an den Gardasee.

Da wir keine Vorstellungen hatten, wie lange wir fahren würden, nahmen wir für den Notfall Schlafsäcke mit, um im Auto zu schlafen. Nach unserer Ankunft am Gardasee besichtigten wir das Hotelzimmer. Ich sagte zu meinem Mann: „Hier gibt es keine Betten, nur Laken. Bitte hole die Schlafsäcke hoch." In der Nacht erfuhren wir, warum Betten nicht nötig waren. Jetzt können wir darüber lachen, aber damals wussten wir vieles nicht. Wir haben gelernt, indem wir mutig ausprobierten. Der Mut wurde belohnt und die über zwanzig Reisen bisher gehören zu unseren eindrucksvollen, wunderbaren Erlebnissen. Auf unserer ersten Reise nach Italien wollte ich gerne ein Erinnerungsstück mit nach Hause nehmen. Etwas, das durch einen Blick die Erinnerung zu dieser Reise herstellen konnte. Eine meiner Leidenschaften ist das Fotografieren. Ein Fotoalbum war zu dieser Zeit das Entsprechende, aber die Alben lagen im Schrank und mussten vorgeholt werden. So entschloss ich mich zum Kauf eines gemalten Bildes. Mit diesem Bild begann die Idee, von jeder Reise ein Bild mitzubringen. Der Platz an den Wänden wird langsam knapp, aber sie umgeben mich jeden Tag sichtbar.

Kurz darauf erfüllte sich für mich ein weiterer großer Traum, den ich schon als junge Frau hatte. Ich träumte von Paris. Das Buch von Heinz Czechowski aus dem Jahr 1978 „Von Paris nach Montmatre – Erlebnis einer Stadt" begleitete mich durch meine Träume. Das Vorwort von Konstantin Paustowski in *Paris auf der Durchreise* gefiel mir sehr. „Fast jedem gebildeten Menschen, der auch nur über ein wenig Vorstellungskraft verfügt, hält das Leben eine Begegnung mit Paris offen. Für den einen wird sie

Wirklichkeit, für den anderen nicht. Je nachdem, wie ihm das Glück gewogen ist. Aber selbst, wenn eine solche Begegnung nicht zustande kommt und der Mensch stirbt, ohne Paris gesehen zu haben, so hat er es sicherlich doch wenigstens in seinen Gedanken oder in seinen Träumen mehrmals besucht."

Ich musste davon ausgehen, dass ich Paris in meinem Leben nicht sehen werde. Wenn es gut läuft, vielleicht als Rentnerin. Das hielt mich nicht davon ab, zu träumen. Welches Glück wurde uns jetzt geschenkt. Wir fuhren zu unserer Silberhochzeit mit einer Reisegruppe und dem Bus nach Paris! Die Eindrücke rauschten nur so an mir vorbei. Die Fahrt war zu lang (24h) und die Zeit in Paris zu kurz (wenige Tage). Mein „Paris-Hunger" war nicht gestillt. Die Wirklichkeit kam meinen Träumen sehr nahe, aber ich wollte mehr. Viele Jahre später flog ich mit fünf Frauen wieder nach Paris. Vor unserer Reise hatte ich von einer Französischlehrerin Tipps für Ziele und einen effektiven Plan nach unserem Geschmack bekommen. Die Eindrücke waren intensiver, umfassender und das Herz füllte sich auf mit dem Pariser Flair. Ich glaube, ich könnte noch einmal diese Stadt besuchen. Mal sehen, was mein Mann davon hält. Wie sagt ein Sprichwort: Wenn der Mensch eine Reise macht, dann kann er was erzählen. Ja, so ist es. Unsere nächste Reise brauchte Zeit. Die Aufgaben mit unserem Haus und die Finanzen ließen eine Reise nicht zu. Als es wieder möglich wurde, schlug ich die Türkei vor. Nein, mein Mann wollte nicht. Der Preis hat ihn überzeugt und nach der Reise gab er zu, dass es eine schöne, interessante war.

Auf jeder Reise geschehen Begegnungen oder Verwicklungen, die im Gedächtnis bleiben. Oft sind es kurze Episoden, die das Herz in Aufregung, Entzückung oder Anspannung versetzen. Bei Anspannung hilft der Verstand, zum Glück.

Wir fuhren mit dem Bus nach Antalya zum Hafen und uns wurde Freizeit gegeben. Keine Besichtigungen oder Vorführungen. Als wir pünktlich zum Treffpunkt kamen, fuhr unser Bus in einiger Entfernung an uns vorbei. Zum Glück erkannte uns eine Mitreisende und der Bus hielt an. Die Anzahl der Anwesenden wurde also nicht kontrolliert. Für uns unvorstellbar. Wir wurden einfach vergessen.

Vor unserer Reise wurden wir darauf hingewiesen, dass wir beim Büfett vorsichtig essen möchten. Der Salat, einige Nachspeisen seien für uns nicht gut zu verdauen. Mein Mann hörte darauf nicht, denn die Büfetts verleiteten zum Zugreifen und das Auge isst bekanntlich mit. Nach ein paar Tagen zeigten sich die Verdauungsprobleme und unsere Medizin brachte keine Erfolge. Die Reiseleitung versorgte ihn mit türkischen Tabletten und das Essen bestand aus trockenem Brot. Als sich Mitreisende an unseren Tisch setzten, stellten sie die Frage, ob mein Mann auf Diät wäre. Ja, ja, wer den Schaden hat, braucht für den Spott nicht zu sorgen. Die Reise öffnete Verstand und Herz bei meinem Mann. Die Vorurteile trafen nicht ein, andere Länder und die dort lebenden Menschen sollte jeder so nehmen, wie es ist.

Ganz bestimmt ist es anders als bei uns zu Hause. Ganz bestimmt ist es nicht gut, das Leben der anderen zu beurteilen und verurteilen. Ich bleibe offen, schaue alles an und freue mich über mein Leben.

Unsere nächste Reise führte uns nach Mallorca. Wir übernachteten in einer kleinen Pension und wurden immer mutiger. Wir mieteten ein Auto und fuhren zu unterschiedlichen Zielen auf der Insel. Die Insel besitzt einen einmaligen landschaftlichen Zauber.

Unsere Ziele wählten wir so, dass wir am Abend wieder die Pension erreichen konnten. Wir ließen uns treiben und sogen die Schönheit der Insel in uns auf, und zwar indem wir Menschen beobachteten, das Treiben geschehen ließen und so das eigene Dasein spürten.

Unsere Pension lag in der Nähe von Andratx. Eine Wanderung zum Port d`Andratx führte uns über ein Grundstück, das teilweise eingezäunt war. Später erfuhren wir, dass sich Claudia Schiffer hier ein Anwesen bauen lassen wollte. Landschaft, Klima und die Nähe zu Deutschland sind für viele ein Reiz zu bleiben oder auf jeden Fall eine Reise wert. Am Abflugtag standen wir mit gepackten Koffern vor unserem kleinen Hotel und warteten auf den Bus, der uns zum Flughafen bringen sollte. Er kam und fuhr an uns vorbei zum nächsten großen Hotel. Mein Mann sprintete (damals konnte er das noch) hinterher und gab dem Fahrer zu verstehen, dass er uns vergessen hätte. Wir wurden schon wieder in einem fremden Land vergessen! Wir kamen als letzte Passagiere ins Flugzeug und unsere Plätze befanden sich in der letzten Reihe. Meine Sitznachbarin hätte eigentlich einen doppelten Platz benötigt, so hatte ich nur einen halben. Zum Glück dauerte der Flug nicht lange und ich hatte kurz den Gedanken: Was wäre, wenn wir den Flug verpasst hätten?

Zwei Jahre später hatten wir eine phantastische Idee. Wir flogen mit meiner Freundin Christel und ihrem Mann zusammen nach London für eine Woche. Unsere englischen Sprachkenntnisse befanden sich auf niedrigem Niveau, aber die beiden können sehr gut Englisch sprechen. Wir fühlten uns sicher, wie mit einer privaten Reiseleitung.

Für die Tage in London entwickelten wir einen klugen und effektiven Plan. Nach dem Frühstück setzten wir uns zusammen und jeder konnte einen Vorschlag für eine Unternehmung machen. Die anderen drei mussten mitmachen. Da unser Hotel am Hyde Park lag, gab es keine Anreise. Wir konnten gleich starten. Ich wollte gerne nach Notting Hill. Wir ergatterten sogar Karten für das Musical „Rod Stewart". In dieser einen Woche tauchten wir ein in die Unerschöpflichkeit von Sehenswürdigkeiten der Stadt.

Trotzdem gelang es uns, die kleinen Dinge zu beachten. Am Bus wird sich angestellt, für Unaufmerksamkeit wird sich sofort entschuldigt. Das Wort „Please" fällt häufiger als bei uns. Der Bus ist stetig überfüllt und die Menschen steigen bei langsamer Fahrt von der offenen Plattform ein und aus. Als ich mit einer Schülergruppe in London war, konnte ich den Aufenthalt nicht so gut genießen. Die Verantwortung für die Jugendlichen ist zu groß. Damals fiel mir auf, dass meine Vorstellungen total neben der Wirklichkeit lagen. Die Temperaturen waren höher, kein Nebel, die Straßen waren mit Hängeblumen geschmückt, neben den alten Gebäuden und Sehenswürdigkeiten herrschte ein geschäftiges Treiben in Gebäuden aus Glas. Die Engländer pflegen ihre Traditionen und sind offen für moderne Musik, Mode und Finanzen. Kochen und Kaffee können sie leider nicht. Na gut, sie stehen auf Tee. Mein Mann war stetig auf der Suche nach einem Würstchenstand. Fehlanzeige. Auf dem Rückflug schmeckte das belegte Brötchen im Flugzeug besonders gut.

In den nächsten Jahren wurden wir sehr stark mit dem Tod konfrontiert. Alle vier Jahre ging ein uns nahestehender Mensch von uns. Zuerst verstarb mein Schwiegervater. Er wurde krank an inneren Organen und lag einige Zeit im Krankenhaus. Als meine Schwiegermutter einwilligte, ihn zu pflegen, ist er gegangen. Ich glaube, er wollte ihr eine lange Pflege ersparen, denn sie hatte schon ihre Mutter gepflegt. Der Verstand setzt ein und versucht zu erklären, dass alte, kranke Menschen sterben. Das ist das Leben. Wir kommen auf die Erde, bleiben eine Zeit und gehen wieder. Alles klar. Die Gefühle reagieren nicht so sachlich. Wenn wir viele Jahre mit Menschen zusammenleben, ihre Höhen und Tiefen miterleben, kommen automatisch Traurigkeit, Schwere, Hilflosigkeit und der Wunsch nach einem langen

Leben für alle durch.

Meine Mutter starb kurz vor ihrem 80. Geburtstag. Da sie im Sommer Geburtstag hatte, wollten wir eine Gartenfeier ausrichten. Die Verbindung zu meiner Mutter war unterschiedlich stark. Ich wollte ihr gerne alles recht machen und doch kam Wut, Widerstand und Unverständnis hervor. Heute weiß ich, dass sie mich geliebt hat und oft nicht anders handeln konnte. Sie war gefangen in den Erfahrungen ihres Lebens, sie handelte oft aus Angst und Sorge. Bei der Beerdigungsfeier spürte ich eine Wärme, die mich umgab.

Ich hatte das Gefühl, sie ist da. Heute weiß ich, dass dieses Gefühl richtig war. Nach weiteren vier Jahren starb mein Schwager ganz plötzlich mit 49 Jahren. Er hatte in der Nacht einen Herzinfarkt. Das traf meinen Mann wie ein Blitz und er erlitt einen Schock. Wochenlang saß er in seinem Lieblingssessel und starrte vor sich hin. Wir hatten ein gutes Verhältnis zu meinem Schwager und seiner Frau. Neben den Familienfeiern bleiben die gemeinsamen Wander- und Skiurlaube für immer im Gedächtnis. Sein Herz blieb einfach stehen.

Nach weiteren vier Jahren gingen mein Vater und wieder ein Schwager fast zur gleichen Zeit. Mein Vater wurde 82 Jahre alt, hatte keine starken Schmerzen oder Krankheiten. Er fand seinen Lebensrhythmus, den er konsequent einhielt, war zufrieden, erfüllt von Dankbarkeit und freute sich am Leben. Wir beide hatten einen engen Draht zueinander und als sein Herz beim Schlafen einfach aufhörte zu schlagen, war ich ohne Eltern. Ich fand meinen Vater sitzend im Bett mit gesenktem Kopf. Ein Leben hatte sich vollendet. Da war es wieder, das Gefühl von Alleinsein.

Mein Schwager erkrankte unheilbar an Leukämie und ging mit 51 Jahren. Mein Mann hatte vier Brüder und nun waren schon drei verstorben. Für mich war meine Schwiegermutter eine sehr starke Frau, wie sie diese

Verluste verarbeitete und weiterkämpfte. Sie wandte sich ihren Enkeln zu und fand darin ihren Halt.

Es vergingen wieder vier Jahre und mein Bruder erlitt mit 71 Jahren einen Herzinfarkt. Er fiel auf der Straße um und starb in den Armen seiner Frau. Das Gefühl des Alleinseins ergriff mich total. Nach meinen Vorstellungen war meine „Wurzel- Familie" verschwunden. Der Kontakt zu meiner Schwägerin löste sich auf und weitere Verwandte gab es nicht. Das große Glück war meine eigene kleine Familie.

In dieser Zeit blieben viele Fragen offen. Warum sterben Menschen unterschiedlich? Suchen sich die Menschen ihre Zeit auf der Erde aus oder ist sie schon mit der Geburt vorgegeben? Warum leiden manche Menschen bis zu ihrem Tod und andere nicht?

Hat nicht jeder Mensch das Bedürfnis lange zu leben? Warum wollen Menschen die Erde früh verlassen? Was geschieht nach dem Tod? Vielleicht nichts oder vielleicht alles? Viele Menschen haben Angst vor dem Tod, sie möchten am Leben festhalten.

Ist es die Ungewissheit vor dem, was geschieht? Wir wissen, das ist der Rhythmus des Lebens, das Kommen und Gehen. Der Verstand weiß es, aber das Herz sucht nach einem Halt. Das große Geheimnis des Lebens mit den vielen ungeklärten Fragen. Ich spürte damals eine innere Bereitschaft, einige dieser Fragen für mich zu beantworten. Neben den Menschen, die wir loslassen müssen, gibt es vieles, was wir loslassen müssen. Dazu gehören materielle Dinge, aber auch Vorstellungen, Gedanken, Wünsche.

Wir hatten klare Vorstellungen davon, wie unser Leben weiter verlaufen würde.

Unser Haus mit Garten wollten wir schöner gestalten und die nächsten Jahre dort verbringen. Unseren Beruf wollten wir beenden und neue Hobbys ausleben. Das Reisen in unterschiedliche Länder gehörte zu unserem

Rentnerprogramm. Wir hofften auf Enkel, die wir verwöhnen konnten und wir wünschten uns für unsere Jungs eine glückliche Zukunft.

Zuerst erfüllte sich unser Leben so, wie wir es geplant hatten. Dass es noch eine andere Planung für unser Leben gab, ahnten wir zu dieser Zeit nicht.

Der Abschied vom Lehrerberuf stand bevor. Das Ausscheiden musste langfristig geplant werden, denn es gab das „Lehrerpersonalkonzept" in unserem Land. Mein Mann musste oft einige Stunden an anderen Schulen übernehmen und dafür durchs Land fahren. Er hatte keine Lust mehr dazu, denn es kostete viel Energie. Ich verstand ihn gut und für mich war klar: Wir gehen zusammen. Wir unterschrieben einen Vorruhestandsvertrag ein Jahr vor dem Ausscheiden. Da geschah etwas für mich Unvorstellbares. Ich arbeitete 33 Jahre an derselben Schule, hatte die letzten zehn Jahre die Abschlussklassen in Mathematik und Physik zu den Prüfungen geführt und war die einzige ausgebildete Fachlehrerin. Ich ging davon aus, dass ich im letzten Jahr meines Berufslebens an meiner Schule bleibe.

Mir wurde mit Einverständnis des Schulpersonalrates ein Abordnungsvertrag an eine andere Schule zur Unterschrift vorgelegt. Für mich brach eine Welt zusammen. Ich hatte alles an Energie, Ideen, Gesundheit, Zeit, Einsatzfreude gegeben und sollte nun im letzten Jahr meiner Tätigkeit abgeschoben werden. Wieso?

Es war ein Wegloben an ein Gymnasium. Durch meine Ausbildung war ich für das Gymnasium geeignet, hatte aber nie dort unterrichtet. Hinzu kam mein freiwilliges Studium der Philosophie. An der für mich vorgesehenen Schule fehlte ein Lehrer für Philosophie und ich sollte in einem Jahr sowieso ersetzt werden.

Vom Gesetz her brauchte ein angestellter Kollege im letzten Berufsjahr einer Abordnung nicht zustimmen. Ich stimmte zu. Ich weiß nicht genau, ob es Wut war oder Trotz. Ich wollte mich dieser Aufgabe stellen, obwohl es wirklich schwer war, besonders am Anfang. Die Schule war über fünfzig Kilometer entfernt. Das Autofahren machte mir nicht viel aus, aber es gab den Winter mit seinen Tücken. Die Begrüßung in der neuen Schule fiel kühl aus, denn ich hatte den dortigen Kollegen Unterrichtsstunden „weggenommen". Im Vorbereitungsraum war kein Platz für mich, also saß ich in einem zweiten Raum allein. Meine alten Vorbereitungen konnte ich nicht verwenden. Schüler, Stoff, Anspruchsniveau waren anders. Ich erhielt die Aufgabe Mathematik, Physik und Philosophie in den Klassenstufen 5 bis 9 zu unterrichten. Ich traute mir die Klassen 8 und 9 in Philosophie noch nicht zu und gab sie freiwillig ab. Ich kann es nicht genau beschreiben, aber es erfasste mich ein starkes Gefühl von „Du schaffst das". Mit der Zeit erfuhr ich Unterstützung durch eine Kollegin, die mir bei den Vorbereitungen für den Wahlunterricht half. Ich erfuhr Achtung durch meine tägliche Arbeit. Ich lernte eine Kollegin kennen, mit der ich bis heute Kontakt halte. Sie hat am selben Tag und im selben Jahr Geburtstag wie ich. Sie wollte auch die Schule mit mir verlassen. Es besteht eine unsichtbare Verbindung zwischen uns. Einen sehr großen Eindruck hinterließ ich bei den Schülern der 11. und 12. Klassen durch mein Volleyballspiel. Ich wurde stolz auf mich. Alle Kollegen, die ihre Lehrtätigkeit beendeten, wurden mit einem Programm von den Schülern verabschiedet und ein gemeinsames Essen beendete das Schuljahr. Ich fühlte mich wohl und nicht mehr fremd. Ich hatte es wirklich geschafft. Eine Hospitation durch die Schulrätin bestätigte mich. Ich habe es mir bewiesen, dass ich das kann und dass ich es wert bin. Ich bin eine gute Lehrerin. Diese Erkenntnis brachte mir Trost und Selbstbewusstsein. Ich brauchte die Anerkennung von außen nicht, ich erhielt sie durch mich selbst.

Wie hatte ich mich die vielen Jahre angestrengt, um Anerkennung und Beachtung zu erreichen. Die Erfahrung, dass alles in mir selbst liegt, machte es mir leichter, meinen geliebten Beruf aufzugeben. Mit dem Abstand von Jahren erkannte ich, dass mir durch die Abordnung an eine andere Schule das Loslassen leichter gemacht wurde. Mir wurde sehr hart vor Augen geführt, dass ich meinen Platz freimachen muss und ein großer Lebensabschnitt zu Ende geht. Ich legte alle Schlüssel vom Gebäude, Räumen, Schränken auf ein Tablett und übergab es dem Hausmeister.

Das Loslassen von der Schule wollte mir nicht so leicht und schnell gelingen. Ich suchte nach Ersatz und fand die Lösung im Sport. Als Schülerin und Studentin spielte ich Handball. Später als Lehrerin bis zum 40. Lebensjahr mit Punktspielen und Training in der Bezirksliga. Eines Tages saß ich im Umkleideraum und verstand nicht mehr, worüber die jungen Mädchen sprachen. Da wurde es für mich Zeit, mich von dieser Sportart zu verabschieden. Ein Kollege sagte zu mir: „Wenn du den Ball aus der Hand legst, ist es für immer". Ich liebte den Ball und fand eine neue Ballsportart, Volleyball. So spielte ich einmal in der Woche gemeinsam mit meinem Mann in einer Volkssportmannschaft. Diese Zeit bleibt in der Erinnerung als angenehm und anstrengend. Wir spielten Freitagabend oft bis in die Nacht, denn nach dem Volleyball und einem Bierchen hatten die Männer oft Lust auf Hallenfußball. Der Spaß und die gemeinsame Zeit waren stärker als der schwere Körper am nächsten Tag, denn bis zur Wende hatten die Lehrer am Sonnabend Unterricht.
In den neunziger Jahren kamen neue Sportarten zu uns. So gab es jetzt z. B. „Aerobic" und „Step Aerobic". Nach dem Kennenlernen wusste ich, dass das genau meins ist. Sportliche Bewegung nach Musik gemeinsam mit anderen Menschen, die denselben Spaß hatten. Fantastisch! Die

Energie ging durch die Decke. Ich war inzwischen 46 Jahre alt. Das spielte für mich keine Rolle. An der ersten Aerobic-Party nahm ich 1998 in Bernau teil. Geleitet wurde das Event von einem Deutschen und einem Amerikaner. Eine Sporthalle voller Menschen, die sich nach denselben Schritten und bei voller Konzentration bewegten und die durch die Musik beflügelt wurden. Die nächsten Partys folgten und erstreckten sich von Freitag bis Sonntag. Ich bin diesem Sport über zwanzig Jahre mit Leidenschaft im Fitnessstudio treu geblieben.

Wenn der Sport zu meinem Leben gehört, warum nicht als Übungsleiterin in unserem Verein tätig sein? Also auf die Schulbank setzen und eine Lizenz erwerben für den Breitensport. Meine erste Befähigung war der „Nordic-Walking" Betreuer 2005. Das ist eine Sportart, die heute jeder kennt. Damals war das nicht so. Wenn wir durch den Ort walkten, gab es schon Bemerkungen wie: „Wo sind eure Skier?" oder „Habt ihr eure Skier vergessen?" Interessant war, dass einige Bewohner mit diesen Äußerungen später zu den Teilnehmern in der Walking-Gruppe gehörten. Wir begannen mit acht Mitgliedern und steigerten uns auf über dreißig. Dieser Sport ist ein Gesundheitssport erster Güte. Er bringt Ausdauer, Beweglichkeit und jeder kann sein Tempo finden. Wichtig ist nur, den Bewegungsablauf unter Anleitung zu lernen. Nachdem ich meine Berufstätigkeit beendet hatte, setzte ich mich wieder auf die andere Seite der Schulbank. Ich wollte theoretisches Wissen erlangen, um in meinem Training sicher zu sein. Es folgte eine weitere Lizenz für den Bereich Sport in der Prävention auf dem Gebiet Herz-Kreislauf. Ich bin der festen Überzeugung, dass Bewegung für den Menschen gesund und notwendig ist. Er ist für die Bewegung geschaffen, dann folgt das Liegen und zum Schluss Stehen und Sitzen. Der Leistungssport ist nach meiner Meinung ungesund und eine Überforderung des menschlichen Körpers. Hochleistung muss er nur vollbringen, wenn er auf der Flucht oder Jagd ist.

Wenn Menschen zu mir in die Gruppe kommen, frage ich nach ihrem Motiv.

Es gibt Frauen, die glauben, dass sie nur durch Sport abnehmen können. Er ist aber nur ein Teil des Lebens und es geht darum, sich so viel Sport in das eigene Leben zu holen, wie es ohne Druck und Stress möglich ist. Die Weltgesundheitsorganisation (WHO) definiert Gesundheit als einen Zustand vollkommenen körperlichen, geistigen und sozialen Wohlbefindens und nicht allein als das Fehlen von Krankheit und Gebrechen. Die körperliche Fitness ist also eng mit geistiger Fitness verbunden. Das hat immer mehr an Bedeutung gewonnen. Es kommt auf die Balance von Bewegung und Ruhe an, auf die Balance von Anspannung und Entspannung. Ich konnte in den Jahren meiner Tätigkeit als Übungsleiterin erkennen, wie das Bedürfnis nach innerer Ruhe, Gelassenheit und Entspannung gewachsen ist. Nachdem ich mich für die Durchführung von Kursen für den Halte- und Bewegungsapparat qualifiziert hatte, beschäftigte ich mich mit Stressbewältigung und Entspannung.

Meine weiteren Lebenserfahrungen spielten dabei eine wesentliche Rolle. Ich wurde offen für Yoga, was ich zuerst abgelehnt hatte. „Viel zu langsam, halte ich nicht aus, nichts für mich". Das waren alte Meinungen. Nun fühlte ich die Auswirkungen für mich und die Wohltat für das „Hamsterrad" im Kopf. Jeder hat sein Temperament, das in ihm steckt. Jeder braucht aber auch eine Pause der Besinnung, des Innehaltens, des Auftankens.

Ich war hoffnungsvoll in den „Ruhestand" gegangen. Dieses Wort ist schon interessant. Soll man nach der Berufstätigkeit stehen bleiben und dadurch ruhig werden? Ich verstehe es anders. Jetzt gibt es die Möglichkeit, die innere Ruhe zu finden. Der Mensch ist nicht so stark abgelenkt durch die vielen Aufgaben, die er im Beruf und in der Familie erfüllen muss. Er kommt nicht zu sich selbst. Er bleibt einen Moment stehen, um sich auf sich selbst zu konzentrieren. Es ist der Moment des „Nichtstuns". Die körperliche Kraft lässt nach, aber die geistige Kraft kann wachsen. Es ist die Chance, alte Denkmuster zu verlassen. Offen sein für Neues. Das wollten wir. So erfüllten wir uns einige Reisepläne. Wir reisten nach Teneriffa, nach Polen bis zu den Masuren mit Freunden, nach Ägypten.

Wir unternahmen eine Mittelmeer-Kreuzfahrt mit meiner Schwiegermutter und fuhren mit dem Auto bis und durch die Toskana. Barcelona hat uns mit seiner Lage, seiner Kunst und seinem Flair total beeindruckt. Durch die Reisen lernten wir neue Menschen kennen. Mit einigen haben wir noch immer Kontakt. Man sagt: „Wer eine Reise tut, hat was zu erzählen". Das kann ich nur bestätigen. Ich habe das Gefühl, das Reisen öffnet das Herz. Man erfährt etwas über das Land und die Leute und wird dadurch verständnisvoller für das Leben insgesamt. Der Blick weitet sich, der Horizont wird größer. Es geht nicht mehr so sehr um den Einzelnen, um dein eigenes Leben. Es geht um die Vielfalt an möglichem Leben und um die bewusste Einsicht, dass alle auf einem Planeten leben. Mich erfasste nach jeder Reise eine große Dankbarkeit. Ich bin dankbar für mein Leben in Deutschland, dankbar für meine Familie. Mein Leben entsprach zu dieser Zeit den Vorstellungen und Wünschen. Alles entwickelte sich so, wie es in meinen Träumen ausgesehen hatte.

Zu meinem 60.Geburtstag im Januar wünschte ich mir einen Skiurlaub in den Dolomiten. Es wurde ein fantastischer Geburtstag. Meine Freundin, ihr Mann und ihre Schwester sowie zwei weitere Freunde begleiteten uns in den Schnee. Nach dem Frühstück bei Sonnenschein ab in den Berg. Abfahrtski gehörte zu meinen Leidenschaften. Den ganzen Tag an der frischen Luft, am späten Nachmittag in die Sauna, dann zum gemeinsamen Abendessen. Ein Tanzabend war das Sahnehäubchen.

Perfekt! Ein weiterer Traum erfüllte sich. Ich war glücklich, schwebte im siebten Himmel. So konnte unser Leben weitergehen. Unser Leben verlief nach unseren Vorstellungen, nach unseren Wünschen. Wenn wir uns anstrengen, fleißig sind, wird es auch weiter gelingen. Wir hatten Ziele, wir hatten die Kraft und die Kontrolle. Es war alles in Ordnung. Es war mein letzter Skiurlaub.

Im selben Jahr wurde meine Welt und die meiner Familie total verändert. Nichts war mehr so, wie wir es kannten, alles brach zusammen. Dieser Tag wird als Wendepunkt bezeichnet. Ich bin der Überzeugung, dass sich eine Wende langsam entwickelt, sie schleicht sich unbemerkt an. Wir beachten es nicht, aber wenn man genau hinsieht, erkennen wir die vielen kleinen Zeichen. Es ist wie bei der Wende in der Gesellschaft. Die Ereignisse beginnen langsam und häufen sich, bis ein Anstoß ausreicht, um etwas Neues hervorzubringen. Genauso war es bei uns mit unserem jüngeren Sohn Stev.

Er war als Kleinkind ein leises, aufmerksames und kluges Kind. Mit anderen Kindern wollte er Kontakt, aber nicht zu eng. Wenn er mit den Kindern spielen sollte, dann nur kurz und nicht mit sehr vielen. Er sah lieber zu. Am liebsten spielte er mit einem älteren Nachbarsjungen und seinen Katzen. Zu seinem Geburtstag feierten wir eine zünftige Party und das reichte für längere Zeit. Wir waren stolz auf ihn, denn er verkündete uns in der Grundschule, dass er bewusst lernen wollte für seine Zukunft.

Durch seine guten Lernergebnisse, seine schnelle Auffassungsgabe und seine analytischen Fähigkeiten erhielt er von der Schule eine Empfehlung für das Gymnasium.

Seine Aufgaben beim Lernen erledigte er selbständig und zuverlässig. Kontrolle brauchte Stev kaum. Das Aufräumen und Helfen bei praktischen Tätigkeiten fiel ihm schwer, da er sich dazu wenig überwinden konnte. Bis zur Pubertät tauchten keine Probleme auf und Beschwerden gab es nicht. In dieser Zeit veränderte sich seine Lust am Lernen, seine Ausdauer beim Erledigen von Aufgaben. Die Kumpel-Kontakte wurden andere. Sie probierten aus, wie viel jeder an Alkohol verträgt, wie lange jeder ohne Schlaf auskommt und es wurde verschiedenes geraucht, auch Cannabis. Wir hatten Angst, dass damit der Einstieg in die Droge beginnt. Obwohl unser Sohn uns versicherte, dass das nicht so wäre, haben wir ihm nicht geglaubt. Die Angst siegte gegenüber dem Vertrauen.

Wir verloren die Kontrolle und gerieten in eine Art Ohnmacht und Sorgen. Wir beruhigten uns gegenseitig mit den Hinweisen auf das Ausprobieren wollen von Jugendlichen in dem Alter. Wir kehrten zurück zu Hoffnung und Zuversicht.

Die Lernergebnisse wurden schlechter und eine Lehrerin versuchte, Stev aufzurütteln mit besonders provokanten Aussagen und Bewertungen. Er lief aus der Schule weg. Wir gaben der Lustlosigkeit, Erfolglosigkeit und der Behandlung durch die Lehrerin Schuld. Der Druck schien ihm zu groß zu werden. Er wollte gerne am Gymnasium bleiben, konnte aber keine Verbesserung erreichen. Wir erkannten damals nicht, was ganz tief in ihm passierte. Die Ursachen blieben uns verborgen. Nach weiteren Misserfolgen hielten wir es für besser, dass Stev zurück zur Realschule kam, um hier seinen Abschluss zu erreichen. Das gelang auch, obwohl die Umstände unglücklich waren. Ich wurde seine Lehrerin für Mathematik und Physik. Vielleicht war es im Rückblick gut so, denn alle möglichen Energien konnten auf das Ziel hin aktiviert werden. Ich war sein Beobachter und sein Halt. Er strengte sich für mich an.

So hat er es später formuliert.

Nach dem Realschulabschluss hatte Stev die Idee, auf einem anderen Weg den gymnasialen Abschluss zu erreichen, dem Fachgymnasium. Wir waren skeptisch, ob er drei Jahre Ausdauer und Überwindung zum Lernen aufbringen konnte. Er war in den Ferien achtzehn Jahre geworden und entschied selbstständig. Das Schuljahr begann und wir erhielten nach zwei Wochen einen Anruf. Wir möchten ihn dort abholen. Diese Idee ging schnell zu Ende. Was nun? Welchen Berufswunsch hatte unser Sohn und wie sollte es weitergehen? Der Wunsch war klar: Programmierer. Dafür wurde im Allgemeinen ein Abitur verlangt und das hatte Stev nicht. Trotzdem blieb er bei diesem Wunsch und schrieb viele Bewerbungen und führte Gespräche. Da es nach einem Jahr immer noch keine Zusage gab, wurden wir unruhig. Vielleicht ist ein anderes Ziel besser? Stev blieb dabei. Mit Beginn des neuen Ausbildungsjahres bekam er eine Zusage. Er erhielt die Möglichkeit für eine Ausbildung zum Fachinformatiker, Fachrichtung Anwendungsentwickler. Diese Ausbildung dauerte drei Jahre. In der Firma, in der Stev lernte, fanden sich verschiedene Ausgangssituationen, vom abgebrochenen Studium bis zum Realschüler. Wir waren sehr froh über diesen Platz.

Es war das, was sich unser Sohn immer gewünscht hatte. Zuerst fanden wir ein Zimmer für ihn in der Nähe, später eine kleine Neubauwohnung. Oma und Opa gaben Geld für ein kleines Auto. Der Start in einen neuen Lebensabschnitt war geglückt, alles konnte gut werden. Die erste Hälfte verlief wunderbar, das Programmieren passte genau, die Anforderungen der Berufsschule konnte er erfüllen. Ein, zwei Kumpel lagen mit ihm auf einer Wellenlänge. Am Wochenende besuchte er uns häufig. Diese Besuche wurden weniger und weniger. Der Grund sollte das viele Arbeiten und die Aufgaben in der Schule sein. Wir glaubten das.

Wenn er kam, hatten wir den Eindruck von Übermüdung und Kraftlosigkeit. Das waren für uns Zeichen von viel Arbeit. Stev beendete seine Ausbildung mit unterschiedlich guten Ergebnissen. Nun folgte für uns der nächste Schritt. Die Bewerbungen um eine Arbeitsstelle. Stev versicherte uns, dass er sich darum bemühte, aber es dauerte. Wir sollten Geduld haben. In dieser Zeit steckte er schon in schweren Depressionen, von denen wir nichts wussten. Für uns war es Bequemlichkeit, denn wenn er sich wirklich anstrengen würde, fände er etwas. Wir wussten nicht, dass er sich neben dem Arbeitslosengeld mit Pokerspiel über Wasser hielt. Wir wussten auch nicht, dass das Arbeitslosengeld teilweise gestrichen war, weil Stev die Auflagen nicht erfüllt hatte. Er konnte alles vor uns verbergen.

Dann hatte Stev die fantastische Idee und die Fähigkeiten und gründete ein „Java"-Forum. Jawa als Programmiersprache war sehr anerkannt, aber nicht sehr verbreitet. Auf dieser Plattform konnte Jeder Fragen stellen und erhielt Antworten. Dieses Forum gibt es bis heute. Da Stev keine regelmäßigen Einkünfte hatte, verkaufte er das Forum. Mit diesem Geld lebte er eine Zeitlang, bis die Mietschulden die Kündigung zur Folge hatte. Wir sahen die Arbeitslosigkeit, die Kündigung der Wohnung, für die wir die Bürgschaft trugen. Wir sahen nicht den Rückzug aus dem Leben. Wir übernahmen die Mietschulden und mein Mann brachte gemeinsam mit Stev die Wohnung in Ordnung. Ich wollte die Wohnung nicht sehen, denn mein Mann hatte mir davon abgeraten wegen der Unordnung und Unsauberkeit. Nun war Stev nach sechs Jahren wieder zu Hause. Wir wollten ihn gerne unterstützen. In dieser Situation bedeutete das, die nächsten Schritte über das Arbeitsamt zu gehen. Er hatte bisher unregelmäßige Unterstützung erhalten. Stev ließ sich darauf ein. Wir nahmen an, dass wir es gemeinsam schaffen würden. Die

Ziele waren klar: Arbeit und Wohnraum. In diesem Glauben ließ er uns, bis er uns eines Tages mitteilte, dass er sich um Arbeit und Wohnraum in Berlin kümmern möchte. Einen Wohnberechtigungsschein auf sozialen Wohnraum habe er und Arbeit werde er dort als Programmierer bestimmt finden. Stev wollte mit dem Zug fahren. Er war 26 Jahre alt und für uns war es in dieser Situation normal, dass er nach Berlin ging. Er verabschiedete sich an der Haustür. Er trug einen Rucksack, es war im November. Danach hörten wir nichts von ihm.

Wir wussten nicht genau, wo er war, was er machte, wie er lebte, ob er überhaupt lebte. Die Nächte des Grübelns sind lang, sehr lang. Du kannst noch so viel denken und findest keine Antwort. Du fühlst dich ausgeliefert. Die Gefühle brechen durch, du weinst, du bist wütend. Warum macht er das mit uns? Warum meldet er sich nicht? Will er sich nicht melden oder kann er sich nicht melden? Ist ihm etwas passiert? Was kann ihm passiert sein? Ist er noch in Berlin? Keine Antwort. Das Herz krampft, es wird schwer. Da gibt es noch einen Sohn. Du bist auch für ihn da. Er muss sich durch das Leben mit seinen Höhen und Tiefen kämpfen. Er braucht dich, deine Aufmerksamkeit und Liebe. Schön, dass es ihn gibt. Das spendet Trost und zugleich eine Aufgabe. Weitermachen, nicht aufgeben.

Ich habe bei Meldungen von vermissten Personen immer Mitgefühl empfunden und dachte: „Wie schrecklich muss es den Angehörigen gehen." Die Gedanken sind schwer und versuchen, das Geschehene zu verstehen. Es gelingt nicht. Die Gefühle reißen dich in die Tiefe und du musst aufpassen, dass es dich nicht mitreißt und du bewegungslos im Leben liegen bleibst. Wir haben es geschafft, uns ganz bewusst für Bewegung zu entscheiden. Beschäftigung ist eine Möglichkeit, dem Geist Aufgaben zu geben und aus dem „ Gedankenkarussel" herauszukommen. Bauveränderungen am Haus, Gartenarbeit waren gut geeignet. Mein Sport hat mir sehr geholfen. Im Sportverein der Gemeinde konnte ich mich engagieren und Sportgruppen leiten.

Vielleicht war es auch die alte Verbindung zu meiner Schule. Nordic Walking fand draußen statt, aber der Treff des Breitensports wie Aerobic, Step Aerobic, Gymnastik war in der Sporthalle. Die gewohnte Umgebung der Schule hüllte mich ein und ich fühlte mich sicher. Der gewohnte Rhythmus von Vorbereitungen, Durchführungen einer Stunde und das Bewusstsein anderen zu helfen, tat mir gut. Wir versuchten, mit Freunden kleinere Reisen zu unternehmen. Es gelang während der Wanderungen, beim Baden, Kartenspielen, Radfahren die Welt für einen kurzen Zeitraum anders wahrzunehmen und die vielen offenen Fragen zu vergessen.

Nach etwa einem halben Jahr erhielten wir von unserem Sohn eine Nachricht. Wir vereinbarten einen Treffpunkt am Fernsehturm am Alexanderplatz in Berlin.

Es war uns völlig unwichtig, was in der vergangenen Zeit geschehen war. Wir hatten nur einen Wunsch: Wir wollten unseren Sohn wiedersehen und in die Arme nehmen.

Wir wussten jetzt mit Sicherheit, dass er in Berlin war und gesund. Ein großer Stein fiel von uns ab. Das Herz fühlte sich leichter an. Alles andere würde sich finden.

Wir standen auf dem verabredeten Platz und warteten gespannt. Gedanken verschwanden im Hintergrund. Wir wollten ihn nicht verpassen. Ich weiß nicht mehr, wie lange wir gewartet haben, vielleicht zwei Stunden. Unser Sohn kam nicht. Was konnten wir tun? Nichts. Nur warten. Auf der Fahrt nach Hause konnten wir nicht sprechen.

In dieser Zeit kam ich aus dem Fragen und Verlorensein nicht heraus. Ich suchte einen Ausweg und fand ihn in einer Heilpraktikerin. Am Anfang wollte ich nur zur Ruhe kommen. Es war mir bewusst, dass es keine Antwort auf die Frage „Warum?" geben wird. Ich hatte das Bedürfnis nach Trost und Stärkung meiner Kraft. Die Gespräche mit Anca taten mir gut. Durch sie wurde mir klar, dass ich mich selbst von den Gedanken befreien musste und irgendwann vielleicht doch eine Antwort finden würde. Ich müsste mich nur auf den Weg machen.

Meine Heilpraktikerin Anca und ich spürten eine Wellenlänge. Sie war ausgebildet in Elektrotechnik und schlug dann einen anderen Weg ein. Ich bekam keine Medikamente, das gefiel mir. Ich fühlte mich verstanden, geborgen und herausgefordert. Wenn im Leben etwas nicht gut läuft, musste ich es selbst verändern. Ich bin die Einzige, die es kann. Aber wie? Das lernte ich bei Anca. Ich musste mich meinen Gefühlen stellen, mich öffnen für Neues. Sie machte mir den Vorschlag, eine Reiki - Ausbildung zu machen, denn sie war Meisterin. Dadurch bekam ich die Möglichkeit, mir und später anderen zu helfen.

Was ist Reiki? Für mich ist es eine Lebensenergie, die ständig um uns ist und die bewusst gerichtet, geleitet werden kann. Als Physiklehrerin stellte ich mir das so vor wie bei der Radio- und Fernsehübertragung. Die elektromagnetischen Wellen können wir nicht sehen, trotzdem sind sie da. Wir bündeln sie und schicken sie zum Empfänger. Es kann jeder an jeder Stelle mehr oder weniger gut diese Wellen empfangen. In unserer Umgebung gibt es viele Formen von Energie, die einfach da sind, ohne dass es uns ständig bewusst ist. So gibt es z.B. Röntgenstrahlen, radioaktive Strahlen, Lichtstrahlen. Wenn ich also die Lebensenergie empfange und bündele (wie eine Antenne) und gezielt weiterleite, kann sie von einem anderen aufgenommen werden, wenn er auf Empfang geht. Ich wollte das lernen.

Die Teilnehmer des Kurses trafen sich in der Praxis. Wir saßen alle am Boden auf kleinen Kissen. Die Verteilung im

Raum sagte schon etwas über mich aus. Ich saß allein in einer Ecke. Anca forderte mich auf, näher zu kommen. Ich sagte: „Nein. Das möchte ich nicht." Nun folgten praktische Übungen und ich erhielt die Aufgabe, zu einer Teilnehmerin zu kommen und sie zu umarmen. Ich wollte das nicht und sagte: „Nein, ich bleibe lieber hier." Anca ließ nicht locker und arbeitete mit viel Geduld mit mir weiter. Sie schaffte es. Ich ging zur Mitte, kniete mich hin und umarmte eine mir bis dahin unbekannte Frau. Das Gefühl war wie eine Erlösung. Ich kann es nicht anders beschreiben. Das Herz tat sich auf und es öffnete sich in den kommenden Jahren immer weiter. Am Ende des Kurses erhielt ich das Zertifikat für den Reiki Grad 1. Die Tür zu einer neuen, anderen Welt war aufgestoßen und sie sollte sich immer weiter öffnen. Beim Warten verliert man das Gefühl für Zeit. Die Traurigkeit und Ungewissheit drohen Überhand zu nehmen. Wir entschlossen uns, mit dem Auto nach Italien auf ein Weingut zu fahren. Von dort aus erkundeten wir die Toscana mit ihrer wunderschönen Landschaft und ihren Städten. Wir sahen die andere Welt, die es gab. Alles läuft gleichzeitig nebeneinander. Du kannst mit deinen Gedanken hin und her springen, die Gefühle kommen mit. Wir wollten in der Zeit unserer Zweisamkeit bleiben und es gelang.

Nach einem Jahr, es war kurz vor Weihnachten, klingelte es und unser Sohn Stev stand vor der Tür. Ich war in Schockstarre, konnte nichts sagen, nur eine Umarmung war möglich. Gesprochen haben wir wenig über das vergangene Jahr. Die schlaflosen Nächte, das Grübeln hatten ein Ende. Die Freude war übergroß. Er versicherte uns, dass er gesund wäre. Das Weihnachtsfest war immer so schön und hatte ihn nach Hause gezogen. Wir stellten keine weiteren Fragen. Er wird schon erzählen, dachten wir. Von seinen Erlebnissen in Berlin erfuhren wir viel später und nur in kurzen Geschichten.

Zu unserem Treffen am Alexanderplatz wollte er nicht kommen, da er sich zu sehr geschämt hatte.

Nach seiner Ankunft in Berlin ging Stev zu seinem Bruder und übernachtete dort. Zweimal versuchte er eine Wohnung zu bekommen, ohne Erfolg. Danach konnte er sich nicht mehr motivieren, aufzustehen und loszugehen. Sein Bruder hatte bald kein Verständnis für dieses Verhalten, denn er musste sich auch überwinden und seine Aufgaben bewältigen. Das ging nur mit Pflichtbewusstsein und Verantwortungsgefühl. Stev müsste lernen, die Bequemlichkeit zu überwinden. Er ahnte nicht, dass er zu diesem Zeitpunkt schon mit tiefen Depressionen konfrontiert war.

Stev ging auf die Straße und lebte ohne Einkünfte fast ein Jahr dort. Als ich davon das erste Mal hörte, lief es mir kalt den Rücken runter. Unvorstellbar für mich. Ich hatte Bilder von frierenden, alkoholisierten, bettelnden Menschen im Kopf. Was muss unser Sohn ertragen haben? Die Frage, die sofort auftauchte: „Warum bist du nicht wieder nach Hause gekommen?" Genau wusste er es nicht. Vielleicht sein Zustand, seine Erfolgslosigkeit, die Kraftlosigkeit und ein wenig die Herausforderung, mit der Straße fertig zu werden. Es durchzuhalten.

Später erzählte Stev uns, dass er nachts in U- oder S-Bahnen geschlafen hatte. Einmal wurde er, während er schlief, ausgeraubt. Er lernte auf der Straße im Gespräch eine Prostituierte kennen. Sie nahm ihn mit in ihre Wohnung nach Charlottenburg und er musste für sie einkaufen und auf den Hund aufpassen. Dafür durfte er dort schlafen. Sein Essen und seine Getränke kaufte er durch Betteln. Stev bettelte z.B. vor Kaufhäusern und Sparkassen. In einem Kaufhaus erhielt er Hausverbot, da Bettler nicht geduldet wurden. Alkohol trank er nie. Die Fahrkarten für die Bahn konnte sich Stev nicht leisten, also fuhr er auf Risiko ohne Fahrschein. Er wurde dabei kontrolliert, konnte nicht zahlen und wurde dadurch aktenkundig bei der Polizei. In einem Lebensmittelgeschäft klaute er zwei Mal Kaffee und Schokolade. Ein Mal wurde er erwischt und ein Gerichtsverfahren eingeleitet. Da er nicht vor Gericht erschien, wurde das Strafmaß in Abwesenheit hoch angesetzt. Das waren seine Delikte aus dem Jahr auf der Straße.

Dann kam etwas hinzu, das Rauchen von Cannabis. In Berlin ist es leicht zu bekommen. Stev hat uns später erklärt, dass dadurch das Leben leichter wirkt. Das Durcheinander im Kopf kommt etwas zur Ruhe. Alles ist besser auszuhalten. Es wird zu deiner Stütze. Die Welt neben dir ist nicht deine.

Wir hörten, dass er jetzt eine Freundin hatte. Stev traf sie wiederholt in der U-Bahn und am Alexanderplatz. Er zog bei ihr ein und sie wollten zusammen das Leben meistern. Das hörte sich gut an, wir waren hoffnungsvoll. Nun findet er Halt und bekommt durch eine Familie eine neue Richtung. Wir hatten ihn wieder. Es war wie eine Erlösung. Unser gewohntes Leben konnte weitergehen. Dachten wir.

Zur gleichen Zeit kaufte eine Berliner Familie in unserem Dorf ein altes Haus, um es zu einem Ferienhaus für sich umzubauen. Die Eltern waren beide Lehrer und der Sohn ein Rechtsanwalt. Wir hatten sofort eine Wellenlänge. Wir bauten immer noch an unserem Bauernhaus und sie hatten ebenfalls das Ziel, mit viel Eigenleistung und Ideen ihr Haus umzugestalten. Natürlich wird bei der Umsetzung klar, dass alles mehr Zeit, Geduld und Geld kostet. Wir freuten uns über die neuen Nachbarn und ahnten nicht, welche Bedeutung sie für uns erlangen würden.

Der Sport begleitet mich stetig in meinem Leben. Er gibt mir neben Fitness Entspannung, Ablenkung, Halt und Anerkennung. Egal, ob ich mich allein sportlich betätige, mit der Familie, im Sportverein oder als Übungsleiterin. Ich glaube fest, dass er mir geholfen hat, meine Aufgaben in diesem Leben zu erfüllen und in schwierigen Zeiten einen neuen Weg zu finden. Was macht mich besonders auf sportlichem Gebiet aus? Das ist meine Vielseitigkeit und das Ausprobieren von Neuem. Zuerst kommen die Ballsportarten Handball, Volleyball, Federball, Tischtennis, Fußball. Dann folgen Ausdauersport wie Fahrrad fahren, Nordic Walking und Step-Aerobic. Zum Ausprobieren gehören Ski-Abfahrt, Inliner laufen und später kam Yoga dazu. Als Rentnerin gewann ich immer Freude daran, andere Menschen für den Sport zu begeistern, ihren Körper besser kennen zu lernen und sich für Neues zu öffnen. Wenn du selbst begeistert bist, kannst du das auf andere Menschen übertragen. Man findet zu sich und gelangt zu mehr Selbstvertrauen und Achtung vor dem eigenen Körper. Da der Zusammenhang zwischen Geist und Körper besteht, öffnet sich der Geist. Er wird ruhiger und klarer. Meine Zielstrebigkeit verlangte von mir eine gute Ausbildung, um eine sichere und kompetente Arbeit als Übungsleiterin leisten zu können. Deshalb nahm ich regelmäßig an Weiterbildungen teil und kam immer mit neuem Wissen und Ideen zurück. Ich glaube, dass es mir dadurch gelungen ist, mit Vielseitigkeit meine Kurse zu gestalten. Nach siebzehn Jahren Lehrtätigkeit kann ich im Rückblick feststellen, dass ich selbst viel gelernt habe und es war ein wunderbares Gefühl, zu geben. Die Teilnehmer öffneten sich weiter und spürten ihre Fortschritte. Ich weiß, diese Tätigkeit habe ich gebraucht und sie war ein Segen für mich. Mein lieber Mann hat mich dabei immer unterstützt, obwohl er oft allein am Abend zu Hause saß. Die Hauptsache sei für ihn, dass ich glücklich bin. Manchmal habe ich wohl übertrieben. Drei Kurse in der Volkshochschule, zwei im Sportverein und zweimal ins Fitnessstudio in der Woche. Es ist erstaunlich, wie lange ich das durchgehalten habe. Ich brauchte schon starke Zeichen, um den Schluss zu erkennen. Die kamen, aber viel später. Meine Besuche bei meiner Heilpraktikerin Anca gingen weiter. Sie waren seelisch anstrengend, aber es folgte immer ein positives Gefühl. Ein Gefühl von Befreiung, Erleichterung, Selbstbewusstheit. Der Verstand freute sich über mehr Wissen, Beschäftigung und lernte, sich dem Gefühl unterzuordnen. Manche Beziehungsprobleme in meiner Familie wollten sich nicht zeigen, um gelöst zu werden. Da schlug Anca mir eine Familienaufstellung vor. Ich hatte keine Ahnung, was das war. Ich brauchte eine Erklärung, um mich darauf einzulassen.

Familienaufstellung ist ein Verfahren, bei dem andere Personen stellvertretend für die Mitglieder des Familiensystems deren Platz einnehmen. Aus der Stellung zueinander können Muster abgeleitet werden und Beziehungen erkannt werden. Das Familiengeflecht kann durch die Stellung im Raum visualisiert werden. Diese Aufstellung sollte nach der Methode von Bert Hellinger erfolgen, bei der ein Aufstellungsleiter die Klienten anleitet und Lösungen findet. Nun erfuhr ich, dass die Personen, die zu meiner Aufstellung gehören sollten, aus einem Umfeld kamen, das mir bekannt war. Das wollte ich nicht. Soweit wollte und konnte ich mich nicht öffnen. Daraufhin gab es einen neuen Vorschlag. Ich konnte diese Aufstellung in Berlin im Bezirk Moabit in einem Akasha - Zentrum machen. Das gefiel mir besser. In der Anonymität konnte ich mich von Anspannung und Vorurteilen lösen. Die Aufregung vor dem ersten Mal blieb. Ich fragte einige der Anwesenden, ob sie der Stellvertreter für meine Mutter, Vater, Oma, Opa, Bruder und für mich sein wollten. Das Einverständnis musste zum Gelingen vorliegen. Dann legte ich die Hände auf die Schultern der Person und schloss die Augen. Jetzt schob ich die Person langsam und nur nach Gefühl durch den Raum auf einen Platz, der sich für mich richtig anfühlte. Jede Person erhielt eine Position, die mein

Gefühl vorgab. Nachdem alle Familienmitglieder aufgestellt waren, auch ich, entfernte ich mich aus der Mitte und betrachtete das Bild vom Rande aus. Alle Familienmitglieder drehten mir den Rücken zu und waren unterschiedlich weit von mir entfernt. Als ich das sah, kam sofort das Gefühl von Alleinsein und Nicht-Verstanden werden in mir hoch. Die Leiterin der Aufstellung deutete die Konstellation und bemerkte eine große Wut in unserer Familie. Dann wurde ich gebeten, den Platz meines Stellvertreters einzunehmen und zu beschreiben, was ich fühlte. Ich wollte die Hand meines „Bruders" nehmen, er entzog sie mir. Meine „Mutter" drehte sich zu mir um und ich erschrak. Ich sah nur Traurigkeit, Enttäuschung, Wut und Verzweiflung. Ich reichte ihr die Hände und es fühlte sich besser an. Für mich war dieses Experiment eine neue Erfahrung. Sie hatte nur mit Gefühlen zu tun und die Frage nach: Wie funktioniert das? blieb offen. Wie können fremde Menschen stellvertretend für deine Familienangehörigen deren Gefühle wahrnehmen und beschreiben? Die Gefühlsebene wurde sichtbar gemacht.

In dieser Zeit besuchte uns Stev mit seiner Freundin. Wir freuten uns, die junge Frau kennenzulernen. Die Gespräche mit ihr zeigten eine große Offenheit uns gegenüber. Sie redete viel über das Leben, ihre Vorstellungen, ihre Missverständnisse. Daran musste ich mich erst gewöhnen, denn unsere Jungs erzählten nicht viel.

Wir hatten das Gefühl, dass es mit den beiden klappen könnte. Sie hatten Verständnis und Zuneigung füreinander. In dem Jahr wollten mein Mann und ich unseren 60. Geburtstag gemeinsam feiern. Der Termin sollte der 23. Juli 2011 sein. Die beiden unterstützten uns bei der Gestaltung der Einladungen am Computer. Es lag Vorfreude in der Luft. Es sollte eine lockere Gartenparty geben.

Wir erfuhren, dass Stev geheiratet hatte, ohne die Familien. Im ersten Moment fühlte ich Traurigkeit und

Unverständnis. Wir wären gerne Zeugen der Trauung gewesen, auch ohne Feier. Vielleicht hätten wir ein gemeinsames Essen finanziert. Das Verhältnis zu den Schwiegereltern wurde uns als schwierig dargestellt und so gab es den Beschluss, allein zu heiraten. Stev zeigte seine Liebe, indem er den Namen seiner Frau annahm. Sie hatte schon zwei Kinder. Diese wurden in staatlichen Einrichtungen betreut. Der Mutter war das Erziehungsrecht aufgrund ihres psychischen Zustandes abgesprochen worden. Die Mitteilungen machten uns betroffen und hilflos.

Wie sollte es im Leben unseres Sohnes und seiner Frau weitergehen? Wie wollten sie die vielen Probleme in ihrem Leben bewältigen? Dann erfuhren wir, dass Nachwuchs unterwegs war. Wir freuten uns darauf, Opa und Oma zu werden. Uns war bewusst, dass die beiden damit überfordert wären. Ohne Arbeit, mit wenig Einkommen, mit körperlichen und psychischen Problemen. Wie sollte es weitergehen? Wir überlegten, ob wir das Baby zu uns nehmen konnten. Wir fühlten uns zu alt, die Energie würde nicht reichen, es groß zu ziehen. Wir steckten fest zwischen Vorfreude und Angst.

Von diesen Ereignissen erfuhr unser Sohn Frank nichts. Die Welt, in der er mit seiner Familie lebte, war eine andere. Sie war zugleich ein Trost und eine Hoffnung für uns. Vielleicht wird ja alles gut und es gelingt ein Neuanfang für unseren Stev. Mit Opa und Oma sollte es doch klappen, denn auch bei Frank war Nachwuchs unterwegs.

Im Mai flogen wir nach Barcelona. Diese Reise bleibt uns als eine wunderschöne, sorgenfreie Reise im Gedächtnis. Es war die letzte, bevor sich unser Leben total veränderte.

Als wir von unserer Reise nach Hause kamen, öffnete uns Stev die Tür. Er besaß einen Schlüssel und hatte die spontane Idee für einen Besuch mit seiner Frau. Wenn ich zurückblicke, gab es Veränderungen in ihrem Verhalten.

Später erzählte uns Stev, dass sie es in Berlin nicht mehr ausgehalten hätten. Sie fuhren nach Rügen und legten sich dort auf eine Wiese. Sie wollten nicht nach Berlin. Es drohte ihnen die Räumung der Wohnung, da sie mehrere Monate keine Miete bezahlt hatten. Davon wussten wir zu dem Zeitpunkt nichts. Stev kam uns sehr wütend und verzweifelt vor.

Er ging auf sein Zimmer und weinte. Ein junger Mann von 27 Jahren, der weint, ist schwer auszuhalten. Er ist mein Kind. Ich wusste nicht, wie ich ihm helfen konnte. Sein Weg war ein sehr, sehr schwerer und wir waren hilflos. Der schwerste Teil seines Weges lag noch vor ihm. Auch davon wussten wir zu dem Zeitpunkt nichts. Es ist so, als ob man einen Abhang direkt auf eine Wand zurast und keiner kann es aufhalten.

Es geschah am 6. Juni 2011 um 18.00 Uhr in Berlin. Das Unfassbare, das Traurigste, was im Leben passieren kann, es geschah wirklich. Unser Sohn tötete seine Frau zu Hause.

Der Verstand beginnt nach einer Weile zu analysieren und stellt fest: „Nein, das kann nicht sein!" Unser Sohn ist ein lieber, netter Junge, der Gewalt ablehnt. Das Gefühl entfernt sich von allem, was da geschieht. Damit möchte es nichts zu tun haben. Das Geschehene kann nicht passiert sein. Das kann nicht stimmen. Der Schock sitzt tief. Da der Sohn unserer Nachbarn im Ort Strafverteidiger in Berlin ist, bestätigte er das Geschehene. Es stand schon in der Zeitung. Nun passierte etwas Eigenartiges: Ich funktionierte. Der Verstand lief wie ein Uhrwerk und diktierte die Handlungen. Wir benachrichtigten unseren Sohn Frank und fuhren gemeinsam zum Rechtsanwalt. Er war bereit, unseren Fall zu übernehmen. So erfuhren wir, dass Stev nach seiner Verhaftung - die Nachbarn hatten wegen der Schreie die Polizei gerufen - in die Haftanstalt in Moabit überführt wurde. Dort hat es sofort ein Verhör durch die Polizei gegeben, in dem Stev seine Tat gestanden und zu Protokoll gegeben hat, dass er psychisch krank sei. Nach dem Verhör, das ohne Anwalt stattfand, riss Stev die Waffe eines Polizisten an sich und wollte sich damit erschießen. Den Männern gelang es, ihm die Waffe zu entreißen. Dieser Vorfall wurde nie erwähnt. Jetzt blieb Stev in Untersuchungshaft. Nach ersten Gutachten wurde er in den Maßregelvollzug in Reinickendorf überführt bis zu seiner Gerichtsverhandlung im Dezember.

Die Ungewissheit zerriss mich. Stev stand allein dem Geschehenen gegenüber. So entschloss ich mich, einen Brief zu schreiben. Im Laufe der Jahre wurden es einige und Stev freute sich immer sehr darüber. Er konnte sie allein lesen und vielleicht auch mehrmals. Auf dem Gang gab es nur ein Telefon für alle und jeder konnte das Gespräch mithören.

Ich schrieb meinen ersten Brief am 15. Juni 2011:

„Lieber Stev, wir möchten Dir mitteilen, dass wir an dich denken und so bei Dir sind.

Unser Rechtsanwalt hat uns über sein Gespräch mit Dir und Deinen Aufenthalt
berichtet. Wir sind froh, dass Du ihn als Rechtsanwalt beauftragt hast, Dich zu vertreten. Es wird eine schwere Zeit kommen, die zu bestehen ist. Wir möchten Dir dafür Kraft und Energie schicken.

Da das Geschehene unfassbar und unerklärlich ist, sind unsere Gefühle durcheinander. Eins ist aber klar, wir lieben Dich. Am Ende des Tunnels gibt es immer Licht. Diese Wahrheit gilt auch für Dich. Habe keine Angst. Sei stark und nimm Dein Schicksal an.

Wir möchten Dich gerne in der kommenden Woche besuchen und sprechen. Wir hoffen, Du freust Dich uns zu sehen. Vielleicht klappt es bald.

> *Wir drücken und umarmen*
> *Dich*
> > *Mutti und Vati"*

Nach achtzehn Tagen durften wir ihn das erste Mal
besuchen. Wir wurden kontrolliert wie am Flughafen.
Jacken und Taschen kamen in ein Schließfach. Das war mir
egal, ich wollte nur meinen Sohn sehen. Dann wurden wir
durch lange, hohe, schmale Gänge in einen Neubau geleitet.
Ich rang mit den Tränen und fand die Kraft, sie aufzuhalten.
Im Besucherraum saßen schon einige Menschen an Tischen
unter Beobachtung. Unser Sohn kam auf uns zu. Er sah
nicht so aus, wie wir ihn kannten. Seine Augen hatten eine
Leere und unendliche Traurigkeit. Er fragte uns: „Kann ich
euch umarmen?" Natürlich, denn er ist doch unser Sohn.
Wir wussten nur, was Stev getan hatte, aber nicht, wie es
dazu gekommen war. Die Besuchszeit war sehr kurz.
Bestimmt bekam er starke Medikamente. Die gesamte
Atmosphäre drang in uns hinein. Wir hatten uns für Stev ein
anderes Leben gewünscht. Dieser erste Besuch war sehr
wichtig, denn nun wusste unser Sohn, dass wir ihn nicht
aufgeben werden. Wir werden ihn unterstützen, so gut wir
können. Das Geschehene ist nicht mehr rückgängig zu
machen, aber vielleicht will er wieder ins Leben zurück. Im
August durften wir ihn das zweite Mal besuchen.
Dazwischen lagen schlaflose Nächte, endlose Grübeleien
und immer die gleichen Fragen: „Was ist geschehen?"
„Warum ist es geschehen?" „Hätten wir das Geschehene
verhindern können?" „Wie viel Schuld haben wir?"
Mein Mann saß oft stundenlang in seinem Sessel und starrte
ohne ein Wort vor sich hin. Er wollte nicht reden und ich
ließ ihn in Ruhe. Ich bin ein anderer Mensch und möchte

immer etwas tun. Wichtig ist, den Partner so zu akzeptieren, wie er ist. Das ist uns gelungen. Jeder von uns bewältigte diese schlimme Zeit anders und mit gegenseitigem Verständnis. Wenn das nicht gelingt, zerbricht man daran. Unser Sohn Frank konnte mit der Tat seines Bruders nicht umgehen. Er wollte davon nichts wissen und konzentrierte sich ganz auf seine Familie. Er wurde Vater und freute sich auf alles, was passierte. Frank wohnte in Berlin in einer größeren Altbauwohnung mit seinen eigenen Träumen. Die wollte er sich erhalten. Auch wenn es für uns nicht immer leicht war, haben wir es akzeptiert. Gefühle können nicht erzwungen werden.

Am 17. August 2011 schrieb ich einen zweiten Brief an Stev:

„Lieber Stev, heute ein paar Zeilen von uns für Dich mit lieben Gedanken. Wir möchten Dir mitteilen, dass wir den nächsten Besuch am 2. September gegen 16.00 Uhr geplant haben, gleich nach Deinem Geburtstag. Du hattest uns um eine langfristige Information gebeten. Vielleicht hast Du einen Wunsch zu Deinem Geburtstag.

Vati hat seinen 61. hinter sich, damit geht er auf die 70 zu. Ich weiß, Geburtstage sind für Dich nicht so wichtig, aber für mich. Ich bin der Meinung, dass es ein freudiges Ereignis ist, in jedem Fall. Wir sind hier, um das Leben zu lernen, Erfahrungen zu sammeln. Das Leben bietet allen Menschen die Möglichkeit, die sie brauchen, um das zu erfahren, was für sie nötig ist. Die Gedanken erschaffen die Welt, in der jeder lebt. So erschafft sich jeder seine eigene Welt.

Der Geburtstag erinnert uns an den Tag der Geburt und an diese Möglichkeit. Die kleinen Geschenke der Menschen, mit denen jeder sein Leben teilt, drücken aus, wie schön und bereichernd die Geburt jedes Menschen ist. Ein Geburtstag ist also Freude Hoffnung, Glück, Reichtum an Erfahrung.

Der viele Regen der letzten Wochen brachte trübsinnige
Gedanken. Nun kommt hoffentlich die Sonne und strahlt in
unsere Herzen. Das Wasser hat uns schwer zu schaffen
gemacht. Der Keller muss immer noch leer gepumpt
werden. Die Felder ringsherum können nicht abgeerntet
werden. Sogar die Pferde gegenüber stehen im Wasser.
Dazu ein heftiger Sturm, der den Pflaumenbaum gespalten
hat, sodass wir ihn ganz absägen mussten. Das Grundstück
sieht jetzt irgendwie größer aus. In nächster Zeit ist Sonne
angesagt. Nach jeder Dunkelheit gibt es wieder Licht. Das
ist ein Naturgesetz. Das gilt immer.
In diesem Sinne drücken wir Dich herzlich

Mutti und Vati "

Am 01. September 2011 folgte der dritte Brief:
„Lieber Stev, an Deinem Geburtstag denke ich als Deine
Mutti an die Zeit vor, während und nach Deiner Geburt
zurück. Die Ereignisse waren so aufregend und
beeindruckend, dass sie für immer in meinem Gedächtnis
bleiben.
Wir wünschten uns noch ein Kind. Dann hat es wirklich
geklappt und ich wurde schwanger. Da meine
Schwangerschaften mit Risiko verbunden waren, wollten
wir alles tun, damit wir ein gesundes Baby bekommen.
Der Sommer vor 28 Jahren war heiß, sehr heiß. Die Geburt
hat geklappt, das Wunder ist geschehen. Du und ich und ein
wenig Unterstützung durch den Arzt. Ich durfte Dich in den
Arm nehmen und sofort nach der Geburt bei mir behalten.
Du warst groß (48cm) und kräftig (5 Pfund) genug. Damit
war ein Glaskasten nicht erforderlich. Vati war platt, dass
alles so gut ohne Komplikationen ablief. Du warst ein
pfiffiges Neugeborene. Da ich erst nach zwei Tagen stillen
durfte, hast Du Dich hervorragend angestellt. Obwohl Du

*das kleinste Baby auf dem Babywagen (da lagen 8-10
Babys nebeneinander) warst, konnte ich Dich sofort hören.
Gemeinsam mit Vati und Frank fuhren wir am
Entlassungstag nach Hause.*

*Unsere Familie war komplett. Natürlich würde sich unser
Leben total verändern, aber es war ein wunderbares
Gefühl. Ich gehörte zu den Müttern, die als Erste 1 Jahr
von der Arbeit freigestellt wurden. So konnte ich Dich jeden
Tag genau beobachten.*

*Unser Leben verband sich so eng miteinander. Dein
Rhythmus bestimmte meinen. Die Liebe, die zwischen uns
geflossen ist, fühle ich bis heute nach 28 Jahren. Ich weiß,
ich werde sie immer für Dich fühlen.*

*Auch wenn Du heute ein erwachsener Mann bist, bleibst Du
in meiner Erinnerung mein Baby, mein lieber Junge*

Deine Mutti"

Wenn ich meinen alten Terminkalender anschaue, stelle ich
fest, dass in den Monaten bis zur Gerichtsverhandlung ab
Oktober bis Dezember viele Termine zu finden sind. Vor
allem Sport für mich als Übungsleiterin. Ich glaube fest,
dass es eine Ablenkung von den Gedanken war, eine
körperliche Anstrengung zum Schlafen. Viele Aktivitäten
halfen mir, die Zeit zu überstehen und die tiefen Gefühle zu
verdrängen. Erstaunlich ist, dass dort viele Kontakte mit
Menschen vermerkt sind. Meine Freundinnen mit ihren
Männern, Freunde von einer Reise, Karten spielen mit
Kollegen, Treffen mit meiner Schwiegermutter,
Klassentreffen mit ehemaligen Schülern, viele Teilnehmer
in meinen Sportkursen. Die Menschen zeigten uns keine

Ablehnung. Damit hatten wir nicht gerechnet. Es gab keine Fragen, das Leben ging einfach weiter. Das Leben zeigte uns, dass wirklich alles weitergeht. Unsere erste Enkelin wurde im November geboren. Was für ein Ereignis! Die Freude war riesengroß. Nun kam ein kleines Mädchen in unsere Familie. Danke! Danke! Danke! Wir liebten sie von Anfang an. Sie zeigte uns das Licht aus dem Dunkel. Die Welten unserer Jungs waren sehr weit voneinander entfernt und wir versuchten, mit beiden klarzukommen und es zu akzeptieren. Eine Lösung bei der Bewältigung des Lebens ist, das Leben anzunehmen, wie es ist.

Wir besuchten Stev jeden Monat im Maßregelvollzug, um ihm zu zeigen: Wir sind da.

Manchmal ging es mir danach sehr schlecht. Im nahegelegenen Park „brach es aus mir heraus". Im wahrsten Sinne des Wortes. Die Atmosphäre dort war im Maßregelvollzug bedrückend. Die Gedanken kreisten weiter und weiter. Stev hatte seine Frau getötet. Warum? Die Eltern seiner Frau und die Gesellschaft forderten eine berechtigte Strafe. Was würde nun geschehen?

In dieser Zeit schrieb ich einen weiteren Brief am 31.Oktober 2011. Es ist der vierte Brief. Es tat mir gut, meine Gefühle auszudrücken:

„Hallo Stev, an diesem langen Wochenende sitze ich hier und denke an Dich und vieles andere. Der Montag ist frei als Feiertag zu Ehren der Reformation in der Kirche. Ja, Martin Luther mit seinen Thesen hat die Institution ,Kirche' reformiert.

Verstaubtes Denken hält sich oft lange, manches davon bis heute.

Es ist ein wunderschöner Herbsttag. Das Laub leuchtet hellgelb in der Sonne. Die Baumallee lädt zum Spaziergang ein und alles Tätige ruht. Es ist wundersam still, als wenn die Zeit anhält. Da fällt mir auf, dass das Gefühl für die Zeit sehr unterschiedlich sein kann. Bei vielen Tätigkeiten

vergeht sie irgendwie schneller und beim Warten oder nur
„Dasein" vergeht sie langsamer. Mit zunehmendem Alter
geht alles sowieso langsamer. Ich kann mir vorstellen, dass
die Langsamkeit der Zeit für Dich noch größer sein muss.
Wie wirst Du damit fertig? Ich würde mir für Dich
Beschäftigung wünschen. Aber das ist mein Wunsch. Du
bist schon immer anders mit diesem Problem umgegangen.
Vati beschäftigt sich heute mit dem großen Thomas auf dem
Golfplatz. Es ist für ihn wunderbare Ablenkung. Die
Gedanken sind beim Spiel, der Körper bewegt sich an der
frischen Luft und wenn der kleine Ball möglichst rasch ins
Loch rollt, fühlt sich die Seele leicht. Im vergangenen
Sommer war das Wetter nicht strandtauglich, deshalb
landeten Vati und ich häufiger auf dem Minigolfplatz. Da
haben wir uns erinnert, dass Du damit auch Spaß und
Erfolg hattest. Vati meinte, als er Dich zum Golfplatz
mitgenommen hat, dass Dir dieser Sport auch gefallen
würde.
Morgen ist der 1. November und damit beginnt der Monat,
indem die Verhandlung vor dem Gericht eröffnet werden
muss. Ich wünsche, dass dieser Termin eingehalten wird,
um das Warten darauf zu beenden. Es beginnt eine schwere
Zeit für Dich und uns, aber wir werden bei Dir sein. Du bist
nicht allein.

Es drücken Dich von Herzen
Mutti und Vati"

Die Gerichtsverhandlung begann am 5. Dezember und war
mit drei Verhandlungstagen angesetzt. Wir fuhren mit dem

Zug und übernachteten bei meiner Freundin und ihrem Mann. Wenn man das alte Gerichtsgebäude betritt, wird man von Ehrfurcht und Demut ergriffen. Ähnlich wie in einer Kirche. Im quadratischen Gerichtssaal gibt es eine genaue räumliche Aufteilung. Auf einer Seite sitzt der Richter mit den Schöffen, rechts von ihm der Angeklagte in einem Glaskasten. Davor sitzen die Anwälte des Angeklagten. Wir hatten zwei. Einer wurde vom Staat gestellt und der andere von uns. Dem Angeklagten gegenüber sitzen die Nebenkläger und deren Anwälte. Gegenüber dem Richter sitzen die Zuhörer. Da saßen wir. Durch diese Aufteilung wurde mir in den drei Verhandlungstagen bewusst, dass wir, die Eltern, nur Zuschauer im Leben unseres Kindes sind. Wir begleiten unser Kind, aber unser Sohn geht seinen Weg, ob vorbestimmt oder nicht. Ich bin mir sicher, dass wir ihn durch unsere Anwesenheit unterstützt haben.

Vor der Verhandlung bekamen wir durch unsere Rechtsanwälte Vorschläge zu unserem Verhalten. Wir sollten keine Aussagen machen, da diese bei der Urteilsfindung nicht berücksichtigt werden. Stev wollte sich im Gericht bei den Eltern seiner Frau entschuldigen. Davon rieten sie ab. Wir brachten unsere Anteilnahme für die Familie in schriftlicher Form zum Ausdruck.

Nach jedem Verhandlungstag waren wir völlig erschöpft. Die Gefühle bestimmen, der Verstand ist ausgeschaltet. Das Zuhören fällt schwer. Die Macht der Wahrheit, die Menschen vertreten, wird dir bewusst. Im Philosophiestudium hatte ich gelernt, dass es keine absolute Wahrheit gibt. Es gibt aber eine Realität über das, was passiert. Auch wenn die Gründe nicht zu erkennen sind. Das verlesene Gutachten zeigte die Realität.

Stev und seine Frau haben regelmäßig gekifft. Zum Schluss täglich. Sie hatten keinen regelmäßigen Tagesablauf, sie bewältigten die Aufgaben des Alltags nicht. Stev hatte kein

Einkommen und es drohte die Kündigung der Wohnung. Im Gutachten gab es die Aussage, dass die Menge an Cannabis, die bei Stev sofort nach der Festnahme festgestellt wurde, als Ursache für die Tat nicht ausreichend war.

Er handelte nicht mit Vorsatz, er war nicht im Rausch. Was war es dann? Stev erzählte uns bei einem Besuch im Maßregelvollzug, dass er seine Frau töten musste. Das verstanden wir nicht. Er befand sich in einer Psychose. Er dachte und fühlte sich in der Hölle. Dort wurde ihm befohlen, seine Frau zu töten oder er müsste in der Hölle bleiben. Das war für ihn real wie Tisch, Stuhl, Haus. Jetzt fragten wir uns: Woher kommt eine Psychose? Wieso hatten wir das nicht bemerkt? Die Schuldgefühle setzten ein. Die Begründung, dass Stev sehr intelligent ist und seinen Zustand lange verstecken konnte, reichte uns nicht. Haben wir ihm zu wenig Aufmerksamkeit gegeben? Hätten wir die Tat verhindern können? Die Fragen bleiben offen. Uns wurde jetzt erst bewusst, wie schwer krank unser Kind war. Am zweiten Verhandlungstag sollte die Ärztin ihren Befund vorlesen. Wir wussten nur, dass Stev sehr oft auf seine Frau eingestochen hatte. Das Messer griff er spontan in der Küche. Einen Streit gab es nach Angaben der Nachbarn nicht.

Als wir im Gericht ankamen, war die Verhandlung in einen anderen Raum verlegt worden. Wir konnten diesen Raum erst spät finden. Als wir ihn gefunden hatten, war die Anhörung des Gutachtens der Ärztin beendet. Ich bin bis heute dankbar für die Verlegung. Wir wurden von den Bildern und Ausführungen verschont. Stev hat das Ausmaß seiner Tat allein ertragen müssen. Sicher begleiten sie ihn bis heute.

Nach den Gerichtsverhandlungen konnten wir bei meiner Freundin und ihrem Mann in Berlin übernachten. Dafür sind wir ihnen sehr dankbar. Die Energie ist sehr weit unten. Das Geschehen der Welt rauscht vorbei. Ich konnte nicht hinsehen und es kaum aushalten. Alles ist leer. Irgendwann kommt der nächste Tag. Das ist auch Realität. Ich kann mich nicht erinnern, was zwischen den Verhandlungen geschah. Nur, dass wir mit dem Zug nach Hause fuhren.

Nach dem dritten Verhandlungstag sollte das Urteil gesprochen werden. In einer Verhandlungspause sah ich, wie die Schwiegermutter von Stev auf die Toilette ging. Mich erfasste das spontane Gefühl, sie zu sehen und vielleicht zu sprechen. Das hatten wir zuvor nicht getan. Ich bin froh, dass ich diesen Mut aufgebracht habe. Ich fragte sie, ob ich sie ansprechen dürfte. Sie nickte. Ihrer Meinung nach wäre es besser gewesen, wenn sich unsere Kinder nie getroffen hätten. Das verstand ich. Beide Kinder waren krank, liebten sich und konnten sich gegenseitig nicht helfen. Hilflosigkeit und Traurigkeit erfasste uns beide. Wir umarmten uns spontan auf der Toilette.

Am 12. Dezember 2011 wurde das Urteil beim Landgericht Berlin gesprochen. Es wurde die Unterbringung von Stev in einem geschlossenen psychiatrischen Krankenhaus, dem Maßregelvollzug in Reinickendorf angeordnet. In der Urteilsverkündung wurde festgestellt, dass seine Steuerungsfähigkeit aufgrund der Erkrankung an einer hebephrenen Schizophrenie mit akutem psychotischem Wahnerleben zum Tatzeitpunkt aufgehoben war.

Gegen dieses Urteil wollte die Verteidigung der Gegenseite Widerspruch einlegen.

Der Richter machte deutlich, dass es zu einer Verurteilung wegen Mord nicht kommen kann. Für einen Todschlag gibt es genaue Regelungen. Bei psychischen Erkrankungen gibt es keinen Zeitraum, in dem eine Genesung und Entlassung vorausgesagt werden kann. Die Zeiträume sind in den meisten Fällen länger.

Der Widerspruch wurde später abgewiesen und das Urteil war rechtskräftig. Für uns entstanden neue Fragen. Was bedeutet ein Maßregelvollzug? Für uns ist es ein abgeschottetes Krankenhaus. Bei unserem ersten Besuch gab es äußerlich kaum Unterschiede. Statt einer hohen Mauer mit Stacheldraht darauf, waren es hohe stabile Zäune mit Stacheldraht. Die Anmeldung für einen Besuch zur Besuchszeit geschieht durch eine Sprechfunkanlage vor einer dicken Metalltür. Nachdem sich diese Tür öffnet, schließt sie sich wieder mit einem lauten Knall. In der ersten Zeit durchfährt der Schall deinen Körper, aber je häufiger man hindurch geht, desto weniger wird es. Eine zweite Tür lässt sich leicht öffnen und schließen. Für die weitere Besuchszeremonie ist es notwendig, sich über den Personalausweis nach Aufforderung auszuweisen. Weiter werden Checks wie auf dem Flughafen vorgenommen. Für die persönlichen Sachen stehen Schließfächer zur Verfügung. Die Geschenke für die Patienten werden genau durchleuchtet. Auf den Stationen gibt es abgeschlossene Türen, die nur vom Personal aufgeschlossen werden. An dieses Vorgehen mussten wir uns erst gewöhnen. Der Besucherraum war klein. Etwa zwei Meter breit und drei Meter lang. Alle saßen eng zusammen. Unsere Besuchszeit schwankte je nach Verfassung von Stev zwischen dreißig und neunzig Minuten. Da unsere Anfahrtszeit bei drei Stunden lag, versuchten wir die Besuche bei unseren Jungs zu verbinden. Wir stellten fest, dass es für uns zu schwer war. Sie lebten zu unterschiedlich. Der eine Sohn lebte in Familie, schöner Wohnung mit anspruchsvoller Arbeit als Bauingenieur. Der andere lebte mit einer schweren Krankheit ausgegrenzt vom Leben in der Gesellschaft. Wir entschlossen uns für getrennte Besuche. Das bedeutete längere, anstrengende Fahrten, aber die Konzentration auf jeweils ein Kind empfanden wir als leichter. Wir konnten die Gedanken besser konzentrieren und die Gefühle besser ordnen.

Im kommenden Jahr überschüttete ich mich mit Beschäftigung. Jeden Tag füllten zwei bis drei Termine den Kalender. Ich fühlte Stolz, was ich alles als Rentnerin schaffen kann. Es kommt mir heute so vor, als ob ich mich betäuben wollte. Ich warf mich in den Strom des Lebens mit vielen Aktivitäten. Doch dann brachen die Gefühle mit voller Intensität durch. Mein Bruder starb plötzlich und unerwartet. Er war mein großer Bruder, der mich immer beschützt hatte und für mich da war. Im vergangenen Jahr nach den Ereignissen mit unserem Sohn hatte er mich zweimal angerufen, mehr nicht. Die Hoffnung auf ein Zusammentreffen war nun zerschlagen. Ich wollte zu seinem Geburtstag im Sommer den Schritt tun und zu ihm fahren. Das war nicht mehr möglich. Es zerriss mir das Herz. Ich verstand es nicht. Er war immer auf meiner Seite und in meiner schwersten Zeit nicht. Ich war wütend auf ihn. Er konnte doch nicht einfach gehen. Waren meine Erwartungen zu hoch? Mit dem Abstand der Zeit glaube ich das. Er konnte nicht damit umgehen, er wusste nicht, wie er mich trösten sollte. Ich schon. Er hätte einfach nur da sein können. Das konnte er nun auch nicht mehr und ein starker Gedanke des Alleinseins tauchte auf. Ich hatte keine Verwandten mehr. Keine Großeltern, keine Eltern, keinen Bruder, keinen Onkel, keine Tante, keinen Cousin, keine Cousine. Niemanden. Ich war die Einzige aus meiner Familie. Wenn sich diese Gedanken festsetzen, kommen die Gefühle automatisch passend dazu. Innere Einsamkeit ist eine Gefahr, die niemand von außen sieht. Ich spürte sie in mir, aber ich spürte auch Trotz, Mut und ein Streben nach Wissen. Wissen nach dem „Warum?". Ich wollte nicht aufgeben und ich war mir der Unterstützung meines Mannes sicher. Er ließ mich machen.

Zu Beginn des Jahres schrieb ich einen fünften Brief am 10. Januar 2012 an Stev:

Lieber Stev, nun sind schon wieder 10 Tage im neuen Jahr vergangen. Manchmal habe ich das Gefühl, der Tag vergeht immer schneller. Vor allem dann, wenn Beschäftigung anliegt. Du kennst uns, wir stellen uns Ziele und diese müssen erfüllt werden. Deine Eltern sind schon ruhiger geworden (denken sie) und die Ziele kleiner.

Morgen zum Beispiel beginnen wir mit dem Tapezieren im kleinen Wohnzimmer. Durch den Ofen sieht die Tapete schwarz aus. Es gibt für die Arbeitsdauer keine Zeitvorgaben. Das ist für Vati besonders wichtig, da er sich selbst unter Druck setzt.

Also, irgendwann sind wir fertig damit. Vati hat die Quittungen für Deine Kleidung herausgesucht, die wir hatten. Ich habe sie aufgeklebt und zusammengestellt. Vielleicht ist es eine Hilfe für den Antrag beim Sozialamt. Es ist schön zu hören, dass es Dir besser geht. Der Wind pfeift heute mächtig ums Haus und da gehen die Gedanken spazieren. Ich stelle fest, damit meine Gedanken nicht kreisen, muss ich an etwas anderes denken. So stelle ich es mir bei Dir vor, aber vielleicht ist es ja auch anders. Bestimmt ist es anders. Ich bewundere Deine Kraft, mit der Du Dein Schicksal trägst.

Grüße von Herzen
Mutti und Vati"

Es folgte am Ende des Monats ein weiterer Brief. Ich schrieb den sechsten Brief am 30. Januar 2012:

„Lieber Stev, da Du beim Denken bist, kann ich Dir auch ein paar Gedanken von mir schreiben. Wie steht es mit dem Denken überhaupt? Werden wir durch unser Denken bestimmt? Beeinflusst mein Denken mein Leben? Was treibt mich an im Leben? Ist es das Denken? Der französische

Philosoph Descartes hat formuliert: ‚Ich denke. Also bin ich.‘ Meine Frage dazu lautet: ‚Alles, was nicht denkt, ist nicht?‘ Die Pflanzen, die Tiere gehören zur Natur und leben. Sie denken nicht, aber sie leben. Der Mensch besitzt die Fähigkeit zu denken. Er kann dadurch planen, vergleichen, begründen, analysieren, synthetisieren, urteilen, schließen u.a.m. Es ist erwiesen, dass der Einfluss des Verstandes auf unser Leben nur 10% ausmacht. Der Rest, also 90%, wird durch Gefühle, Intuition bestimmt. Das ist unser sogenanntes Unterbewusstsein.

Der starke Verstand möchte natürlich einen größeren Einfluss gewinnen. Wie kann er das schaffen? Er verdrängt die Gefühle. Sie sind dadurch nicht weg, nicht verschwunden, z.B. kann er die Liebe niemals verdrängen. Du hast ein schönes Gefühl, wenn Du wieder denken kannst. Ich verstehe das, denken macht Spaß. Es ist nur für das Leben, das Überleben nicht so wichtig. Lasse Deine Gefühle bei Dir herein, lasse sie zu und achte auf sie. Das ist meine Sicht, meine Erfahrung und mein Wunsch. Es ist eine Erkenntnis, für die ich lange Zeit benötigt habe, deshalb möchte ich sie Dir jetzt mitteilen.

Zwischen der Erkenntnis und dem Loslassen von alten Denkmustern liegen lange Zeiten. Alte Denkmuster sind wie Denkautobahnen. Man kommt schneller und im Allgemeinen sicherer ans Ziel. Das Problem ist die Schnelligkeit, sie kann außer Kontrolle geraten. Auf neuen Landstraßen zu fahren, neue Denkmuster zu entwickeln, ist mühselig, unbequem und anstrengend. Glaube mir, ich weiß es.

Jetzt gibt es für Dich die Chance, es zu versuchen. Es lohnt sich, denn die Gefühle werden wunderbar sein. Finde zu Dir, mein Schatz. Ich wünsche Dir die Kraft, Energie und Geduld dafür.

Deine Dich liebende Mutter“

Neben den Besuchen, die oft nur kurz verliefen, und den Telefonaten auf dem Flur des Maßregelvollzugs versuchte ich eine Kommunikation durch Briefe mit unserem Sohn zu erhalten. Ich wollte ihn im Leben zurück. Er war eingeschlossen und bemühte sich mit seinen Zimmernachbarn auszukommen.

So schrieb ich wieder einen siebten Brief am 26. Februar 2012:

„Lieber Stev, heute am Sonntag hat der Alltag mal Pause. Alles läuft auf langsam, das Tun, die Gedanken, die Vorhaben. Wir denken heute besonders intensiv an Dich und fühlen uns so mit Dir verbunden. Es war eine beruhigende Nachricht, dass das gesprochene Urteil rechtskräftig ist. So hören die Grübeleien über Eventuelles auf. Es ist jetzt, wie es ist. Das Geschehene wurde aufgeschrieben, besprochen und verurteilt.
Wie nun weiter? An der Vergangenheit kann nichts mehr geändert werden. Kannst Du die Zukunft beeinflussen? Es gibt Menschen, die glauben, dass es nicht möglich ist.
Ich denke, in gewissem Maße schon, durch unseren freien Willen, durch unsere Entscheidungen, durch unser Tun. Ein Leben im Jetzt, im Augenblick hat Einfluss auf den nächsten Augenblick. Die volle Konzentration auf das, was gerade geschieht, verbessert, verändert oder verkürzt die nachfolgenden Ereignisse.
Ich stelle mir vor, dass Du zeitweilig in großer Traurigkeit und Trostlosigkeit bist.
Dann wieder in Liebe und Zuversicht. Diese wechselnden Gefühle zu ertragen, ist schwer. Es ist Deine Aufgabe und Du hast die Stärke, es zu schaffen. Du gehst durch den Tunnel und am Ende ist das Licht. Auf Deinem Weg brauchst Du Hoffnung und Trost. Trost können wir Dir

geben. Wir drücken Dich in Gedanken und schicken Dir
Licht aus unseren Herzen. Du bist und bleibst unser Sohn
und solange wir in diesem Leben sind, werden wir für Dich
da sein, so gut wie wir können. Hoffnung erhältst Du durch
Vertrauen in das Leben, dass Du das Licht erreichen
kannst.
Erfülle Deine Tagesaufgaben. Die kleinen Dinge des
Lebens bringen Dich mit Geduld und Achtsamkeit kleine
Schritte voran. Wir sind davon überzeugt. Du schaffst das!
Der Frühling steht vor der Tür. Die Sonne scheint heute bei
uns ununterbrochen und
die Schneeglöckchen schießen nur so aus der Erde. Der
Frühling, die Jahreszeit im Jahr, die Hoffnung präsentiert,
ist da. Der kalte Winter ist Vergangenheit, nun kommt die
Vorfreude auf Wärme, frische Luft, fröhliche Farben und
bessere Laune. Lasse Dir die Hoffnung nicht nehmen, höre
nicht auf andere. Vertraue auf Dich. Es geht uns gut. Wir
schicken Dir viele herzliche Grüße. Bis bald

Mutti und Vati"

Die Männer, mit denen Stev auf einem Zimmer war, kamen
aus verschiedenen Nationen mit unterschiedlichen Delikten
und Krankheiten. Alkohol und Drogen waren strengstens
untersagt. Sie kamen trotzdem auf unterschiedlichen Wegen
herein. Es kam vor, dass sie einem Mitpatienten
untergeschoben wurden oder gegenseitig etwas gestohlen
wurde. In diesen Situationen ist es schwer, Vertrauen ins
Leben zu gewinnen und nicht aufzugeben. Stev fasste nach
einiger Zeit etwa (zwei Jahren) den festen Entschluss: „Ich
will hier raus! Ich tue alles, was man von mir verlangt."

Den achten Brief schrieb ich am 21. Mär 2012:

Lieber Stev, in den letzten Tagen hast Du erfahren müssen, wie es ist, Erwartungen zu haben, die nicht erfüllt werden. Menschen halten ihre Versprechen nicht, unerwartete Dinge geschehen. Es kommt etwas dazwischen, es verschiebt sich etwas, es wird etwas vergessen. Für Dich bedeutet die unerfüllte Erwartung Enttäuschung. Jedem Menschen passiert so etwas, mehr oder weniger.

Ich habe z.B. erwartet, dass mein Bruder mich mal besucht, dass meine Schwägerinnen mal mit mir reden, dass meine Freundin ihre Vorhaben unterbricht und mir ihre Aufmerksamkeit schenkt. Das alles ist nicht geschehen. Zuerst war ich lange traurig darüber (vielleicht bin ich es noch immer). Dann habe ich darüber nachgedacht, was bleibt außer der Erwartung? Ich habe es gefunden. Es ist die Hoffnung. Der Verstand redet Dir ein, was alles geschehen sollte, was die anderen Menschen tun müssten. Der Verstand reagiert sauer und schickt Dir Gedanken, wie schlecht die anderen sind, wenn sich die vorgestellten Ereignisse nicht einstellen. Es sind aber nicht die anderen, es bist Du selbst. Du wolltest etwas. Du hast es geplant, bestimmt, gedacht. Wenn es nun nicht eintritt, reagiert der Verstand mit Wut, Enttäuschung, Urteil und Angriff. Das alles hilft aber nicht. Es zeigt nur, was ich lernen soll. Ich bin dabei, es zu lernen.

Es gibt die Möglichkeit, sich etwas zu wünschen und zu hoffen, dass es in Erfüllung geht. Das hört sich an wie Weihnachten, wirst Du vielleicht denken. Ist es auch. Ich mache eine Wunschliste, weiß aber nicht, ob ich alles bekomme. Es ist nicht wichtig, ob ich artig war, denn die anderen Menschen lieben mich sowieso. Ich brauche nur Geduld zu haben und die feste Hoffnung, dass sich einige Wünsche erfüllen.

In letzter Zeit haben sich bei Vati und mir Wünsche erfüllt, wenn wir überhaupt nicht damit gerechnet hatten.

Wodurch unterscheiden sich Erwartungen von Hoffnung?

Das ist jetzt klar. Die Erwartungen entspringen unserem
Verstand, unserem Ego. Die Hoffnung entsteht durch
Glauben. Glaube bei allem, was Dir täglich geschieht, dass
es Hoffnung gibt.
Glaube an Dich, an Deine Stärke, an Deine Zukunft, an das
Leben.

> *Es drückt und küsst Dich*
> *herzlich*
> *Deine Mutter*
> *Auch von Vati alles Liebe für Dich"*

Den neunten Brief schreibe ich am 6.5.2012:
„Lieber Stev, bei unserem letzten Besuch habe ich mich
über Deinen körperlichen Zustand sehr erschrocken. Er
sagte mir, dass Du Hilfe möchtest. Aber wie? Ich habe mit
einigen Menschen telefoniert, damit der Antrag auf
Verlegung nicht in Vergessenheit gerät. Ist eine Verlegung
die ganze Lösung für Dich? Ich weiß auch keine
vollständige Antwort. Es ist nur so schwer für mich, zu
sehen, dass es Dir schlecht geht. Ich muss sicher lernen
zuzusehen, abzuwarten, auszuhalten. Aber Du? Du kannst
etwas tun, wenn Du es kannst. Da sind wir beim Thema:
Tun. Der Mensch entwickelt sich in der Tätigkeit. Das ist
die Meinung von Theoretikern. Da stellt sich die Frage:
,Welche Tätigkeit?' Antwort: ,Geistige und körperliche
Tätigkeit.' Wenn also ein Mensch nichts tut, entwickelt er
sich nicht. Meine Auffassung ist eine andere. Der Mensch
entwickelt sich durch seine Erfahrungen. Mit den
Erfahrungen durchlebt er Gefühle, die er nicht mehr
vergisst.
Die Erfahrungen Deiner Eltern geben ihnen gute Gefühle,
wenn sie sich eine Wohnung schön einrichten können, wenn

sie die Natur genießen können, wenn sie durch ihren Beruf anderen Menschen helfen können, wenn sie Kinder haben. Du wolltest andere Erfahrungen machen. Kann der Mensch ohne Arbeit und Geld auch glücklich sein? Die kranken Menschen bedauern, dass sie nicht genug tätig sein können. Die Arbeitslosen sehnen sich zum Teil nach einer Beschäftigung. Die Beschäftigten stöhnen, dass es zu viel Arbeit ist, die sie leisten müssen. Die reichen Menschen, die nicht für Geld arbeiten müssen, suchen sich eine Beschäftigung, da sie die Langeweile überfallen kann. Wo ist die richtige Antwort? Es gibt keine. Jeder Mensch sucht sich die Beschäftigung, die für seine Erfahrungen nötig ist. Du hast Deine Erfahrungen ohne Arbeit und ohne Geld gemacht. Welche Gefühle hattest Du dabei? Ist es an der Zeit, neue Erfahrungen zu machen? Du erhältst jetzt die Chance dazu. Wenn Du sie annimmst, gehört eine große Überwindung dazu. Wenn Du Dich überwinden kannst, wenn Du von alten Auffassungen loslassen kannst, wirst Du neue Erfahrungen machen. Vielleicht sind sie wundervoll für Dich, auch wenn Du Dir das jetzt nicht vorstellen kannst. Ich wünsche Dir Seelenfrieden und den Mut, etwas Neues anzufangen. Wenn Du nicht weißt, wie Du anfangen sollst, lasse Dir helfen. Ein Gespräch mit dem Pastor, ein Besuch vom Rechtsanwalt. Finde, was Du in Zukunft willst. Bewegen an frischer Luft im Hof entlastet Deinen Kopf und lässt Dich neue Wege gehen. Alles ist ein Anfang.

Ich drücke Dich in Gedanken und voller Liebe

Deine Mutti
Auch von Vati herzliche Grüße"

In dieser Zeit wurde Stev vergeben. Er erhielt in der Stille eine Botschaft aus dem Universum, dass er Vergebung erfährt. Ich war damals skeptisch und glaubte ihm nicht vollständig. Ich weiß heute, dass es wahr ist.

Ein zehnter Brief folgte am 5. Juni 2012:
„Lieber Stev, ich sitze hier und denke an meinen Bruder. Er ist aus diesem Leben gegangen. Ich habe ihn sehr geliebt und nun muss ich ihn loslassen. Sein Herz war krank und trotzdem hat er seine Energie der Familie gegeben. Am 1. Juni war die Beisetzungsfeier und das Gefühl von Traurigkeit war bei allen Anwesenden zu spüren. Am 1. Juni vor 12 Jahren starb meine Mutter. Es zeigt sich noch im Tod die enge Verbindung von Mutter und Sohn. Morgen am 6. Juni ist es 1Jahr her, dass Deine Frau aus dem Leben ging. Wir wissen jetzt, auf welchem Friedhof sie begraben wurde. Ihre Kinder haben sie vor Kurzem dort das erste Mal besucht.
Wir wollen sie in diesem Sommer durch Blumen ehren und zur Grabstätte fahren. Das ist sicher auch in Deinem Sinne. Ihre Eltern sind einverstanden.
Im Tal der Traurigkeit, in dem ich mich zurzeit befinde, denke ich über das Ende des Lebens und seinen Sinn besonders nach. Es scheint, dass es am Anfang des Monats Juni nur traurige Ereignisse gibt. Das Schicksal schlägt hart zu und der Mensch muss lernen, damit umzugehen. Wir wissen alle, dass wir nur begrenzt in diesem Leben sind. Die Lebensenergie ist ‚verbraucht‘ und unsere Aufgaben erfüllt. Worin liegt der Sinn und wer gibt uns die Aufgabe? Ich denke, jeder Mensch muss seine Erfahrungen machen. Dazu erschafft er sich seine Welt. Wenn diese Welt wenig oder gar nicht zu den Welten der anderen Menschen passt, ist es schwer, seine Aufgabe zu erfüllen. Sehr schwer. Trotzdem glaube ich, wer aufgibt, hat verloren. Er bekommt dieselbe Aufgabe noch einmal. Wie das geschieht, weiß ich nicht genau. Vielleicht in einem anderen Leben. Der Mensch kann nicht einfach verschwinden. In meinem Herzen lebt mein Bruder weiter, in meinen Gedanken ist

Deine Frau und euer gemeinsames Kind. In meiner
Erinnerung gibt es meine Eltern und Großeltern. Alles ist
da, wenn ich will.
Jeden Tag. Die Kraft der Gedanken lässt sie bei mir sein.
Bestimmt hast Du diese Erfahrung auch schon gemacht. Wo
liegt die Hoffnung neben der Traurigkeit?
Am 29. Mai hatten Deine Eltern ihren 43. Hochzeitstag, am
4. Juni hat die Frau Deines Bruders Geburtstag und sie
macht ihn glücklich. Du siehst, Freude und Leid liegen im
Leben nebeneinander. Wie kann man das aushalten?
Annehmen, wie es ist. Vertrauen besitzen in eine Kraft, die
mehr weiß als wir. Hoffnungsvoll sein, dass es so, wie es ist,
gut ist. Wissen, dass alles in Liebe verbunden ist.

> *In Liebe Deine Mutti*
> *Auch von Vati liebe Grüße"*

In der Zeit, in der ich durch das tiefe Tal ging, waren die
Briefe an unseren Sohn Stev eine Hilfe für mich. Später
äußerte Stev, dass sie es auch für ihn waren. Diese Zeit
brachte erstaunliche Gefühle und Gedanken hervor. Ich fing
an, bewusster im Jetzt zu leben. Ich wurde mutiger. Ich
wollte stark sein, für meine Kinder, meine Enkelin, meinen
Mann, aber auch für mich.
Wenn Du erst einmal losgehst, kannst du nicht mehr
zurück.

So folgte der elfte Brief am 24.8.2012:
Lieber Stev, die heißen Tage sind vorbei und bald hat uns
der Alltag wieder. Am vergangenen Wochenende besuchten
wir die Bekannten von unserer Ägyptenreise. Sie wohnen in
der Nähe von Dresden. Es waren nette Tage mit einer
langen Wanderung, mit einer Fahrradtour an der Elbe und
... dann ging gar nichts mehr. Das Thermometer zeigte 39
grd. und da war kein Aufenthalt im Freien möglich.

Wir entschieden uns für einen Bummel in einem Einkaufscenter und stelle Dir vor, Dein Vater wollte möglichst lange bei Ikea bleiben. ‚Lass Dir ruhig Zeit beim Schauen' waren seine Worte. Wir haben gehört, dass in Berlin das Quecksilber bis 33 grd. anstieg und an der Küste ebenfalls. Das reicht für uns Nordeuropäer schon. Diese Temperaturen kennt unser Körper nicht. Du konntest als Kind die heißen Tage nicht gut vertragen. Wie geht es Dir damit?

Auf der Heimfahrt sind wir über Frankfurt gefahren. Wir wollten das Grab Deiner Frau sehen und haben es auch gefunden. Es ist ein kleiner Friedhof in der Nähe der Autobahn. Das Grab hat einen hellen Marmorstein, aus dem die Hände nach einem Gemälde von Michelangelo herausgeschlagen sind. Die Hände mit den ausgestreckten Zeigefingern, die sich nur fast berühren. Es sieht sehr schön aus. Ich habe für sie gebetet und ihr Deine Liebesgrüße in Gedanken übermittelt. Für uns war es ein schwerer Gang, aber wir wollten ihn gehen. Große Traurigkeit stellt sich ein, Ohnmacht gegenüber dem Leben. Der Zwiespalt zwischen dem Kleinsein als Mensch und den großen Gefühlen, von denen man erfasst wird, tut sich auf. Der Verstand muss achtgeben, dass man nicht fortgerissen wird.

Ich habe ein Foto von der Grabstelle gemacht. Wenn Du es sehen möchtest, sage es bitte.

Am kommenden Wochenende wirst du 29. Das kann noch nicht einmal die Lebensmitte sein. Du kannst Deine Lebensaufgaben für dieses Leben noch gut erfüllen. Denke immer daran, die Gefühle sind das Wichtigste. Deine eigenen Gefühle, die in Dir sind und vor denen Du keine Angst haben musst. Du musst Dich nur auf die Suche machen. Ich bin mir nicht sicher, ob Du dafür ‚Hilfsmittel' brauchst. Ist eine Bewusstseinserweiterung auch ohne sie möglich? Derjenige, der anfängt zu suchen, macht sich auf

den Weg und findet.
Mit zunehmendem Alter stelle ich fest, dass nicht nur die
eigenen Gefühle wichtig für ein
erfülltes Leben sind, sondern auch die, die ich anderen
Menschen zufüge. Die Gefühle, die
ich durch mein Denken und Handeln auslöse.

> *Deine Dich liebenden Eltern"*

Es fiel mir schwer zuzusehen, wie unser „Kind" leidet, wie
die Genesung ganz, ganz langsam voranschreitet. Wir
wussten nicht, wie wir mit dem augenblicklichen Zustand
umgehen sollten. Unsere Ratschläge entsprangen unserem
bisherigen Leben, unseren Gedanken. Sie waren für Stev
bestimmt manchmal unbrauchbar und daneben. So auch im
September 2012. Ich gab nicht auf und versuchte es weiter.
Ich wollte ihm Hoffnung in die Zukunft, Zuversicht in die
eigenen Fähigkeiten und den festen Glauben an Besserung
geben.

Mein Brief Nr. 12 folgte am 25. September 2012:
„Lieber Stev, es hat doch seine Zeit gebraucht, diesen Brief
zu beginnen und ihn zu schreiben. Nach meinem vorletzten
Anruf bei Dir war ich zuerst verletzt, enttäuscht und dann
suchend.
Deine Äußerungen mir gegenüber waren verletzend, aber
nicht, weil ich besonders sensibel bin, sondern weil sie
nicht mit meiner Realität übereinstimmen. Das bedeutet für
mich, ich muss meine Wahrheit verändern und nach einer
Lösung suchen. Das hat länger gedauert als gedacht. Nun
habe ich ein paar Antworten gefunden und teile sie Dir
gerne mit. Du wirst entscheiden, was sie Dir geben.
Die erste Frage für mich war: ,Warum reagierst Du so
wütend auf gutgemeinte Vorschläge?' Jeder Mensch hat

ständig innere Konflikte zu lösen. Diese Konflikte bestehen aus dem Zusammentreffen und dem Kampf sich widersprechender Gedanken und Gefühle. Solche Konflikte müssen alle Menschen lösen. Sie werden erst zur Belastung, wenn sie ungelöst bleiben und man zu keinem Ergebnis kommt. Weder die Gedanken (ein Teil des Menschen) noch die Gefühle (ein anderer Teil) können dann eine Lösung finden. Was geschieht mit den Menschen, wenn sich die Argumente des Verstandes und die Argumente der Gefühle widersprechen? Wenn sich innerlich alles blockiert? Genau dann findet ein innerer Kampf statt. Dieser Kampf des eigenen Systems braucht viel Energie, Kraft und Aufmerksamkeit. Diese Energie fehlt dann für die anderen Dinge des Lebens. Es muss doch Möglichkeiten geben, sich aus inneren Konflikten zu befreien. Dabei ist mir klar geworden, dass die Lösung nicht in der Außenwelt liegt. Sie liegt also nicht im Tun, im Lernen. Sie kann nur im Inneren liegen. Aber wie? Du hast uns erzählt, dass Du Dir viele Gedanken machst. Der Verstand arbeitet auf Hochtouren, aber die Lösungen, die er findet, will man nicht.

Es kann auch sein, dass es keine gibt, aber man will eine. Damit werden Gefühle erzeugt wie Machtlosigkeit, Angst und vielleicht das Gefühl durchzudrehen. Durch Denken und Grübeln wird es keine Lösung und Besserung geben. Was kann man wirklich tun, um seine Konflikte zu lösen? Zunächst aufhören, gegen die Außenwelt zu kämpfen. Dann aufhören gegen das eigene Innere zu kämpfen. Es gibt keine Lösung durch Beschluss oder durch tiefes Durchdenken. Das ist sicher leicht gesagt und leicht aufgeschrieben, aber schwer getan. Ich sehe nur einen Weg heraus. Sich selbst erkennen und beobachten. Dazu stelle ich mir folgende Fragen: ‚Wer bin ich?‘ ‚Was geschieht gerade in mir?‘ Durch diese Fragen schaffe ich mir einen eigenen Beobachter. Dieser Beobachter steht hinter den Gedanken und Gefühlen. Es ist für mich der Zugang zu meinem

eigentlichen „Ich". Ich bin nicht meine Gedanken und bin nicht meine Gefühle, sondern ich erlebe sie nur.
Bis dahin bin ich gekommen.
Die Katze meldet sich und will raus. Da muss ich schnell gehen, sonst stinkt es im ganzen Haus.

Wir sind oft in Gedanken bei Dir
Mutti und Vati"

In diesem Jahr sollte es in meinem Leben eine große Veränderung geben. Das Geschehene im vergangenen Jahr ließ mich nicht los. Ich wollte Antworten finden.
Wie kann es zu einer schlimmen Tat von einem netten, liebenswerten Jungen kommen? Welche Ursachen gibt es dafür? Wer trägt die Schuld an dem Geschehenen?
Gibt es überhaupt noch Hoffnung auf Besserung? Was können wir als Eltern dafür tun? Die Liste der Fragen war lang und Antworten gab es kaum. Durch eine ehemalige Kollegin erfuhr ich von einem Vortrag, der über das Phänomen der Palmblattbibliotheken gehalten werden sollte. Ich erinnerte mich an einen Beitrag im Fernsehen und, dass ich beschlossen hatte, als Rentnerin dort hinzufahren. Dort, das ist Indien. Vielleicht finde ich hier meine Antworten. Die Referentin des Abends war Annett Friedrich. Journalistin und Buchautorin des Buches: „Wege des Schicksals,
Phänomen Palmblattbibliotheken" und sie war Reiseveranstalterin vom Zeitreisen-Reisedienst. Eine Sportfreundin und ich wollten unbedingt zu dieser Veranstaltung fahren. Ihr Vortrag begann und ihre Ausführungen fesselten mich sofort. In der Einladung zum Vortrag stand: „Die eigene Zukunft kennen, heute bereits

wissen, was morgen oder auch erst in vielen Jahren geschehen wird – eine faszinierende Perspektive. In Indien gibt es Palmblattbibliotheken, in denen auf schmalen, getrockneten Blättern der Stechpalme die Schicksale mehrerer Millionen Menschen in Sanskrit oder Alt-Tamil niedergeschrieben sind, ein Blatt für jedes Leben. Seit 1993 bereise ich Indien. Als erste Europäerin gelang es mir, mein Palmblatt ausgehändigt zu bekommen, um es in der Heimat einer philologischen Untersuchung sowie einer Altersbestimmung zu unterziehen. Die Ergebnisse dieser Untersuchungen und Recherchen, welche die Grundlage des Vortrages bilden, sind wahrhaft sensationell und geeignet, gängige Weltbilder grundlegend zu erschüttern." Annett Friedrich fuhr zuerst nach Sri Lanka und dann nach Indien, um als Journalistin zu beweisen, dass die sogenannten Palmblattbibliotheken bestimmt ein Betrug sind. Sie wurde vom Gegenteil überzeugt und führte seitdem Interessierte in kleinen Reisegruppen nach Indien. Derjenige, der bereit ist, sich auf den Weg zu machen, erfährt dort seine Vergangenheit (vergangene Leben), seine Gegenwart und seine Zukunft (zukünftige Leben). Es ist im Hinduismus selbstverständlich von vielen Leben eines Menschen zu sprechen.

Als der Vortrag beendet war, erzählte Annett von ihren nächsten Reisen und stellte nebenbei fest, dass für den Reisetermin vom 19. bis 30. November 2012 noch ein Platz frei ist. Der Gedanke, dass das ein reservierter Platz für mich ist, erfasste mich sofort. Ich buchte ihn. Die Frage nach dem Bereitsein, um alles über dein Leben zu erfahren, kommt natürlich auch. Ich war es. Ich war mutig, ich war wissbegierig, ich wollte Antworten. Ich wusste, dass mein Mann diese Reise nicht antreten wollte. Bei einem Gespräch über dieses Thema sagte er sofort „Nein. Fahr Du bitte dorthin, wenn Du möchtest. Ich möchte auf keinen Fall mitfahren." Für mich bestanden keine Zweifel. Bei einer Reise mit 12 Personen gibt es bestimmt Menschen, mit denen man sich näherkommt. So war es auch. Mit vier Menschen aus dieser Gruppe habe ich bis heute Kontakt und bin dankbar dafür.

Einen Brief Nr. 13 schrieb ich vor meiner Abreise nach Indien am 7.11.2012:

„Lieber Stev, die Zeit vergeht für uns sehr schnell und bald ist der Abreisetag nach Indien gekommen. Am Anfang gab es viel für diese Reise zu organisieren. Jetzt kommt der Abflug näher und ich werde nervös und aufgeregt. Es ist eben keine touristische Reise wie sonst, sondern eine spirituelle. Man kann schon sagen, es ist eine Pilgerreise. Ich denke, die Eindrücke und Erfahrungen werden gewaltig sein.

Meine Hauptfrage bleibt die: ‚Ist unser jetziges Leben schon vorgegeben, bevor wir geboren werden?'

Wenn alles schon im Buch des Lebens festgeschrieben ist, welchen Einfluss können wir noch haben? Sollen wir die Gefühle und Gedanken nur erleben, nur erfahren?

Sind unsere Gefühle, die wir über den Körper wahrnehmen, nur so dauerhaft und für die Entwicklung unserer Seele notwendig?

Ich denke, der erste große Einfluss des Menschen besteht in der Entscheidung für das Leben. Das der Mensch es annimmt und bereit ist, die Erfahrungen, die für ihn nötig sind, zu machen.

Warum Du, Stev, diese schweren Erfahrungen machen musst, weiß ich nicht. Ich denke, unser Verstand ist zu begrenzt, um das erklären zu können. Trotzdem hoffe ich auf eine Antwort in Indien.

Für Deine Anhörung wünsche ich Dir, dass Du gehört wirst. Deine Tat ist schwerwiegend und die Konflikte können sicher nicht schnell gelöst werden. Ich hoffe

*trotzdem, dass Du auf verständnisvolle Menschen triffst, die
erkennen, dass Du das Geschehene bereust. Die erkennen,
dass Du Deine Frau geliebt hast und dass Du ins Leben
zurückkehren möchtest.*

*Du weißt, Du bist nicht alleine. Deine Eltern stehen hinter
Dir. Dein Rechtsanwalt berät Dich gut und auch Dein
Bruder denkt an Dich. Das Schönste wäre natürlich, wenn
es mit dem KMV in unserer Nähe klappen würde. Dann
könnten wir uns häufiger sehen und sprechen.*

> *Es drückt Dich in Liebe*
> *Deine Mutti*
> *Herzliche Grüße auch von*
> *Vati"*

Ich flog von Berlin über Frankfurt/Main nach Madras. In
der Nacht vor dem Abflug hatte ich einen Albtraum, der
keiner war. Im Traum saß meine Großmutter im
Wohnzimmer und schaute direkt in mein Gesicht. Hinter ihr
saßen sechs Generationen von Müttern mit versteinerten
Gesichtern. Ich schrie auf im Traum und glaubte an ein
schlechtes Omen für meine Reise. Dabei war es genau das
Gegenteil. Sie alle wollten mich bei meinem Vorhaben
unterstützen und mir Kraft mit auf den Weg geben. Sie
machten mich stark und mutig.

Nun kann meine Reise mit dem Namen „India Mystica"
beginnen. Wir werden mit der Reisegruppe Mamallapuram,
Madras, Bangalor, Kanchipuram (einer der heiligen Orte
Indiens) besuchen. Gespannt sind alle auf die
Palmblattbibliotheken, in denen wir als Gruppe angemeldet
sind.

Der Saga nach wurden die Lebensläufe vor über 7000
Jahren von 7 heiligen Rishis aus der Akasha-Chronik

herausgelesen und auf Blättern der Stechpalme niedergeschrieben. Der Überlieferung zufolge nutzten Brighn und seine Gefährten ihre spirituellen Fähigkeiten dazu, aus der Akasha-Chronik (Buch des Lebens) die Lebensläufe zu lesen und schriftlich zu fixieren. Das gesamte Leben der Menschen von Geburt bis zum Zeitpunkt des Todes wurde auf Palmblättern in Alt-Tamil, einer Sprache, die heutzutage nur noch von wenigen Eingeweihten beherrscht wird, bzw. in Sanskrit in eng geschriebenen Zeichen eingeritzt. Ein solches Palmblatt überdauert im Normalfall etwa 500 bis 800 Jahre. Wenn es alt und brüchig geworden ist, fertigt man eine Abschrift des Textes auf einem neuen Palmblatt an.

Jeder, der erfahren möchte, was das Schicksal für ihn bereithält, muss sich jedoch selbst auf den Weg nach Indien in eine Palmblattbibliothek bemühen. Ich wollte diese Reise machen, um zu erfahren, ob es nur eine Saga ist und durch eigenes Erleben die Antworten auf meine Fragen finden. Es wurde eine aufregende, anstrengende, faszinierende und unvergessliche Reise.

Nach etwa neun Stunden von Frankfurt aus landeten wir pünktlich in Madras (Channai).

Ich notiere in meinem Tagebuch: „Die Füße sind schwer, die Müdigkeit kriecht hoch, aber die Passkontrolle steht noch an. Einzelabfertigung mit langen Menschenschlangen. Alle 12 Reisende gehen gemeinsam nach draußen zu einem wartenden Kleinbus. Der Weg dorthin wird begleitet von hunderten wartenden Menschen. Die Luft ist feuchtwarm und die Geruchsmischung überkommt jeden wie ein Hammerschlag. Die Fahrt geht durch das nächtliche Madras in Richtung Hotel. Es ist Linksverkehr. Im ersten Moment denke ich, dass das entgegenkommende Fahrzeug auf uns zukommt. Alle Fahrzeuge hupen ständig. Es ist 3.00 Uhr und auf den Baustellen in der Stadt wird gearbeitet. Die Temperaturen sind angenehmer. Kräne stehen auf der

Straße und werden umfahren. Man kann nur schauen und staunen. Hochhäuser, modern, exklusiv neben Häuserbergen aus Resten von Beton, Werbeschildern, Müll, Hunde, Kühe schlafen vor den Häusern mitten in der Stadt. Es ist ein Kulturschock". Diese sehr krassen Eindrücke lösen bei den Besuchern des Landes unterschiedliche Gefühle aus. Die einen sind so geschockt und lehnen alles ab. Sie finden keinen Bezug. Sie sehen mit den Augen ihrer Gewohnheiten. Sie können nicht loslassen und sich öffnen. Die anderen sehen mit dem Herzen. Sie empfinden eine besondere Energie, ein Leben, wie es unterschiedlicher nicht sein kann und trotzdem angenommen wird. In unserer Gruppe sind alle neugierig und voller Emotionen.

Bei unserer Ankunft im Hotel werden wir herzlich mit Musik, einer Kokosnuss, einer Kette aus Muscheln und einem Farbpunkt auf der Stirn empfangen. Das Hotel liegt direkt am Golf von Bengalen. Herrlich! Wir brauchen Zeit zum Ankommen, wegen der Zeitumstellung von fünf Stunden, des Klimas, der Kultur. Nach einer unruhigen Nacht, Mottenkugeln überall wegen der Tiere und Ohrstöpsel wegen der Geräusche, treffen wir uns zwischen 10.00 Uhr bis 12.00 Uhr zum Frühstück in einem Pavillon am Strand. Ja, die Uhren ticken hier anders als in Deutschland, ganz anders. Am Nachmittag fahren wir in die steinerne Stadt der Götter: Mamallapuram. Diese Stadt gilt heute als die Wiege der drawichischen Tempelkunst Südindiens. Hier kann man fünf Rathas sehen, die wie raumschiffähnliche Gebilde aussehen. Sie wurden aus Gneis gehauen, ein besonders hartes Gestein. Die feine Struktur war unmöglich mit der Hand zu schlagen.

Im Garten von Mamallapuram sehen wir den Shiva-Tempel und die sogenannte „Krischnasche Butterkugel". Ein runder Granitblock, der an einem Hang seit Jahrtausenden liegt und allen Gesetzen der Schwerkraft widerspricht.

Das Abendessen ist vegetarisch mit frischem Fisch. Mir

schmeckt es sehr gut und die Schärfe ist den Europäern angepasst. Das Hotel ist sehr sauber, nur der Geruch in meinem Zimmer ist betäubend. Ich denke: Nimm ihn an! Schlafen konnte ich nicht. Zu warm, zu aufregend. Heute fahren wir nach Chennai (Madras). Der Straßenverkehr ist nicht zu beschreiben. Ein Gewimmel aus verschiedenen Gefährten. Jeder fährt zügig, achtsam und nutzt jede kleine Lücke. Es ist für uns erstaunlich, wie wenig passiert, z.B. 4 Personen auf einem Moped oder Menschen hängen draußen an einem überfüllten Bus. In der Stadt wird es noch heftiger. Madras hat etwa 6 Mio. Einwohner, genaue Zahlen weiß niemand, da täglich etwa 35 Großfamilien dazu kommen. Madras ist die viertgrößte Stadt Indiens. Keiner der Menschen regt sich auf oder schimpft, alles ist im Fluss, vom Fahrrad über Ochsenkarren bis zum modernen Auto. Auffällig sind die vielen Motorräder jeder Art. Die Fahrer sind auch von jeder Art, von barfuß, mit und ohne Helm, Frauen mit Tüchern fahren selbst. Ältere Frauen sitzen quer auf dem Hintersitz. Polizei ist da, greift aber kaum ein. Später erfuhren wir, wieso. Derjenige, der die Polizei ruft, muss sie auch bezahlen. Der Benzinpreis beträgt zurzeit 0,80 E. Bei einem Umtauschkurs von 1:67 ist das viel Geld. Das Auffälligste sind die Gegensätze. Vorfahrtsregel gibt es nur eine: das größere Fahrzeug hat Vorfahrt.

Auf den Straßen fällt mir auf, dass sich insbesondere die Frauen in farbenfroher, sauberer, geplätteter Kleidung bewegen. Die Hütten, in denen sie leben, bestehen oft nur aus Blech. Die Kinder tragen Schulkleidung und die Männer Baumwollhemden und Hosen. In Madras gibt es Fabriken, in denen sehr gute Baumwollkleidung, vor allem Hemden, hergestellt wird.

An einer Bushaltestelle fällt mir das „Hakenkreuz"-Zeichen auf. Adolf Hitler hat es aufgegriffen und für seine Propaganda benutzt. Das Zeichen gehört im Ursprung zum hinduistischen Glauben und stellt die vier Lebensabschnitte des Menschen dar. Seine Kindheit, die Jugend bis zur Heirat, der Abschnitt als Familie, das Alter bis zum Tod. Es entstand aus einer „Vishnu"-Scheibe. Der Gott drehte sie so lange, bis aus Altem Neues entstand. Das Swatiksymbol ist in der indischen Kultur und Religion seit über 5000 Jahren üblich. Je nach Farbe und Richtung hat es verschiedene Bedeutungen. Es hat mich bewegt, dass es in Deutschland Zeiten gab, in denen dieses Zeichen negativ besetzt war. Wir wurden zu einer christlichen Kirche geführt, obwohl der christliche Glaube seltener gelebt wird. Das Besondere war hier ein Bildnis der schwangeren Maria und einem Stein mit einem Kreuz hinter Glas. Dieser Stein ist ein Meteorit, der mit dem Kreuz auf der Oberfläche auf den Berg fiel, und an der Stelle wurde die Kirche gebaut. Nun besuchen wir in der Mitte der Stadt einen hinduistischen Tempel, der als einer der wenigen Tempel in seiner Farbenpracht noch erhalten ist. Schuhe werden zur Aufbewahrung abgegeben. Wir laufen barfuß durch die Tempelanlage. Gut, dass es November ist, denn die Platten sind sehr warm, aber ich habe für alle Fälle Socken in der Tasche. In den Gebetstempel dürfen wir nicht, nur Hindus. Neben dem Tempel steht die Empfangsantenne für die Botschaften der Götter. Es findet gerade eine Hochzeit statt. Schön. Alles ist neu und beeindruckend. Morgen fahren wir mit dem Zug nach Bangalor zu einer Palmblattbibliothek. Trotz Tablette verging die Nacht wieder ohne Schlaf (schon die fünfte). Die Aufregung vor dem, was kommt, ist wohl zu groß. Wir fahren mit dem Zug in der 1. Klasse von Madras nach Bangalor. Wir fahren die dreihundert Kilometer in sechs Stunden. Der Zugführer hat alle Namen der Reisenden in diesem Abteil. Auf dem Bahnhof in Madras erwartet uns eine Eindrucksflut. Menschenmassen überall, schlafend auf dem Boden, mit Säuglingen, Menschen gehen, laufen, Bettler um uns herum. Ein ätzender Geruch durchdringt die Wartehalle. Auf dem Bahnsteig gegenüber wurde die Fracht auf dem Bahnsteig entladen. Kisten, Säcke stapeln sich.

Unser Zug hat kleine Fenster, macht einen alten Eindruck, eine indische Toilette zum Stehen, die Ledersitze sind zerrissen, die Kakerlaken wohnen in der Rückenlehne. Es gibt mehrere Computeranschlüsse, an denen Menschen arbeiten. Wenn ich auf die Toilette möchte, muss ich auf dem Boden sitzenden oder sogar auf dem Gang liegenden Menschen vorbei. Wollen Menschen zusteigen, muss der Zugführer erst Platz schaffen. Es wäre für uns unmöglich, in der 2. oder 3. Klasse zu fahren. Der Service im Zug ist spitze. Laufend kommen Männer mit Kannen, Körben oder Tabletts durch das Abteil. Das Essen wird frisch auf den Bahnhöfen zubereitet und dann im Zug verkauft. Wir warten auf ein Nicken unserer Reiseleiterin Annett, da die Schärfe nicht für Europäer abgestimmt ist. Sie nickt nicht. Wir holen unsere Brote vom Frühstück heraus. Die Landschaft sieht grün und fruchtbringend aus, aber sie ist dünn besiedelt.

Die Bauern gehen in die Stadt und hoffen auf ein besseres Leben.

Der Bahnhof in Bangalor ist nicht so schmutzig, man spürt den europäischen Einfluss. Mit Taxen fahren wir zum Hotel mitten in der Stadt. Die Fahrt führt durch ein Gewimmel, es wird ohne Unterlass gehupt zur Vorwarnung.

Fahrbahnspuren gibt es nicht. Jeder fährt dort, wo Platz ist. Es klappt für uns immer wieder erstaunlich gut. So langsam gefällt mir der Fahrstil. Nach einem kleinen Stadtbummel gibt es die Einweisung für den morgigen Tag zum Besuch in der Palmblattbibliothek. Annett empfiehlt, unsere Fragen vorher aufzuschreiben. Ich gehöre zur ersten Gruppe für die Lesung. Die ersten sechs Personen brauchen von 10.00 bis 17.30 Uhr. Es war höchst interessant und ergreifend. Alles, was für das jetzige Leben von Bedeutung ist, wird gesagt.

Herr Murthy nahm die Lesung vor und Frau Mithilfe übersetzte sofort ins Deutsche. Mein Palmblatt konnte Herr Murthy durch Angabe meines Vornamens und meines Geburtsdatums finden. Ich durfte ein Foto von meinem Palmblatt machen.Alles, was in der Gegenwart geschehen ist, wird gelesen. Auch, was Stev getan hat. Das Urteil und dass wir im Gericht dabei waren. Er ist geistig gestört und in einem chemischen Ungleichgewicht steht dort geschrieben. Der Zusammenhang von früheren Leben und Ereignissen in diesem Leben werden gelesen. Dieser Abschnitt war für mich besonders wichtig, um die Antworten auf meine Fragen zu erhalten. Stev hat in einem früheren Leben einem Lehrer etwas Böses angetan und daraufhin hat der Lehrer ihn verflucht.Über weitere Leben von mir gab es keine Informationen und ich habe nicht nachgefragt. Das Leben wird in Abschnitten von zwei bis drei Jahren gelesen bis hin zum Todestag (wenn man will). Ich wollte es nicht so genau wissen.Man hört über seinen gesundheitlichen Zustand und den seiner Familie. Die Aussagen sind sehr detailliert und genau. Es ist erstaunlich, unfassbar. Das Leben ist festgelegt, bis auf die kleinen Entscheidungen, die wir auf unserem Weg treffen können. Wir durchleben alles, um die Gefühle zu leben.
Zum Schluss kann man noch Fragen stellen. Ich hatte von meiner Fragenliste nur noch eine. Ich bin sehr abgespannt, weil alles aus mir herausgeflossen ist und viele Fragen eine Antwort bekommen haben. Nach der Lesung besuche ich den tibetischen Arzt Amchi Jampa Youten für eine Konsultation. Die Behandlung läuft anders ab und sehr effektiv. Später besuche ich ihn in Berlin.
Im Rückblick erkenne ich die große Bedeutung dieses Tages in Bangalor. Die Lesung gab mir teilweise Erklärungen für das Geschehene und vor allem Hoffnung für die Zukunft. Mein Mann und ich sollen das Geschehene akzeptieren und unser Leben weiterleben und es genießen.

Ich wusste erst später, wie uns das Gelingen könnte. Die Behandlung der psychischen Störung unseres Sohnes wird lange dauern. Das steht fest. Es besteht aber die Hoffnung, dass unser Sohn diese Zeit verkürzen kann. Diese Verkürzung hängt davon ab, wie er sich verhält. Diese Aussage war für mich die Hoffnung in den letzten Jahren und ein großer Halt. Ich war und bin davon überzeugt, dass unser Sohn Stev geheilt werden kann. Diese Überzeugung wurzelt auch in den Menschen, die ihn begleitet und geholfen haben. Die starke Energie, die alles schaffen kann, ist für mich die Liebe. Aus großer Dankbarkeit schenke ich Herrn Murthy meine Halskette mit einem Engelanhänger und spende etwas Geld für die Bibliothek, denn die Lesung ist kostenlos. Eine kleine Summe, da wir die Information bekommen haben über die ungefähre Spendenhöhe. Mein Aufenthalt in Indien geht weiter.

Am 6. Tag konnte ich die halbe Nacht schlafen. Die andere Zeit floss es weiter aus mir heraus. Es war anstrengend, körperlich und emotional, aber nun fühle ich mich irgendwie leichter. Der heutige Tag sieht nach Entspannung aus. Am Ende des Tages stelle ich fest, dass es nicht so ist. Wir fahren zum Krischna-Tempel. Diese große Stadt mit teilweise europäischem Einschlag pulsiert, dass es einigen weh tut. Ich sitze gern vorn. Wir haben zwei Taxen zur Verfügung. Der Verkehr fließt gleichzeitig von links und rechts vorbei. Fahrzeuge aller Art. Vor allem viele Motorräder fahren dorthin, wo eine Lücke ist. Zu den zusätzlichen Straßenbehinderungen, wie eingebauten Bodenwellen, gehören die Straßen selbst. Sie sind voller Löcher, manchmal gehen auch Fußgänger auf der Straße. Alle hupen ständig, um Aufmerksamkeit zu bekommen, aber auch aus Vorsicht. Langsam fahren gibt es nicht. Den Tempel dürfen wir nur anschauen, keine Fotos erlaubt. Alles ist sehr durchorganisiert, vor allem auf Geldspenden aus. Rings um den Tempel entstehen Hochhäuser, die vermietet werden. Die Kirche selbst darf keinen Besitz haben. Der Hauptsitz ist in den USA. Krischna ist vergleichbar mit Jesus. Vielleicht sogar dieselbe Person (nur in anderer Geschichte). Es wird vermutet, dass Jesus erst dreißig Jahre in Indien gelebt hat und nach der Auferstehung auch dorthin zurückgegangen ist. Dann fahren wir weiter durch die Stadt zum Bull-Tempel. In Bangalor gibt es nicht viele Tempel. In diesem wurde ein Bulle aus einem Stück Granit geschlagen. Er wird jeden Tag mit Öl eingeschmiert. Erst vor zwölf Jahren bekam er ein „Haus" und wird frisch geschmückt mit Blumen. Ein Priester ist anwesend und wir werden alle gesegnet. Die Zeremonie: Es wird ein Tablett mit Feuer gereicht, dieses wedelt man zu seiner Aura. Der Priester gibt einen Punkt auf die Stirn mit etwas Rotem. Der Gesegnete spendet 10 Rubien (0,15€). Nun geht es weiter zum Botanischen Garten. Super angelegt mit uralten Bäumen und Pflanzen. Er wurde angelegt, bevor die Engländer kamen.

Am nächsten Tag, es ist der 7.Tag, geht es zurück mit dem Bus nach Channai (Madras).

Wir müssen bis 9.00 Uhr abgefahren sein, weil danach keine Busse mehr durch die Stadt fahren dürfen. Zuerst geht es drei Stunden auf die Autobahn, eine angenehme Fahrt mit netten Eindrücken. Nach einer kleinen Pause an einer Raststätte mit Essen und Getränkeausgabe fahren wir eine Stunde bis zu einem klimatisierten Hotel mit gutem Essen. Das Essen wird auf großen Blättern serviert. Alles scharf und sehr sauber. Ich trinke Cola zum Aufmuntern. Auf der Toilette haben wir die Wahl zwischen europäisch und indisch. Ich stelle fest, dass indisch besser ist. Es ist einfach sauberer und hygienischer. Die geplante Strecke können wir nicht weiterfahren, da in der Stadt ein Fest stattfindet. Der Umweg geht über kleine Dörfer, holprige Straßen und einen Zwischenstopp mit Kokosmilch. Die Kokosnuss wird vom Händler aufgeschlagen und man kann mit einem Halm trinken. Sauberer und frischer geht es nicht. Es ist erstaunlich, wie viel Milch enthalten ist. Nach 8,5 Stunden für 350 Kilometer kommen wir geschafft in unserem Hotel an. Der Temperaturunterschied beträgt etwa 10 Grad.

Ich träume vom Schwimmen im Pool, einer Tasse Kaffee und einem Spaziergang am Strand. Der Pool ist besetzt von indischen Männern, die das Wochenende hier bei einem Seminar verbracht hatten. Der Ozean hat zu viel Kraft und die Polizei lässt uns nicht an den Strand. Dann vielleicht irgendwo in Ruhe sitzen. Falsch gedacht. Party.

Heute am 8. Tag fahren wir nach Kanchipuram, etwa 45 Kilometer entfernt. Wir denken, es dauert eine Stunde. Falsch. Es werden zwei Stunden. Kanchipuram gehört zu den sieben heiligen Städten in Indien. Sie hat heute etwa 200.000 Einwohner. Der größte Tempel ist einfach mal geschlossen. Wer nach Kanchipuram fährt, muss angeblich nicht mehr so viele Inkarnationen auf der Erde durchleben. Das nächste Ziel ist der Elefantentempel.

Leider laufen die Elefanten heute nicht frei, da sie zum Duschen müssen. Weiter geht es zum Shiva-Tempel auf der Wiese. Dieser Tempel war einmal total bemalt. Leider hat die Farbe nicht gehalten. Es ist der Tempel der alten Weisheiten (z.B. Tonleiter in Handzeichen, Yoga-Positionen, Meditationsübungen) und der Wissenschaft. Es gibt Belege, wie die ersten Flugobjekte gebaut wurden. Damit beschäftigen sich heute auserwählte Ingenieure. An einigen Säulen sind die Schriftzeichen der „Alt-Termil"-Schrift erhalten. In dieser Schrift sind die Palmblätter in den Palmblattbibliotheken geschrieben. Es gibt aus Stein gehauene Belege für fliegende Objekte. Die Form einer Ellipse mit einem Abfluss. Man kann nur staunen und sich wundern. Nun geht es zum einheimischen Markt. Vor allem Obst und Gemüse. Die Händler lassen sich gerne fotografieren und sind alle sehr freundlich. Es ist total sicher und wir erleben Indien pur.

Zum Abschluss besichtigen wir eine Seidenmanufaktur. Die Arbeiter schlafen nachts auf dem Betonboden unter den Maschinen. Die Stadt ist berühmt für ihre Seide und die Qualität ist super. Ich kann nicht widerstehen. Anschließend kommt der Schneider ins Hotel zum Ausmessen und am nächsten Tag ist alles fertig. Zwei Blusen und ein Hemd für meinen Mann.

Ein Tag zum Ausruhen. Herrlich! Alle sind froh und genießen diesen Tag auf unterschiedliche Weise. Um 7.30 Uhr eine Yogastunde in Meer nähe mit einem indischen Yogalehrer. Fantastisch. Danach in aller Ruhe frühstücken im Pavillon. Für mich ist eine Stunde bei einem vedischen Karma-Astrologen eingeplant. Ich bin gespannt. Ein deutscher Übersetzer ist dabei (ein junger Mann, der in Deutschland studiert hat) und das Gespräch kann aufgenommen werden. Es ist für mich schön, da die meisten Aussagen positiv sind. Jetzt erst einmal schwimmen im Pool. Ich stelle fest, dass mein Geld zur Neige geht. Der Schneider kommt heute vorbei. Ich frage mich wirklich, wo das Geld hin ist. Ein netter junger Mann, Jens aus der Gruppe, begleitet mich zum nächsten Ort, um Geld abzuheben. Leider klappt es nicht, denn der Automat ist defekt. Für die Bank brauche ich eine Visa- oder Master-Card. Habe ich leider nicht. Zum Glück kann man in unserem Hotel Geld tauschen.

Nach dem Abendbrot kommen für uns zwölf Teilnehmer besondere Tänzerinnen. Den Tempeltanz, den sie vorführen, üben sie seit dem 3. Lebensjahr. Jeder Finger, jeder Zeh, jeder Muskel am Körper bis hin zum Gesicht hat eine Bedeutung für den Ausdruck.

Eine Tänzerin verstaucht sich den Fuß und tanzt trotzdem weiter. Die Kostüme sind sehr farbenprächtig und der Tanz ist für uns außergewöhnlich.

Heute, am 10. Tag, geht es um 7.45 Uhr nach Kanchipuram

in die zweite Palmblattbibliothek. Wir werden den ganzen Tag dort verbringen, denn gegen 21.00 Uhr sind wir erst wieder im Hotel. Diese Bibliothek wird auch von den Indern besucht. Es ist ein einfaches Gebäude. So stellen wir uns keine Bibliothek vor. Es gibt einen Extravorraum und einen Leseraum. Zu dem Raum mit den Blättern gelangen wir nicht. Es wird für jeden, der eine Lesung möchte, ein Heft angelegt. Ich bin beeindruckt, wie offen und selbstverständlich alles gehandhabt wird. Um von uns sechs Besuchern das richtige Palmblatt zu finden, wird von jedem ein Daumenabdruck genommen (bei den Männern rechts und bei den Frauen links) und der Anfangsbuchstabe des Vornamens wird erfragt. Nach Aufruf wird mit einer mathematischen Methode dein Palmblatt herausgefunden. Jede Bibliothek hat sich auf bestimmte Bereiche des Lebens spezialisiert.

Der Vorleser liest etwas an und du musst nur „Ja" oder „Nein" sagen, z.B. „Bist du im Juni geboren? Hast du eine Schwester?" ... Wenn die Antwort „Nein" ist, wird weitergeblättert, solange bis alle Antworten stimmen. Es ist ein erhabener Augenblick, wenn dein Blatt in Indien gelesen wird. Alles stimmt! Alle Namen deiner Familie stehen dort. Wenn alle sechs Blätter gefunden sind, kommt ein zweiter Leser und liest das auf Alt-Tamil Geschriebene in Tamil vor und der Dolmetscher, ein junger Mann, der in Kiel studiert hat, übersetzt ins Deutsche. Das ist ein besonderer Service, denn meistens wird ins Englische übersetzt. Das Gelesene kann aufgenommen werden. Mein Aufnahmegerät funktioniert plötzlich nicht. Keine Ahnung, warum? Die Kassette? Zum Glück habe ich noch Kassetten mit. Fast alles hört sich gut an, was für mich in diesem Leben geschrieben steht. Der Mut gehört zu dieser Reise dazu. Die Lesung folgt mit Bedacht, aber sie wird gelesen wie geschrieben. Da liegt eine Spannung im Vorfeld in der Luft und die Verarbeitung erfolgt bei den Einzelnen unterschiedlich.

Einige sprechen darüber, die meisten nicht. Es ist möglich, einige Kapitel des Lebens, wie z.B. Kinder, später lesen zu lassen. Diese werden dann nachgeschickt. Diese Möglichkeit nutze ich gerne. In dieser Bibliothek erfuhr ich, dass ich schon zweimal in Indien gelebt und studiert habe. Aha. Vielleicht gefiel mir deshalb Indien gleich und ich hatte ein Bedürfnis auf ein Philosophie-Studium.

Nun hat der Körper langsam genug. Kaum Bewegung, den ganzen Tag sitzen, Durchfall stellt sich ein. Bei unserer Ankunft im Hotel ist draußen ein Abendessen aufgebaut. Eigentlich schön und romantisch unter einem bunten Zelt in der Nähe des Ozeans. Ich bin k.o.

Die kommende Nacht habe ich zum ersten Mal durchgeschlafen. Ein herrliches Gefühl. Ein morgendliches Bad im Pool, wundervoll. Heute gibt es viel Zeit zum Runterfahren und Relaxen. Ein langer Spaziergang am Golf von Bengalen mit Bärbel ist genau das Richtige, um die Seele baumeln zu lassen. Ein paar Händler sprechen uns an, aber wenn sie feststellen, dass wir nichts kaufen wollen, lassen sie uns in Ruhe. Es ist entspannend, ohne Zeitvorgabe Wasser, Wellen, Sonne und das Licht zu genießen. Bei meiner Rückkehr vom Spaziergang ist ein Bus voller junger Mädchen angekommen. Sie machen Spiele am Strand und es gibt ein gemeinsames Mittagessen. Vor ihrer Abreise bewundern sie uns am Pool, da wir mit Badeanzügen bekleidet sind und schwimmen. Sie lassen sich am Pool fotografieren, aber ins Wasser geht niemand (Inder können nicht schwimmen). Die Männer vor ein paar Tagen waren im flachen Wasser.

Nun geht es ans Packen. Ich lerne durch Tipps von Mitreisenden, wie die Auswahl der T-Shirts nach Gewicht vorgenommen wird und wie man mit wenig Wäsche reist. Mein Koffer hat Übergewicht. Die Lösung finde ich durch das Verstauen einiger Gepäckstücke in Susannes Koffer und diese in Berlin wieder zurückzupacken. Bei Übergewicht müsste ich sonst ein Extrapaket packen und für 50 Euro abschicken. So ist die Regel in Indien. Am Abend wird unsere Reisegruppe vom Hotelchef des „Mamalla Beach Resort" persönlich nett verabschiedet. Jeder erhält ein kleines Geschenk und wir werden zu Kaffee und Kuchen eingeladen. Bei unserer Abreise erfahren wir, dass unsere Reiseleiterin Annett am Flughafen die nächste Reisegruppe in Empfang nimmt und wir somit allein zum Flugzeug gelangen müssen. Die Menschenmassen auf dem Flughafen überzeugen uns, die gelben Mützen mit der Aufschrift „Zeitreisen" sofort zu tragen. Die Angst, den Anschluss zu verlieren, überzeugt alle. Bianca, die Mitreisende mit den besten Englischkenntnissen, führt uns gut durch. Alles klappt. Auf dem Nachtflug kann ich sogar einige Stunden schlafen.

In Berlin werde ich von meinem Schatz mit Blumen empfangen. Wir liegen uns in den Armen und sind froh, uns wieder zu haben."

Die Reise im November 2012 gehört bis heute zu meiner beeindruckendsten. Es erscheint mir rückblickend wie eine Wende in meinem Leben. Sie führte mich auf einen neuen, anderen Weg. Ich öffnete mein Herz. Der Verstand hatte mir im Leben gute Dienste getan. Jetzt konnte er nicht helfen. Er fand keine Lösungen, denn der Verstand war zu klein. Mit den Aussagen aus der Bibliothek konnte ich ihn teilweise beruhigen. Ich fühlte, dass es noch mehr der Suche bedarf. Alles war noch nicht offengelegt.

Am 16.12.2012 schrieb ich den Brief Nr. 14 an Stev:
„Lieber Stev, nun bin ich schon wieder zwei Wochen in Deutschland und es kommt mir irgendwie länger vor. Nach meiner Ankunft empfand ich es hier nur kalt, ungemütlich und die Menschen hatten einen starren Gesichtsausdruck. Inzwischen sehe ich aber viele Gesichter, die gespannt sind

auf meine Erzählungen. Sie sind schockiert, verwirrt und neugierig, nachdem sie gehört haben, was ich ihnen berichte. Wir wurden in Europa geboren, wir sehen die Welt natürlich aus diesem Blickwinkel. In anderen Ländern, besonders in Asien, speziell in Indien, leben die Menschen eine andere Welt, einen anderen Glauben. Es gibt kein Besser oder Schlechter, es gibt nur ein Anders. Große Toleranz und Akzeptanz ist gefragt. Offenheit für das Neue. „Anders“ bringt dich aber auch dazu, dich selbst zu öffnen, zu dir selbst zu finden. Wir haben in diesem Leben eine Aufgabe zu erfüllen. Unser Schicksal ist es, dieses in Deutschland zu erfüllen.

Da ich die Erfahrung machen durfte, dass ein großer Teil unseres Lebens bereits bei der Geburt feststeht (etwa 70%) und nur der Rest freier Wille ist, geht es nur um die Erfüllung unserer Aufgabe. Dazu gehört auch, die Gefühle zu durchleben, sie auszuhalten. Dazu gehört aber auch, Entscheidungen zu treffen. Die Hinduisten, der größte Teil der Inder, sieht in diesen Entscheidungen die einzige Möglichkeit, sein Schicksal zu beeinflussen. Das Verhalten in diesem Leben wirkt auf das nächste Leben und die Aufgabe, die du dann erhältst. Hingabe, Demut und Annahme helfen dabei mehr als Widerstand, Ablehnung und unbedingtes Verändern wollen. Das gilt für alle Menschen, unabhängig von ihrem materiellen Stand und ihrem Weg. Je mehr Du Deinem Schicksal zulächelst, umso leichter kannst Du es ertragen. Die anderen Menschen hinzunehmen, wie sie sind, denn sie sind auch auf ihrem Weg. Die ganz armen Menschen in Indien sind freundlich gestimmt und lächeln in die Kamera. Sie sind stolz, fotografiert zu werden. Ihre Körper sind gepflegt, ihr Gang ist gerade und die Kleidung ist sauber. Es war so bei denen, die ich getroffen habe. Es ist ein angenehmes Gefühl, obwohl es auch viel Müll, Dreck, Chaos, Unordnung gibt.

Du merkst schon, diese Reise war eine sehr beeindruckende

und spirituelle Reise.
Für heute sende ich Dir herzliche Grüße,
auch von Vati

Deine Mutti"

Die Reise nach Indien wirkte nach, vor allem zwei
Gedanken leiteten mich: Stev kann gesund werden und wir
haben keine Schuld. Es war leicht, für Stev da zu sein, denn
wir lieben ihn. Es war schwer, ein bewusstes Leben zu
beginnen. Wie weiter? Die Gedankenkreise, die zu keinem
Ergebnis führten, wollte ich verringern. Ganz aufhören
werden sie nicht. Das war mir klar. Ich begann im
folgenden Jahr nach der Methode zu handeln, dass der
Mensch keine zwei Gedanken zugleich denken kann.
Ich konzentrierte mich auf Sport. Ich besuchte drei Mal pro
Woche ein Fitnessstudio. Dort praktizierte ich Yoga und
trainierte Step Aerobic. Diesen Sport liebte ich und übte ihn
gemeinsam mit Frauen aus, die mich kannten, und ich war
ihnen sehr dankbar. Wenn mein Körper oder Geist
überlastet waren, konnte ich pausieren.
Mit der Zeit verbesserte sich mein Zustand. In meinem
Sportverein im Wohnort war ich als Übungsleiterin tätig.
Mit den Vereinssportgruppen trainierte ich drei Mal pro
Woche. Für die Volkshochschule kamen zwei bis drei Kurse
als Leiterin pro Woche dazu. Ich hatte zwei bis drei Mal pro
Tag! (außer Sonnabend) Sport. Am Wochenende fuhr ich
mit der „Nordic Walking" Gruppe zu unterschiedlichen
Laufveranstaltungen. Am Anfang starteten wir als
„Anhang" nach den Läufern. Im Laufe der Jahre erhöhten
sich die Teilnehmerzahlen und die Sportart wurde
zunehmend mehr anerkannt. Die Veranstaltungen verteilten
sich über das ganze Bundesland. Wie ich das alles geschafft
habe, weiß ich nicht. Es war meine Anfangstherapie, wie
eine Betäubung. Ich machte einen Kopfsprung ins Leben.

Mein Mann wollte wenig Aktivitäten. Er wollte Ruhe und Besinnung. Das habe ich akzeptiert. Er sah, dass die Bewegung mir guttat, und ich glaube, dass er Angst hatte, dass es mir zu viel wird. Das ist das Besondere an einer Ehe, man wird immer beobachtet.

Wir spürten, dass wir Haus und Grundstück kaum noch bewältigen konnten. Uns wurde klar: Wir werden es bald verkaufen. Wir entschlossen uns, einen Garten an der Ostsee zu kaufen. Gute Idee. Es gab keinen. Mein Mann stöberte so lange im Internet, bis es klappte. Die Gartenlaube war sehr baufällig. Den Garten konnten wir mit Geduld umgestalten. Beim Kauf wurden wir gefragt, ob wir wissen, welche Arbeit auf uns zukommt. Die Frage war: „Wollen Sie den Garten wirklich?" Wir wussten es, denn wir hatten ein altes Haus umgestaltet. Jetzt gab es für meinen Mann ein großes Betätigungsfeld. Er konnte den „Baulöwen" hervorholen. Reisen fiel also weg, dafür hatten wir ein Ziel. Im Garten übernachten mit fließendem Wasser, Abwasser und Strom. Es gelang. Wir waren froh über diese Entscheidung.

Eine weitere große Freude erfuhren wir durch unsere Enkelin. Das Zusammensein mit ihr öffnete unser Herz. Wir sahen in ihren Augen die Dankbarkeit für unsere gemeinsame Zeit. Natürlich hätten wir gerne mehr Zeit mit ihr verbracht. Die Entfernung und die Tagesaufgaben schränkten uns ein.

Sport, praktische Arbeiten und Kinder sind eine Möglichkeit, sich in das Leben zurückzuholen. Es ist nicht genug. Mit den Gefühlen umzugehen, ist eine weitaus schwierigere Aufgabe. Der Verstand möchte Analyse und Struktur. Die Gefühle wollen gelebt werden und lassen sich nicht unterdrücken. Wie weiter? Ich besuchte regelmäßig meine Heilpraktikerin Anca und jede Sitzung führte mich etwas weiter, weiter in der Auseinandersetzung mit mir selbst. Es war manchmal wie beim Umgraben im Garten.

Gefühle wurden hervorgeholt, angesehen und aufgelöst oder akzeptiert. Annehmen, wie es ist. Warum ist das so schwer? Wir bauen uns eine eigene Gedankenwelt auf und die Gefühle passen manchmal nicht dazu. Sie sind aber die eigentliche Wahrheit. Die Gedanken verändern sich, je nach Betrachtung. Ich musste mich meinen Gefühlen stellen. In mir entstand ein großes Bedürfnis, unserem Sohn Stev mehr zu helfen. Eine Möglichkeit ergab sich durch die Einweihung in die nächste Reiki-Stufe. Ich erlernte die Fähigkeit, die Lebensenergie Reiki zu verschicken. Ich stellte mir vor, ich bin eine Antenne, die aus dem Universum Energie empfängt und gleichzeitig bin ich ein Sender, der diese weiterschickt wie beim Radiosender. Der Empfänger muss dazu „einschalten", also auf Empfang gehen. Ich muss nur die genaue Adresse des Empfängers angeben und mich als Antenne zur Verfügung stellen. Dann bitte ich um Unterstützung aus dem Universum, konzentriere mich ganz auf die Person, die die Energie erhalten möchte. Die Empfangsperson nimmt zur gleichen Zeit eine bequeme Stellung ein und ist einfach nur offen für das, was kommt. Unser Sohn Stev spürte schnell etwas, manchmal Wärme oder innere Ruhe, es tat ihm gut. Ich freute mich sehr darüber. Sollte eine Übertragung nicht zur gleichen Zeit möglich sein, kann die Energie auch ins Universum geschickt werden und wird dort wie bei einer Cloud gespeichert. Die Empfangsperson kann diese jederzeit abrufen. Es zeigte sich, dass eine Energieübertragung möglich ist. Was für eine Erfahrung. Ich war begeistert.

Am 25. März schrieb ich einen weiteren Brief, Nr.15, an Stev: „*Lieber Stev, nun kommt das Osterfest heran und viele Menschen freuen sich hauptsächlich auf die freien Tage. Sie meinen damit, dass sie nicht arbeiten müssen und*

über sie ,frei' verfügen können. Können sie das wirklich?
Es werden neue Pläne gemacht. Verwandte oder Freunde
besucht, ein besonderes Essen gekocht, kleine Geschenke
besorgt, am Friedensmarsch teilgenommen, in die Andacht
gegangen ... Durch das Osterfest wird vor allem die
Auferstehung von Jesus gefeiert, die Befreiung von den
Sünden, die Fähigkeit der Vergebung. Jesus von Nazareth
war auf der Erde, um den Menschen eine Botschaft zu
bringen. Jeder kann erlöst werden. In jedem von uns gibt es
eine universelle Kraft, unabhängig von dem, was er getan
hat. Jesus zeigte uns: Wenn du dein Schicksal annimmst,
wirst du erlöst. Wodurch konnte er das schaffen? Ich denke,
durch Vergebung und Demut. Wenn dem Menschen das
gelingt, findet er zu seiner universellen Kraft, die ihn stark
macht. Die Freiheit liegt also nicht im äußeren Tun,
sondern im inneren Suchen und Finden. Der Mensch ist auf
der Erde, um zu dienen.
Dieses ,Dienen' kann verschiedene Formen annehmen,
aber im Kern dient er immer anderen. Um den Weg des
Schicksals zu gehen, benötigt jeder Orientierungshilfen.
Diese sucht der Mensch natürlich im Äußeren.
Zurzeit gibt es den Widerspruch zwischen den
Temperaturen, dem vielen Schnee, dem Datum und dem
Osterfest. Eigentlich passt es nicht zusammen, weil es so
ist, wie es zum Weihnachtsfest sein müsste. Das Wetter
spielt ,verrückt'. Aber wenn ich nach innen schaue, sehe
ich die Geburt von Jesus und seinen Tod doch sehr eng
nebeneinander, der Kreis des Lebens schließt sich. Geburt
und Tod sind der Anfang von etwas Neuem. Nehmen wir
also die Natur in ihrer Veränderung als Zeichen von etwas
Neuem. Vielleicht brauchen wir mehr Zeit zur Besinnung,
durch das Wetter sind wir dazu gezwungen.
Es gibt viele Menschen, die vermuten, dass Jesus zuerst in
Indien gelebt hat und nach seiner Auferstehung auch
dorthin zurückgegangen ist. Es spricht vieles dafür, dass

*Krishna und Jesus dieselbe Person sind, aber mit
verschiedenen Geschichten.
Ich möchte Dir wünschen, dass Du Deinen Weg nach innen
finden wirst. Auf der Suche bist du schon, das ist der
Anfang. Mit Geduld und Demut (Annehmen und Beten)
wird es Dir gelingen, ich weiß es.
Deine Mutti
Ich schicke Dir herzliche Grüße und eine
lange Umarmung auch von Vati"*

Die Telefongespräche mit Stev wurden häufiger und die
Besuche etwas weniger. Wir stellten fest, dass die An- und
Abreise bis Berlin an einem Tag sehr aufwendig waren und
die Gespräche im Maßregelvollzug nur kurz verliefen. Stev
erhielt sehr starke Medizin und konnte sich nicht lange
konzentrieren. Die Freude auf unseren Besuch war immer
sehr groß. Mir tat es im Herzen weh zu sehen, wie es
unserem Kind geht. Wir hatten uns für ihn ein anderes
Leben gewünscht. Wieder war unsere Aufgabe, das Leben
anzunehmen, wie es ist.

Der nächste Brief (16) folgte am 26. Mai 2013: *„Lieber
Stev, in den letzten Tagen und Nächten denke ich besonders
viel an Dich. Es hat sicher damit zu tun, dass mein Bruder
Rainer vor einem Jahr gestorben ist und die Geschehnisse
vom 6. Juni nun zwei Jahre zurückliegen. Die Verarbeitung
ist für uns alle sehr schwer, aber besonders für Dich. Ich
kann mir nicht vorstellen, wie es in Deinem Inneren
aussieht und welchen Leidensweg Du gehen musst. Ich
wünsche Dir, dass du einen Weg findest, in ein Leben mit
Selbstbestimmung zurückzufinden. Ein Weg ist sicher, sich
mit dem, was passiert ist, zu konfrontieren. Es kann nicht
ungeschehen gemacht werden, es ist. Alle Menschen, die in
Verbindung damit stehen, müssen ihren eigenen Weg finden.*

Vati, Frank, seine Frau, seine Tochter, Oma, ich. Aber auch die Eltern, die Schwester, die Kinder Deiner Frau und euer gemeinsames Kind. Das Wissen, das alles miteinander verbunden ist, lässt keine Trennung zu. Der Mensch lebt zwar in seinen Vorstellungen und nach seinen Aufgaben in diesem Leben, aber er lebt mit allen Lebewesen gemeinsam. Er lebt mit der Natur und er lebt in Liebe. Entdecke die Liebe in ihrer Vielfalt und in ihrer ständigen Präsenz. Ich glaube, das ist der Weg heraus aus den Ängsten, der Einsamkeit, der Verzweiflung, der Orientierungslosigkeit, der Widersprüche, der Ablehnung.

Ich glaube, das ist der beste Weg. Wir lieben Dich. Oma liebt Dich. Frank liebt Dich (im tiefsten Inneren). Deine Frau hat Dich geliebt und Du sie. Viele Menschen fragen sich:

‚Was ist Liebe?‘ ‚Wie finde ich Liebe?‘ Wir brauchen sie nicht suchen, sie ist schon da. Sie ist in jedem von uns. Schaue in Dich hinein und Du wirst sie entdecken. Sie ist die Kraft, die alles verbindet, die immer bleibt, die nie vergeht. Öffne Dich ohne Erwartung und lasse sie zu. Das bedeutet, nicht den Verstand bestimmen zu lassen, sondern das Gefühl.

Wir möchten Dich gerne im Juni besuchen. Deinen Wunsch konnte ich erfüllen. Ich habe eine Kette mit einem Kreuzanhänger gekauft. Dabei wurde ich von einem jungen netten Mann beraten. Du musst bestimmt ein Formular dafür ausfüllen.

Schreibe Kaffee und Süßigkeiten dazu. Falls Du noch etwas brauchst, sage es. Ich rufe vorher an.

> *Wir drücken dich herzlich*
> *Mutti und Vati"*

Den 17. Brief schrieb ich an Stev am 23.08.2013 kurz vor

unserem Besuch zum 30. Geburtstag: „*Lieber Stev, nun hoffen wir, dass Deine Wünsche an uns erfüllt werden können. Den Wunsch Deiner Mitbewohner konnte ich auch erfüllen. Ich habe drei verschiedene Kreuzketten gekauft. Die Themen, die Dich interessieren, haben wir recherchiert und zusammengestellt. Es betrifft die Freikirche, Maria Antoinette, Jeanne d`Arc und den ökumenischen Gottesdienst. Was man darunter versteht, schreibe ich Dir gleich. Das Wort ,ökumenischer Gottesdienst' bedeutet Weltkreis. Ökumenisch sind demnach Gottesdienste, die von Christen verschiedener Kirchen gefeiert werden (z.B. evangelisch, katholisch). Ein gemeinsamer Gottesdienst von Christen verschiedener Konfessionen ohne Abendmahl. Nach einem Gespräch mit dem Abteilungsleiter Deiner Abteilung wurde einem selbstgebackenen Kuchen nicht zugestimmt. Die anderen Dinge, die wir mitbringen möchten, sind erlaubt. Das Krankenhaus kann dem Kuchen nicht zustimmen, da keine Kontrolle über die Zutaten besteht. Wir werden also abgepackten Kuchen mitbringen und Du hast die Möglichkeit, für uns Kaffee zu kochen. Bitte kümmere Dich auch um Zucker dazu und vielleicht Milch. Es wäre schön, wenn wir zusammensitzen und Kaffee trinken könnten. Ich schreibe jetzt die Liste auf, was Du auf Deinen Antrag schreiben kannst: Kuchen, Süßigkeiten, Gewürze (Salz, Pfeffer), Kaffee, Schachcomputer,*
Erläuterungen aus Wikipedia zum Thema Freikirche, Jeanne d`Arc, Marie Antoinette, Kreuzketten.

> *Bis zum 1. September schicken wir Dir liebe Grüße*
>
> *Mutti und Vati*"

Durch meine Indienreise hatte ich ein sehr nettes Ehepaar kennengelernt und wir wollten es besuchen. Veronika und

Bernd hatten ähnliche Interessen wie ich. Wir waren auf der Suche. Bei unserem Besuch erfuhr ich, dass Veronika als Medium tätig ist. Sie konnte Kontakt mit der geistigen Welt aufnehmen und Fragen stellen. Sie lud mich ein, meine Fragen in einer Channel Sitzung zu stellen. Ich nahm dieses Angebot gerne an. Nachdem wir einen hellen, mittelgroßen Raum betraten, fühlte ich sofort eine andere Energie. Sie war stärker, dichter. Meine Aufregung stieg. Nachdem Veronika Kontakt aufgenommen hatte, schrieb sie alles auf, was sie hörte.

Meine Frage lautete: „Wird Stev wieder geheilt?" Die Antwort folgte sofort: „Liebe Seele Clara, und ob, er ist zurzeit in einer seelischen Weiterentwicklung. Er benötigt noch eine geraume Zeit. Er braucht die Zeit, um alles zu verarbeiten, aufzuarbeiten und sich weiterzuentwickeln. Er ist begnadigt worden von uns. Seine Seele hat es sich so ausgesucht, du kannst deine Sorgen loslassen. Er wird gesund. Und zwar wird er sehr feinfühlig werden. Das sagt dir Erzengel Metatron." Es gab noch Aussagen über meine Zukunft. Diese legte ich in eine Schublade. Einige Jahre später holte ich sie hervor. Der Zeitpunkt war für mich noch nicht der richtige. Es überwog das Gefühl der Hoffnung. Nun gab es eine Bestätigung, dass alles gut werden konnte. Was für ein Gefühl! Ich fühlte mich von einer großen Last befreit. Ich sah auch, dass die ganz schlimmen Ereignisse einen Sinn haben könnten. Das wollte ich später herausfinden. Die Dankbarkeit und der Kontakt zu Veronika und Bernd sind bis heute geblieben.

Brief Nr. 18 an Stev am 23.10.2013. Ich schrieb: *„Lieber Stev, nun war Deine Anhörung und es wurde sicher festgestellt, dass Du dortbleiben musst. Es kommen die Gedanken: Wie weiter? Die Feststellung, dass Du einigen Menschen und Dir selbst viel Leid zugefügt hast, ist eine*

Tatsache. Es ist so. Ich gehe davon aus, dass Du für diese Tat begnadigt wurdest. Du hast die Chance, ins Leben zurückzukehren. Ich weiß, dass Du das auch möchtest und kannst. Aber ... Es ist sehr schwer, diesen Weg alleine zu gehen.

Ich möchte Dich bitten, um Hilfe zu bitten. Die Menschen, die Dir helfen wollen, können nicht erkennen, wann Du Hilfe möchtest und wann nicht. Du empfindest es dann als Aufdrängen. Wenn Du es schaffst zu bitten, ist die Situation eindeutig. Du brauchst etwas und der andere entscheidet, ob er es Dir geben kann. Alles ist klar, einfach. Die Bitte kann auch abgelehnt werden, das ist dann so, wie es ist. Ich sehe einen Unterschied zwischen Bitten und Betteln. Beim Betteln bin ich derjenige, der sich klein macht, der etwas haben möchte. Ich begebe mich in eine schwache Position und in Erwartung. Beim Bitten bin ich stärker, ich bin im Universum gleichwertig. Ich bitte in Liebe, erwarte nichts und freue mich über Hilfe. Die Bitte kannst Du auch ans Universum schicken. In der Bibel steht, wenn man bittet, wird einem gegeben. Ich bin zurzeit damit beschäftigt, das Bitten zu lernen. Ich dachte, eine starke Frau kann alles alleine schaffen. Irrtum.

Ich möchte Dir gerne regelmäßig Energie schicken. Meine Vorstellung ist so: Jeden Freitag um 18.00 Uhr sende ich Dir Reiki (Lebensenergie). Du nimmst dann eine Position ein, die für Dich ruhig und angenehm ist. Was hältst Du davon?

Am 3. November möchten wir Dich besuchen kommen. Überlege bitte, ob Du etwas brauchst. Eine Sozialarbeiterin hat uns gebeten, Geld auf ein Konto zu überweisen für Waschmittel. Wir haben zugesagt, damit Du Dir Deine Wäsche selbst waschen kannst und Dein Konto zurzeit leer ist. Sieh es als Hilfe, denn es gab eine Bitte an uns.

> *Wir drücken Dich von Herze und senden Dir alles Liebe Mutti und Vati"*

Die Weihnachtszeit kam auf uns zu. Die Zeit, in der die Gefühle überwiegen und hervorkommen. Ob man möchte oder nicht. Unser ältester Sohn Frank hatte eine Idee: Das Weihnachtsfest gemeinsam mit seiner Familie, seiner Schwiegerfamilie und uns zu feiern. Wir mieten uns ein Ferienhaus an der Ostsee und verbringen die Festtage dort gemütlich zusammen. Jede Familie beteiligt sich an den Vorbereitungen und als Geschenke ist nur Selbstgemachtes gewünscht. Eine schöne Idee. Für mich hat es leider nicht funktioniert. Ich spürte die völlige Verausgabung meines Körpers. Ich sehnte mich nach Ruhe und Entspannung. Der Geist fühlte sich abwesend an und nicht auf der Erde. Ich wollte diese Tage mitgestalten, aber es ging nicht. Der Körper setzte sich durch und zeigte mir, dass ich etwas ändern muss. Das kommende Jahr wollte ich mehr auf mich achten, bewusster leben. Veränderungen kündigten sich an. Das Weihnachtsfest war für uns und unsere Jungs immer ein besonderes Fest. Die Vorbereitungen mit Selbstgebackenem, Weihnachtsbaum, die Rituale wie z.B. Geschenke einzeln auspacken und ich spielte auf dem Akkordeon Weihnachtslieder und natürlich ein Festessen mit einem wunderschön gedeckten Tisch. Eine besondere, gemütliche Atmosphäre und das Gefühl von Zusammengehörigkeit. Vielleicht würde ich es irgendwann wieder erleben.

Am 20.12.2013 schrieb ich den 19. Brief zum Weihnachtsfest: *„Lieber Stev, es steht das Weihnachtsfest vor der Tür und man fragt sich, ob dieses Fest etwas Besonderes ist. Ich glaube, ja. Die Geburt eines besonderen Menschen wird gefeiert. Dieser Mensch hatte besondere Fähigkeiten und eine innere riesengroße Liebe. Diese Liebe nahm die Menschen gefangen, sie spürten die Besonderheit.*

*Dieser Mensch, Jesus, hatte etwas Göttliches. Die
Gewissheit, dass alles so kommt, wie es vorgesehen ist, und
trotzdem ist alles, was geschieht, gut so. Er wurde bestraft
für seine Gewissheit, trotzdem hasste er die Menschen
nicht. Wo liegt das Geheimnis? In der Liebe. Alles ist in
Liebe verbunden, denn alles hat Göttliches in sich.
Am Weihnachtsfest geht es um Liebe, Frieden und
Vergebung als das höchste Gut. Das Leid ist nur ein Schritt
auf dem Weg dorthin. Die Menschen können sich durch das
Fest besinnen, besinnen auf das Wesentliche in ihrem
Dasein auf der Erde. Geschenke sind schön, gutes Essen ist
schön, ein nettes Zuhause ist schön, aber die Menschen sind
gleich, obwohl sie nicht gleich sind. Jeder hat seine
besondere Art, seine Fehler und trotzdem gehören sie alle
zu einem größeren Ganzen. Keiner kann sich über den
anderen erheben, keiner ist besser als der andere, keiner
kann den anderen beurteilen, denn nur die Akzeptanz
dessen, was ist, wird dich selbst weiter voranbringen. Stev,
akzeptiere Dich so, wie Du bist, und finde zu der Kraft, die
in Dir ist. Ich weiß, Du kannst Deinen Weg finden. Bedenke
dabei, dass die anderen Menschen einen anderen Weg
gehen. Es ist nicht Deiner.
Wenn am Heiligen Abend die Lichter angezündet werden,
die Geschenke ausgetauscht werden und weihnachtliche
Musik erklingt, ist es der Moment, an dem Deine Eltern
besonders an Dich denken.
Wir schicken Dir liebe Gedanken und besitzen die
Gewissheit, dass die nächste Zeit
eine gute für uns alle sein wird.
Wir lieben Dich von ganzem Herzen*
              Mutti und Vati "

Die Begründungen für die Tat, die Stev begangen hatte,
waren für mich nicht ausreichend. Es steht fest, dass es bis
heute keine Erklärungen für das Auftreten von

Schizophrenie gibt. Viele Fragen konnten im Laufe der Jahre beantwortet werden.

Dazu gehören: Was ist eine schizophrene Psychose? Wie erlebt ein Mensch, der darunter leidet, die Erkrankung? Wie sieht die Behandlung mit Neuroleptika aus? Wie kann Rückfällen vorgebeugt werden? Was kann der Patient tun, um die Behandlung zu unterstützen? Was können die Angehörigen tun, um die Situation des Patienten zu verbessern? Die Erkrankung ist noch immer mit vielen Vorurteilen und Ängsten verbunden. Ich las in Büchern über Möglichkeiten von Behandlungen und den Umgang mit dieser Krankheit. Die Erkenntnisse in der Wissenschaft sind gut vorangeschritten. Man weiß, was mit den Nervenzellen passiert, wenn ein Mensch an Schizophrenie erkrankt. Man konnte feststellen, dass etwa 1% der Bevölkerung daran erkrankt und das weltweit unabhängig vom Klima, von der Hautfarbe, von der Familie, in der der Mensch aufwächst. Es gab Theorien von der Vererbung der Krankheit, von dem Umfeld des Menschen, vom Geburtsvorgang. Alle Theorien konnten nicht bestätigt werden. Die Auslöser der Krankheit wurden teilweise gefunden, wie geringe Mengen von Drogen (auch von Cannabis), Stress durch die Anforderungen des Lebens. Es wurden verschiedene Arten dieser Krankheit herausgefunden. Die Ursachen sind bis heute nicht bekannt. Dadurch bestehen weiterhin Vorurteile, Unverständnis, Ängste gegenüber den Menschen, die sie haben. Durch die Behandlung mit Neuroleptika kann der Mensch Hilfe erhalten. Es ist eine Heilung von dieser Krankheit möglich. Hier schwanken die Zahlen über die Dauer sehr, von zehn Jahren, zwanzig Jahren und länger. Je nach Art und Schwere. Es ist aber möglich.

Wenn die Wissenschaft keine Antwort zur Ursache im irdischen Leben gefunden hat, dann liegt die Antwort vielleicht im geistigen Leben. Ich bin davon überzeugt, dass

das irdische Leben vergeht und das geistige Leben bleibt.
Ich suchte die Antwort für Stev auf der geistigen Ebene.
Auf der irdischen Ebene verlief seine Geburt normal. Die
Krankheit gab es bekannterweise in unseren Familien nicht,
seine Kindheit verlief bis zum Jugendalter normal. Wir
kannten ihn als einen netten, lieben, zurückhaltenden,
artigen Jungen. Hier konnte die Ursache nicht liegen. Wir
kannten später den Auslöser für den Ausbruch der
Krankheit: Stress und Cannabis. Nun wagte ich den Schritt
zur Ursache vorzudringen. Ich meldete mich für eine
Aufstellung bei meiner Heilpraktikerin Anca am
Wochenende an. Ich wusste nicht, was passieren würde. Da
ich die Ursache unbedingt finden wollte, musste ich mutig
sein. Es gab genügend Teilnehmer, die sich gegenseitig
helfen wollten. Jeder zog eine Karte, mit der die
Reihenfolge der Aufstellungen festgelegt wurde. Es
erfordert viel Energie, da nur mit Gefühlen gearbeitet wird.
Ich war am zweiten Tag dran und konnte meine Fragen an
das Universum stellen: „Warum wurde Stev krank und
führte diese schreckliche Tat aus?" „Hat Stev`s Frau
Schmerzen ertragen?" Nachdem die Frage gestellt war, trat
ich jeweils vor einen Teilnehmer meiner Wahl und fragte
ihn, ob er der Stellvertreter für mich, meinen Mann, meinen
Sohn Frank, meinen Sohn Stev, seine Frau sein wollte. Es
gab keine Ablehnung.
Jeden Einzelnen führte ich dann mit geschlossenen Augen
und die Hände auf die Schultern gelegt zu einem Platz im
Raum, der sich für mich gut anfühlte. Jetzt setzte ich mich
außerhalb hin und beobachtete das aufgestellte Bild. Es ist
erstaunlich, was aus der Position der einzelnen Personen
bezogen auf die Fragestellung abgelesen werden kann.

Anca leitete den weiteren Verlauf. Jeder angesprochene Stellvertreter schilderte seine Gefühle und so drangen wir weiter vor. Tiefer ein in die Ahnenreihe meines Mannes. Ich durfte meinen Stellvertreter ablösen und konnte dadurch die Gefühle miterleben. Vor sechs Generationen hatte der Urur_urgroßvater meines Mannes eine ähnliche Tat begangen. Diese wurde verschwiegen, niemals aufgeklärt und nicht darüber gesprochen. Das Problem besteht darin, dass die damit verbundene Energie an die nächsten Generationen weitergegeben wird, so lange, bis es ans Licht kommt. Stev`s Seele hat sich diese Tat für dieses Leben ausgesucht. Er wollte die Familie befreien. Es ist so. Seine Frau war bereit, ihn dabei zu unterstützen. Schmerzen erlitt sie nicht. Sie ist immer mit ihm verbunden und hilft ihm, ins Leben zurückzufinden.

Das musste ich erst einmal verarbeiten. Die Antwort auf meine Fragen war so ganz anders als gedacht. Die geistige Ebene hat nichts mit Denken zu tun, nur mit Fühlen. Die Menschen, die etwas Schlechtes tun, wollte ich nicht mehr beurteilen, nicht mehr verurteilen. Ich habe keine Ahnung davon, warum die Menschen diesen Weg gehen oder ihn gewählt haben. Was kann ich tun? VERGEBEN! Das Universum hat Stev vergeben. Das war für ihn sehr wichtig. Wir, die Eltern, konnten vergeben, weil wir unseren Sohn lieben. Nach dieser Aufstellung und den Erfahrungen in den Palmblattbibliotheken konnte ich besser verstehen. Ich sah die Welt um mich herum mit anderen Augen. Mein Herz öffnete sich und ich erfuhr eine Leichtigkeit, die ich bis dahin nicht kannte. Ich weiß jetzt, dass alles gut wird. Jeder muss seinen Weg gehen, den er sich selbst gewählt hat. Was für eine Erfahrung!

Am 21. Januar 2014 folgte der 20. Brief an Stev: *„Lieber*

Stev, das neue Jahr ist da und mit ihm geht das Leben einen Schritt weiter. Wir wollen offen und dankbar sein für alles, was kommt. Ich bin zurzeit dabei, die Dinge, Begegnungen, Beziehungen und Menschen zu betrachten, für die ich dankbar sein kann. Es ist erstaunlich, wie viel da zusammenkommt. Vielleicht wäre es auch eine Überlegung für Dich. Ich bin davon überzeugt, dass die Dankbarkeit das eigene Leben stark verbessert.

Bist Du schon sehr aufgeregt vor dem Besuch von Kati? Bestimmt bereitest Du Dich gut vor. Der erste Eindruck zählt. Wir wünschen Dir eine schöne Begegnung und viel Energie durch euer zusammentreffen.

Für die Konsultation bei Deinem behandelnden Arzt haben wir drei Terminvorschläge herausgesucht und sie auf einem Extrablatt notiert. Januar und Februar sind für uns Monate mit viel Besuch und Geburtstagen. Zu meinem Geburtstag möchte ich diesmal Gäste einladen. Die letzten drei Jahre habe ich das nicht getan, aber ich glaube, dass es zum Loslassen von Haus und Grundstück gut ist. Für Omas Geburtstag haben wir Unterstützung zugesichert, da sie selbst mit ihren alten Knochen nicht mehr alles schaffen kann. Was mit Franks Geburtstag wird, wissen wir noch nicht genau. Der Geburtstag ist zwar nicht mehr sooo wichtig, aber ein Anlass, dass die Familie und Freunde zusammenkommen.

Nach vielen Jahren wollen wir in diesem Jahr in den Winterferien in den Winterurlaub nach Bozida (Nähe Oberwiesenthal) fahren. Wir werden uns dort ganz stark an Dich erinnern und Du wirst bei uns sein, die Berge herunterfahren ohne Unfall.

> *Für heute drücken wir Dich herzlich*
> *Mutti und Vati"*

Im folgenden Jahr leitete ich weniger Sportkurse. Dadurch blieb Raum für andere Aktivitäten. Wir waren dankbar für unsere Freunde. Sie kamen zum Geburtstag, ich besuchte mit Sportfreunden eine Gartenausstellung, besuchte Ballettaufführungen, ging zum Jazzfest, wir feierten gemeinsam mit Freunden Silvester oder gingen gemeinsam ins Konzert. Das Leben kehrte bewusst zurück in unser Leben. Wir besuchten die Kinder häufiger. Wir stellten fest, dass wir diese schwierige Aufgabe so besser erfüllen können.

Die größte Veränderung für uns gipfelte im Hausverkauf und dem Umzug in ein kleines Reihenhaus in der Stadt. Bei dieser Gelegenheit fand ich die Unterlagen von den Palmblattbibliotheken. Dort stand für meine Zukunft eine Aussage zum Wohnort.

„Ich werde in ein kleines Haus ziehen." Aha. Das hatte ich seit dem Besuch in Indien völlig aus den Augen verloren oder damals nicht genau gelesen. Ich hatte es in eine Schublade gelegt und vergessen. Nun trat es also ein. Ich bekam „Gänsehaut".

Jeder Neubeginn ist am Anfang schwer. Weniger Räume, weniger Platz störten mich kaum. Manchmal vergaß ich die schrägen Wände und stieß mit dem Kopf an, zur Erinnerung. Die Enge der Stadt spürte ich sehr. Der weite Blick in die Natur, die Ruhe fehlten mir sehr. Wenn das Gefühl von Enge kam, ging ich einfach zur nahegelegenen Wiese und der Geist fühlte sich besser. Ich lernte Geduld und Achtsamkeit mit meinen Gedanken. Annehmen, wie es ist. Bis heute sind wir froh über diesen Schritt. Er war für uns genau richtig. Es war so vorgesehen.

In diesem Jahr schrieb ich vier weitere Briefe an unseren Sohn. Wir besuchten ihn monatlich und telefonierten regelmäßig. Wir fühlten uns stark genug.
Am 8. Februar 2014 folgte der 21. Brief: *„Lieber Stev,*

heute ist bei uns der letzte Schnee weggeschmolzen.
Vielleicht klappt es bald mit dem Frühling. Wie geht es Dir?
Hat das neue Medikament schon eine Wirkung? Ich habe
über das Gespräch mit dem Arzt noch einmal nachgedacht.
Er hat sicher recht, dass es in akuten Situationen keine
andere Möglichkeit als Medikamente gibt. Die Frage, wie
lange und in welchen Mengen Du sie langfristig nehmen
musst, wird sicher erst später entschieden. Es geht jetzt um
einen Schritt nach dem anderen. Diese Schritte können
nicht zu groß sein, so wie Du es ja gesagt hast. Für Dich ist
es wichtig, hier auf der Erde vollständig anzukommen. Der
Planet Erde ist gekennzeichnet durch die materielle Welt.
Er hat sicher einen geistigen Aspekt, aber in der
Hauptsache ist er materiell. Er ist geprägt durch einen
Lebensrhythmus, dem Du Dich noch nicht angepasst hast.
Das ist zum Überleben entscheidend. Wenn Du in die Natur
siehst, erkennst Du diesen Rhythmus. Tag und Nacht, hell
und dunkel, Anspannung und Entspannung, arbeiten und
ruhen, Bewegung und Pause, laut und leise, nah und fern ...
So wie es im Großen (Makrokosmos) funktioniert, so ist es
auch im Kleinen (Mikrokosmos). Die Menschen gehören zu
dieser Natur auf der Erde und unterliegen denselben
Gesetzen. Du kannst Dich ihnen nicht entziehen. Wenn Du
es versuchst oder gegen sie arbeitest, entsteht immer
Disbalance, Krankheit, Not. Ich glaube, Du hast es
verstanden und gibst Dich den Naturgesetzen hin.
Nachgeben, Einsicht und Demut zeigen sind kein Zeichen
von Schwäche, sondern ein Zeichen von Erkennen.
Stev, sei dankbar für alles, was Du jeden Tag erreichst. Sei
dankbar Dir selbst und anderen gegenüber. Du wirst
spüren, welche Erleichterung dadurch entsteht. Das ist das
Naturgesetz der Anziehung.
Wir können leider nicht zum Skiurlaub fahren. Vati hat es
im Rücken und ich bin erkältet, also verschoben auf
nächstes Jahr. Ich bin dabei, alte Fotos vom Haus

*einzukleben. Das bringt Erinnerungen und die
verschiedensten Aktionen ins Gedächtnis, bei denen Du
auch mitgewirkt hast, wie z.B. die Sauna aufzubauen. Es
war eine schöne Zeit, nun kommt eine neue, eine andere.
Denke mal an die Cloud. Du kannst Dir jederzeit etwas
Energie holen.*

Herzlichst Deine Mutti und Vati"

Es folgte ein nächster Brief (Nr. 22) am 27. März 2014:
*„Lieber Stev, wie kommst Du klar? Lassen Dich die
Medikamente immer noch so viel schlafen? Wir denken an
Dich und glauben fest daran, dass Du den nächsten Schritt
gehen kannst. Wir haben die Zuversicht, dass Du im
Sommer in Begleitung das Haus verlassen kannst. Ich habe
Dir Energie auf Deine Bank geschickt oder wie Du sagst,
auf die Cloud. Wenn Du möchtest, kannst Du sie Dir bei
Bedarf holen. Du schließt die Augen, konzentrierst Dich
und bittest das Universum um Energie. Es wird Dir helfen
und guttun.*
*Mit unserem Haus und Grundstück ist es nun vollbracht.
Wir waren bei der Notarin und es wurde der Kaufvertrag
aufgesetzt und unterschrieben. Bis zum 31. Mai müssen wir
ausgezogen sein. Es war ein trauriger Moment. Ich musste
weinen, obwohl ich mir fest vorgenommen hatte, es nicht zu
tun. Loslassen ist eben nicht so einfach, aber es ist unsere
Aufgabe. Wir haben Hilfe für einen Neuanfang bekommen.
Am 10. April können wir ein kleines Reihenhaus am
Stadtrand kaufen. Das hilft uns sehr, nach vorne zu schauen
und das, was kommt, positiv zu sehen. Drücke uns die
Daumen, dass alles gut läuft. Wir durften erfahren, dass uns
viele Menschen ihre Hilfe angeboten haben. Beim
Einpacken, Umziehen, Auspacken und Neugestalten des
Hauses. Du hilfst uns, wenn Du Dich um Dich kümmerst.*

Du fehlst uns sehr in dieser Zeit. Vati hat vor Kurzem erzählt, wie gerne er mit Dir etwas aufgebaut hat, da Du immer ruhig bleiben konntest. Wir merken auch, dass wir älter werden. Vatis Rücken meldet sich öfter, wir fallen abends in den Sessel und vor Aufregung klappt es mit dem Schlafen nicht. Im Juni, wenn alles geschafft ist, kommen wir zu Dir. Du hast bestimmt Verständnis, dass es zurzeit nicht klappt. Wenn Du mit uns reden möchtest, rufe einfach an oder wenn Du etwas brauchst. So wollen wir denn die Aufgaben unseres Lebens bewältigen. Du kannst Dich üben in Demut, Ergebenheit, Freiheit durch Einsicht, finden zu sich selbst, Vertrauen in die geistige Welt, Zuversicht in das Leben.
Wir dürfen Loslassen üben, Offenheit für Neues, Dankbarkeit für alles, Akzeptanz anderer Lebenswege, Hoffnung auf ein gutes Ende.

> *Wir drücken Dich und sind im Herzen bei Dir*
> *Mutti und Vati"*

Da waren wir nun am Anfang von etwas Neuem. Praktische Tätigkeiten standen im Vordergrund. Die vorhandene Energie floss dort hinein. Die Gartenarbeit ist für mich eine Art von Meditation und eine starke Verbundenheit zur Erde. Ich finde Ruhe und Entspannung. Der Sport und die Arbeit im Haus sind für ein gutes Körpergefühl und das Gefühl, nach der Anstrengung schlafen zu können. Die Begegnungen mit unserer Enkelin öffnen mir das Herz und zeigen die Gewissheit auf eine positive Zukunft. Die Aufgaben waren so vielfältig und die Tage so ausgefüllt, dass es uns gelang, im Jetzt zu leben und das Grübeln minimal zu halten. Der Verstand hatte seine Antworten erhalten, auch wenn er nicht alles begreifen konnte. Wir hatten uns und das Gefühl, alles schaffen zu können, dominierte.

Am 31. Oktober 2014 schrieb ich wieder einen Brief (Nr.23): *„Lieber Stev, heute ist in Mecklenburg-Vorpommern ein Feiertag. Der Reformationstag wird gefeiert, der Tag, an dem ein Priester Martin Luther seine Thesen über den Glauben an die Schlosstür von Wittenberg genagelt hat. Es waren nur Worte auf Papier geschrieben und für die Öffentlichkeit zugänglich gemacht. Was für eine Wirkung! Der Priester wurde verfolgt, beschimpft, vor ein kirchliches Gericht gestellt. Er hat durchgehalten, man konnte ihm keine Ungläubigkeit nachweisen. Luther glaubte an das, was er geschrieben hatte. Dieser Glaube war stärker als alles andere und hat ein Umdenken in der Kirche eingeleitet. Es entstand die evangelische Kirche. Der Mensch kann trotz seines Glaubens selbst bestimmen, Entscheidungen treffen und Verantwortung übernehmen.*

,Wenn es einen Glauben gibt, der Berge versetzen kann, so ist es der Glaube an die eigene Kraft', sagte Marie von Ebner-Eschenbach.

Vielleicht sind diese Worte Trost und Hoffnung auch für Dich, Stev. Der Glaube an Dich selbst ist Dein Kraftquell. Du kannst alles schaffen. Glaube daran.

Ich weiß noch, dass Du Dich für Wölfe interessiert hast. Es ist schön, dass diese Tiere wieder nach Brandenburg, Sachsen und Mecklenburg-Vorpommern zurückgekehrt sind. Warum hat der Wolf bei einigen Menschen einen so schlechten Ruf? Ich vermute, dass ihnen die Angst eingeredet wurde. Es ist immer wieder erstaunlich, wie stark der Mensch manipuliert werden kann. Es zeigt aber auch, dass alles zwei Seiten hat und es immer auf die Sichtweise des Betrachters ankommt. Das Entscheidende ist, dass die eigene Betrachtung gut für die eigenen Gefühle ist.

Was hier im neuen Wohngebiet abgeht, hatten wir so nicht

geahnt. Es ist Halloween.
Ein Spaß, der aus Amerika herübergeschwappt ist. Die
Kinder verkleiden sich und bitten um Süßigkeiten. Wir
waren darauf vorbereitet, aber mit so vielen Kindern hatten
wir nicht gerechnet. Die Kinder werden mit Autos in dieses
Wohngebiet gefahren.
Jetzt sitzen wir im Dunkeln, damit die Kinder denken, es ist
niemand zu Hause. Die Süßigkeiten sind alle und wir
möchten nicht mit leeren Händen dastehen (peinlich). Ein
Mädchen wollte eine Mohrrübe als Ersatz für ihren Hasen.

Wir drücken Dich Mutti und Vati"

Am 28. November 2014 folgte ein letzter Brief in diesem
Jahr, Nr. 24:
„Lieber Stev, der Totensonntag am vergangenen Sonntag
war ein Tag, an dem wir ganz bewusst unserer Lieben
gedacht haben. Sicher denkt man an seine Eltern,
Großeltern, Geschwister, seine Frau und Kinder sowie
Enkelkinder im ganzen Jahr, aber an diesem Tag ist es der
Anlass, ihnen eine besondere Ehre zu erweisen, ihnen Dank
zu sagen, dass sie uns begleitet haben, geholfen haben und
noch immer helfen. Sie sind ja nicht verschwunden, ihr
Geist ist bei uns.
Lieber Stev, das Gericht hat Dich von der absichtlichen
Schuld am Tod Deiner Frau und Deines Kindes
freigesprochen. Das Universum hat Dir vergeben. Du musst
Dir selbst vergeben und Dir nahestehende Menschen
werden es dann auch tun. Es gab eine sehr starke Kraft, die
nicht aufgehalten werden konnte und niemand konnte Dich
beschützen. Nun ist das Unaufhaltsame geschehen und Du
kannst nur in dem Gefühl der Liebe bleiben, um es wirklich
zu beenden.
Liebe Dich, Deine Frau und Dein Kind und alle Menschen,

auch wenn sie Dir noch nicht vergeben können.
Am kommenden Sonntag ist der 1. Advent. In diesem Jahr
ist das Weihnachtsfest für uns wieder ganz anders. Am
Montag fliegen wir nach Marokko für eine Woche. Es ist
gut so, denn wir brauchen eine Auszeit. Seit drei Jahren
sind wir in totaler Anspannung und da heißt es jetzt, auf
den Verstand zu hören: Alter beachten, Kräfte einteilen,
Gesundheit erhalten, Nerven entspannen, ablenken,
loslassen, Neues kennenlernen.
Ich schreibe Dir ein Extrablatt mit meinen Tipps für
Atementspannung, Kraftübung
und Meditation.

> *Wir senden Dir viele herzliche Grüße*
> *und liebe Küsse*
>
> *Mutti und Vati"*

In der kommenden Zeit blieb ich in der Aktivität. Ich weiß
nicht, ob ich es manchmal übertrieben habe. Es tat mir gut
und ich konnte es. Neben vielen kulturellen
Unternehmungen und Sport wollte ich mein
Akkordeonspiel wieder aufleben lassen.
Ein Lehrer war bald gefunden und ich freute mich auf den
Unterricht. Ein netter junger Mann, der mich erst einmal
testete. Das Akkordeon stand lange in der Ecke und nun
sollte es also losgehen. Nach einigen Wochen fühlten sich
die Fingerfertigkeiten besser an. Das Instrument wird vor
den Bauch geschnallt und man sieht nichts. Keine Tasten,
keine Knöpfe. Die Koordination zwischen den
unterschiedlichen Seiten gelang, aber ... Ich bin kein Talent,
ich habe keine Begabung zum Musizieren. Die Noten
erarbeite ich mir mit viel Fleiß. Der Erfolg stellte sich durch
stetiges Üben ein.
Mir war klar, dass jeder Musiker viel Üben muss. Die

Grundlagen für dieses Instrument beherrschte ich, aber wollte ich dieses Instrument zu meinem Lebensmittelpunkt machen? Mein Lehrer schlug mir das Musizieren in einer Gruppe vor. Das macht mehr Freude als allein zu spielen. Ich spürte das, wenn ich mit ihm gemeinsam musizierte. Das bedeutete: weniger Sport. Ich entschied mich für Sport. Den Schritt zu einem Neubeginn wagte ich nicht. Beim Sport fühlte ich mich sicher.

Selbst in Bewegung zu bleiben und anderen Menschen die Freude an Bewegung zu vermitteln, sah ich als meinen Weg. Für seine eigene Gesundheit kann jeder viel tun. In meiner Tätigkeit als Übungsleiterin spürte ich das immer größer werdende Bedürfnis der Teilnehmer nach Entspannung. Die Menschen wollen sich entspannen und wissen oft nicht, wie. Ich wollte Anregungen geben und helfen. Also führte mich mein Weg zu einer weiteren Ausbildung. Über den Sportbund des Landes konnte ich eine Lizenz für die „Stressbewältigung und Entspannung" erwerben. Nun hatte ich eine große Vielseitigkeit in meinen Stunden erreicht. Die Gesundheit als Einheit von Körper und Geist verbunden mit der Seele zu betrachten, entsprach meiner Vorstellung und ich konnte diese meinen Teilnehmern vermitteln.

Als unsere Enkelin vier Jahre alt wurde, entschlossen sich unser Sohn und seine Lebenspartnerin zu heiraten. Wir freuten uns riesig über dieses Vorhaben. Sie kannten sich schon so lange und nun kam es zum Bekenntnis der Ehe. Ich halte die Ehe für sinnvoll. Ihr Charakter hat sich verändert, sicher. Das öffentliche Gelöbnis empfinde ich als einen Schritt für das gemeinsame Leben. Ich verspreche den Partner zu lieben, zu achten und zu unterstützen. Das kann ich sicher auch ohne Versprechen. Es findet aber so auf der Gefühlsebene eine stärkere Verbindung statt. Die Lösung des Versprechens ist möglich, aber schwerer.

Wir freuten uns so sehr für unseren Sohn. Das Glück einer

Familie hatte er sich gewünscht und nun erfüllte es sich. Wie schön! In Indien hatte ich erfahren, dass ein zweites Kind in die Familie kommen würde. Davon erzählte ich niemandem. Es erfüllte sich im kommenden Jahr. Ich wurde einmal gefragt, ob die Eltern mehrere Kinder lieben können. Die Antwort ist „Ja". Das Kind, was dich gerade braucht, liebst du am meisten, wenn ein Kind krank ist, wendest du dich zu ihm, bis es gesund ist. Wenn ein Kind sich entfernt, wartest du geduldig in Liebe, bis es wieder zurückkommt. Du liebst alle deine Kinder gleich. So war es bei auch bei uns. Die Zuwendung für den einen Sohn war für eine bestimmte Zeit größer, aber die Liebe bleibt immer gleich.

Unser Sohn Frank wollte in seiner Firma kündigen und sich bei einer anderen Firma bewerben. Das war ein großer Schritt für ihn. Ich wollte ihn darin bestärken und schrieb ihm für jeden Tag ein paar Zeilen:

> „Montag: Jede Erfahrung im Leben
> hat seinen Sinn,
> auch *w*enn wir diesen nicht
> erkennen können.

> Dienstag: Der Reiz, etwas Neues zu
> beginnen,
> liegt nicht nur im
> Unvorhersehbaren,
> sondern auch im Mut,
> es begonnen zu haben.

> Mittwoch: Durchhalten ist eine nette
> Tugend,
> den Zeitpunkt des Aufhörens zu
> erkennen und danach zu handeln,
> ist eine große Weisheit.

Donnerstag:	Der Aufbruch ist da, der Frühling kommt. Schau dich um, es grünt und blüht. So wie die Natur, auch in deinem Herzen.
Freitag:	Du trägst Verantwortung, Du fühlst Liebe, Du kannst es schaffen, Du bist nicht allein.

Die Sprüche dieser Woche erdacht und aufgeschrieben für Frank.
Wir wünschen Dir für Deinen Neuanfang Kraft, Gelassenheit, Offenheit, Freude und Erfolg.

Mutti und Vati"

Am 19. Mai 2015 schrieb ich einen Brief (Nr. 25) an Stev: *„Lieber Stev, nun hast Du die schlimmste Phase Deines Lebens überstanden. Wir freuen uns für Dich. Es gibt ganz viel Hoffnung auf ein Leben, dass Du selbst bestimmen kannst. Ein Leben, das auch zum Rhythmus des Lebens im Jahr 2000 passen muss. Alles Leben ist in einem großen Ganzen eingebettet. Du hast es erfahren müssen, man kann da nicht heraus. Es gibt nur die Möglichkeit eines gewissen Spielraums. Eine kleine Entscheidungsfreiheit hat der Mensch schon, mehr als die Tiere. Er kann fühlen und denken. Du weißt jetzt, dass das Denken allein keine Fortschritte, keine Lösungen bringt. Nur über das Denken bleibt der Mensch eingeengt, er dreht sich im Kreis. Erst das Fühlen öffnet den Kreis, erweitert das Bewusstsein. Das*

Denken kann Spaß machen, es kann Dir Lösungen geben, es kann Dir rationale Entscheidungen zeigen, wirklich helfen können nur die Gefühle.

Die Behandlungskonferenz ist ein großer Schritt. Die Menschen in Deiner jetzigen Nähe sehen Dich mit anderen Augen als zu Beginn. Sie sehen einen jungen Mann, der die vor ihm stehenden Aufgaben erfüllen möchte. Sie sehen, wie Du mehr und mehr Verantwortung für Dich übernehmen möchtest. Sie sehen, dass Du Träume hast, aber auch ein bewusstes Leben führen möchtest.

Das Pfingstfest steht vor der Tür. Dieses Fest ist das Fest der Hoffnung. Laut christlicher Geschichte erschien Jesus Christus seinen Jüngern zu Pfingsten, um ihnen zu sagen: Egal, was passiert, erfüllt eure Aufgaben und dadurch werdet ihr frei sein. Die Vergebung ist unendlich und das Leben auch.

Vielleicht helfen Dir meine ausgedachten Fragen, Deine Aufregung vor dem Gespräch kleiner zu machen, z.B.

- *Wie fühlen Sie sich zurzeit?*
- *Wie schätzen Sie selbst Ihren Gesundheitszustand im Augenblick ein?*
- *Welche Fortschritte haben Sie aus Ihrer Sicht bisher erreichen können?*
- *Was möchten Sie noch verbessern?*
- *Wenn Sie das Haus in Begleitung verlassen können, was möchten Sie als Erstes tun?*
- *Gibt es etwas, wovor Sie sich beim Ausgang Sorgen machen?*
- *Sollte unsere Entscheidung heute negativ ausfallen, wie werden Sie damit umgehen?*

Stev achte auf Deine äußere Erscheinung (rasieren, saubere Kleidung, Fingernägel, Schuhe). Es zeigt nach außen, dass Du Dir Aufmerksamkeit gibst. Du bist Dir nicht egal. Du bist offen für Neues.

Wir drücken Dich von
Herzen
Mutti und Vati"

Das Gespräch führte noch nicht zu einem Ausgang unter Begleitung. Erst im folgenden Jahr konnte Stev in Begleitung eines Betreuers das Haus verlassen. Der nächste Schritt war der Ausgang mit uns, den Eltern und einem Betreuer. Wir besuchten eine Pizzeria. Die Gefühle dabei sind schwer auszudrücken. Sehr verschiedene, von Freude über die Genehmigung als Zeichen des Fortschritts der Krankheit bis Bedrücktheit. Unserem Sohn ging es genauso. Er musste fragen, ob er auf die Toilette oder vor der Tür eine Zigarette rauchen darf. Gleichzeitig gab die Einrichtung ihm Vertrauen zu seinem Verhalten. Wir spürten seine Anspannung, alles richtig machen zu wollen. Trotzdem konnte er stolz sein, Ausgang zu erhalten. Es lag etwas von Angst im Raum. Die Vertreter der Gesellschaft geben ihr Bestes. Es bleibt ein Risiko, wie der Patient reagiert. Wir sahen nur die Fortschritte, den Willen zur Verbesserung. Sie sahen auch die Grenzen und vertrauten vor allem auf die Medikamente. Unsere Bemühungen, unsere Zuversicht auf Besserung beeindruckten die behandelnden Ärzte und so kam es ganz langsam zu mehr Lockerungen.

Es folgten die Briefe Nr. 26 und Nr. 27: *„Lieber Stev, nach unserem Besuch am Dienstag habe ich mich gefreut, dass die guten Gefühle zu Dir zurückkommen und Du Dich an schöne Zeiten und Begebenheiten erinnerst. Das ist wunderbar, auch für uns. Erhalte Dir diesen Zustand, denn er gehört zu Deinem Leben und lasse nicht zu, dass er* durch Angst oder fehlenden Mut zerstört wird. Das ist sicher leichter gesagt als getan. Wie kann man mit Angst, die sich automatisch einstellt, umgehen?

Die Angst wird nie ganz verschwinden. Sie begleitet jeden Menschen mal mehr, mal weniger. Ich glaube, es geht darum, seinen Lebensweg zu gehen trotz der Angst. Es gibt die Möglichkeit, sie zu verringern. Man schaut einfach von außen auf sich selbst und stellt die Frage: „Woher kommt die Angst?" Ist sie vielleicht begründet, weil ich durch sie geschützt werden soll? Z.B. bei Sturm mit dem Boot hinausfahren, bei hohem Wellengang schwimmen gehen. Die Angst lässt uns Gefahren rechtzeitig erkennen, um danach zu handeln. Angstgefühle besitzen eine große Energie, denn sie sollen uns schützen. Wie steht es aber mit dieser Energie, wenn kein Schutz nötig ist?

Wenn der Mensch etwas Neues, Unbekanntes ausprobiert, stellen sich automatisch Angstgefühle ein. Ich kann durch den Umgang mit diesem Gefühl diese beeinflussen.

Es ist also o.k. Angst zu fühlen und trotzdem das zu tun, was man tun möchte. Z.B. einen Menschen das erste Mal treffen, im Supermarkt einkaufen, eine neue Arbeit ausführen. Das Neue macht Angst, weil wir nicht wissen, was passiert. Wir wissen nicht, wie wir uns verhalten sollen. Aber! Was soll schon passieren, außer dass wir Angst haben?

Hier ein paar Tipps zum Umgang mit Angst:

Erlaube der Angst da zu sein. Fühle sie. Erkenne die körperliche Reaktion wie Schwitzen, Zittern, Verspannung, Übelkeit als Zeichen von Angst und nimm sie hin.

Betrachte die Angst als eine Energie

Du hast Angst, Du bist nicht Deine Angst. Indem Du die Angst beobachtest, bist Du größer als sie, denn es ist o.k. Angst zu fühlen.

Vielleicht können diese Gedanken für Dich hilfreich sein. Ich lege noch ein Mandalas Blatt mit in den Brief. Durch das Ausmalen kannst Du vielleicht mehr Konzentration und

Entspannung finden, wenn Du möchtest.

> *Wir drücken Dich von Herzen und*
> *sind immer an Deiner Seite*
> *Mutti und Vati"*

„Lieber Stev, zum Weihnachtsfest möchte ich Dir einen Engel schicken. Es ist der Engel der Zuversicht und der Hoffnung. Die Weihnachtsgeschichte erzählt von einem Engel, der erschien und von neuer Hoffnung sprach: ‚Fürchtet euch nicht, denn ich verkünde euch große Freude.' So steht es in der Bibel. Vielleicht liest Du die Weihnachtsgeschichte noch einmal. Sicher, es ist nur eine Geschichte, aber dahinter steht die Hoffnung. Jeder Mensch, der zurzeit in einer dunklen Zeit lebt, kann auf eine bessere Zeit hoffen. Die Erlösung, für die Jesus steht, kann jedem widerfahren. Die Engel sind dabei das Bild für die Liebe. Sie umgibt uns. Jeden! Wenn wir uns öffnen, werden wir sie fühlen.
Zuversichtlich sein heißt nicht blind sein für die Realität. Es ist wie es im Augenblick ist. Aber zuversichtlich sein bedeutet, fest daran zu glauben, dass es besser wird. Dabei werden wir von der Energie der Liebe (den Engeln) unterstützt. Egal, wie Du Dir die Engel vorstellst, sie sind da. Jeder Mensch wird begleitet.
Das Weihnachtsfest ist für mich das Fest der Liebe und der Hoffnung. Ich schicke Dir den Engel, damit es für Dich auch so ist.

Vati und ich werden in Gedanken besonders zum Heiligen Abend bei Dir sein.

> *Wir drücken Dich Mutti und Vati"*

Am 6. Juli 2017, nach sechs Jahren des Aufenthaltes in der geschlossenen Nervenklinik, durfte unser Sohn mit uns gemeinsam das Klinikgelände verlassen. Die Konferenz der behandelnden Ärzte hatte die Zustimmung gegeben. Was für ein Tag! Was für ein Gefühl! Wir waren so euphorisch, dass wir mit dem Auto nach Tegel fuhren zu einem gemeinsamen Essen und einem Spaziergang. Wir ahnten nicht, dass wir Stev damit überforderten. Später erzählte er uns, dass er bei der Autofahrt Angst hatte. Wir mussten alles langsamer angehen, in kleineren Schritten. Unsere drei weiteren Ausgänge in diesem Jahr waren ein kleiner Spaziergang bis zu einem größeren Platz, ein Picknick auf dem Gelände des Klinikkomplexes in der Nähe der Kirche und Fahrten mit der U- Bahn. Die U-Bahn gefiel Stev besser. Damit kannte er sich aus, die war ihm vertraut. Eine Wanderung im Tegeler Fließ passte ebenfalls für einen Ausgang.

Wir versuchten, so oft als möglich zu unseren Kindern nach Berlin zu fahren, zu jedem Sohn getrennt. Mein Kalender war zu dieser Zeit voll bis übervoll. Einen freien Tag gab es nicht. Im Rückblick sehe ich eine Frau und Mutter, die sich betäubt hat mit Beschäftigung. Eine Ablenkung nach außen. Der Körper hat es mitgetragen. Wie lange konnte er dieses Tempo, diese Fülle mitgehen? Erstaunlich lange. Ausgleich gab es in der Kleingartenanlage und beim Reisen. Beim Reisen öffnete sich der Geist. Neue Eindrücke, Erlebnisse füllten den Energietank auf. Die Entfernung aus dem Alltag tat gut.

Am Ende des Jahres wurde uns eine weitere Enkelin geschenkt. Sie kam zu uns am13. November um 6.34 Uhr. Hurra! Großes Glück, große Freude und Dankbarkeit. Wir waren in Berlin und durften das Neugeborene begrüßen. Ein bleibendes Erlebnis, was das Herz tief berührt. Ein Wunder geschieht und ein Mensch tritt in die Familie.

Das Leben ist so vollgefüllt mit Schönem, Friedlichem und gleichzeitig mit Traurigkeit. Nur zwei Monate später verließ meine Schwiegermutter diese Welt. Sie hatte das Leben einer starken Frau geführt. Mit fünf Kindern, von denen drei vor ihr gestorben waren. Ein Leben in Fürsorge für die Kinder und Enkel. Ein Leben in Selbstbestimmtheit. Nun war ihre Lebensenergie verbraucht. Sie schlief in ihrem Wohnzimmer ein. Als wir ankamen, konnte ich spüren, dass sie noch da war. Also setzte ich mich zu ihr und wartete, bis sie abgeholt wurde. Das Erlebnis prägte mich sehr.

Ich fühlte etwas, was nicht zu sehen war. Ich spürte großes Vertrauen und inneren Frieden.

Ein Kommen und Gehen auf der Erde, wie der Verstand es versteht. Die Gefühle erfassen dich dabei in gewaltigem Maße, wenn du bei Geburt oder Tod dabei bist. Es ergreift dich umfassender.

Im Januar 2016 schrieb ich einen weiteren Brief (Nr.28) an Stev: *„Lieber Stev, die Gedanken an Dich werden immer intensiver und ich frage mich, wie ich Dir stärker zur Seite stehen kann. Da kam ein Artikel in der Zeitung auf mich zu und er passt sehr gut in Deine augenblickliche Situation.*
Die Überschrift lautete: „Zurzeit ist es kalt, nass und dunkel. Vielen wird dann das Herz schwer und der Kopf grüblerischer."
Die Gedanken kreisen um die Lage in der Welt. Die Kriege, die Flüchtlinge, die Regierungen, die sexuellen Belästigungen, die Diebstähle, den Hunger, die Armut...
In der dunklen Jahreszeit fällt es schwer, die lichten Seiten in der Welt zu sehen.
Den Reichtum vor allem in der Natur, die Hilfsbereitschaft, die Unterstützung der Schwachen, die Hoffnung auf Verbesserung der Lage, die Liebe und Zuneigung, der

Glaube an die Veränderung. Jeder Mensch ist in diesem Leben, um sich zu verbessern, um zu wachsen. Die Frage, die sich daraus ergibt, ist schnell gestellt: „Wie soll das im Leben unter schwierigen Bedingungen möglich sein?" Die Antwort ist auch schnell gegeben: „Es gibt eine Gesetzmäßigkeit in uns Menschen. Das, worauf wir unsere Aufmerksamkeit richten, wächst."

Bis vor wenigen Jahren wurden Hirnstrukturen als fest und stabil angesehen. Die Wissenschaft der Hirnforschung hat festgestellt, dass die Verhaltensmuster der Menschen veränderbar sind. Durch Achtsamkeitsübungen wie Meditation lassen sich Hirnstrukturen verändern.

Die folgende Parabel hat mir gut gefallen und vielleicht hilft sie Dir. Ein Indianer und sein Enkel sitzen am Lagerfeuer. Der Großvater erzählt dem Enkel eine Geschichte: ,Alles, was dir im Leben widerfährt, kommt aus deinem Herzen, in dem zwei Wölfe wohnen. Der eine Wolf ist der Wolf der Dunkelheit. Der andere Wolf ist der Wolf der Hoffnung und der Liebe. Beide Wölfe kämpfen miteinander. Doch sie können nicht sterben.' Der Enkel fragt den Großvater: ,Sag, welcher Wolf gewinnt?' Der weise Indianer antwortet: ,Nun der, den du fütterst'.

Wir wünschen Dir, lieber Stev, viel Futter für die Hoffnung und die Liebe. Ich glaube, Du weißt, dass es sie gibt, sowohl die Hoffnung als auch die Liebe. Du brauchst nicht zu zweifeln. Du brauchst nicht glauben. Du weißt es! Du wirst stark sein, wenn Du Dich auf dieses Wissen besinnst.

> *Alles Liebe*
> *Mutti und Vati"*

Im Sommer schrieb ich wieder einen Brief (Nr. 29): *„Lieber Stev, heute hoffe ich nun auf ein paar Zeilen, die mir* *herausfließen und Dir gefallen könnten. Zuerst ein paar Terminvorschläge für ein Treffen mit Deinem Arzt: 8./9./10./11. August. Wir hoffen, dass ein Tag davon passt. Das Urteil vom Gericht habe ich noch einmal in Ruhe gelesen und die Aussage ist so: Wenn die Situation kommt und Du außerhalb des Krankenhauses wohnen kannst, wird eine Entscheidung getroffen, ob Du in Berlin, bei Berlin oder vielleicht in der Nähe Deiner Eltern wohnen kannst. Ich nehme an, dass die Richter alle drei Möglichkeiten offenlassen wollen. Je nachdem, was für Dich besser ist. Im Augenblick steht das nicht an. Jetzt gilt es, den nächsten Schritt zu schaffen. Du weißt es ja, die Beschäftigungstherapie immer zu besuchen, ohne Ausnahme. Irgendwie muss es gelingen, dass Du teilnimmst. Ich glaube, die Idee von der inneren Einstellung ist der richtige Weg. Wann gelingt etwas nur halb oder gar nicht? Wenn man es nicht wirklich einsieht. Das bedeutet, was zu machen ist, ist gut. Es bringt Dich weiter.*

Wenn ich etwas geschafft habe, kommen gute Gefühle wie Stärke, Ausdauer, Selbstwertgefühl, sich trotz allem treu bleiben, auf dem richtigen Weg sein, sich überwinden können, so schlimm ist es gar nicht, geschafft.

Im Buddhismus gehen die Menschen davon aus, dass alles, was geschieht, einen Grund hat. Alles hat eine Ursache sowie jede Ursache ihre Wirkung hat. Jede menschliche Aktivität im Denken, Sprechen und Handeln hat Konsequenzen. Alles zieht als Ursache wieder eine Auswirkung nach sich, auf andere und auf sich selbst. Das ist das Karma. Wenn das Handeln vom Ego stark begleitet wird, gehört dieses nicht zum Wesen des Geistes und muss aufgelöst werden (wenn nicht in diesem Leben, dann im nächsten). Die Auflösung erfolgt durch die Rückwirkung auf den eigenen Körper (man erfährt am eigenen Leib, was man anderen angetan hat). Durch Meditation, durch Selbsterziehung und egofreies Handeln kann das Karma verbessert werden.

Was bedeutet diese Glaubensrichtung für Dich? Jeder Mensch bekommt mehr als eine Chance, er bekommt so viele, wie er braucht, um sich zu verbessern. Jeder Mensch ist selbst verantwortlich für sein Leben, dieses und die zukünftigen. Schuldzuweisungen und Opferhaltung sind unangebracht.

Du hast eine schwere Lebensaufgabe zu lösen, Stev. Du kannst es schaffen. Wir glauben an Dich und wir helfen Dir in Liebe und Zuneigung. Die Tagesaufgabe musst Du lösen. Sturheit, Uneinsichtigkeit, Ablehnung, Festhalten an alten Denkmustern helfen nicht. Durch Offenheit Demut, Einsicht, Nachgiebigkeit und den Blick von außen auf Dich wirst Du innerlich freier.

Das ist sicherlich schwer, aber der Weg für Dich. Du wirst immer Stev bleiben, eine Seele, die auf der Erde ist, um zu lernen, um Erfahrungen zu sammeln, Einsichten zu gewinnen und so zu einem höheren Bewusstsein zu gelangen.

> *In Liebe und Zuversicht*
> *drücken Dich*
>
> *Mutti und Vati"*

Eine zweite Reise nach Indien hatte ich mit einer Sportfreundin geplant. Diesmal eine touristische Rundreise im Norden. Einige betrachteten unser Reiseziel mit Kopfschütteln. Wieso möchte man in einige Länder gerne reisen und in andere nicht?

Ich hatte in den Palmblattbibliotheken erfahren, dass ich schon zweimal in Indien gelebt hatte. Wer an Reinkarnation glaubt, für den ist es selbstverständlich. Das ist vielleicht die Antwort, warum ich mich dort sofort wohlfühle. Die Reise berührte mich auf andere Weise. Die Geschichte kennenlernen, die Traditionen, die Städte, das pulsierende Leben. Auf dieser Reise lernte ich Menschen kennen, mit denen wir bis heute guten Kontakt haben. Wer sich auf den Weg macht, dem begegnet etwas Neues. Die Erlebnisse waren intensiv, denn unsere Gruppe bestand nur aus neun Teilnehmern. Die Rundreise ging durch Rajasthan und führte uns von Delhi nach Mandawa, Bikaner, Jaisalmer, Jodhpur, Udaipur, Jaipur, Agra. Es gab außergewöhnliche Begegnungen mit besonderen Tempeln, freundlichen Menschen, Tieren und Palästen. Die Menschen leben ihren Glauben. Großer Reichtum und Armut begegnen sich.

Es gibt Demonstrationen zum Erhalt des bewirtschafteten Landes oder zur Stellung der Frau. Ich will nur ein Foto machen und reihe mich spontan bei den Frauen ein. Sie sind begeistert. Da sehe ich eine Kamera auf mich gerichtet. Oh, jetzt komme ich ins indische Fernsehen. Ich falle auf, denn die Frauen tragen orangefarbene Saris. Wir treffen auf Menschen in einem Dorf mit ihrem einfachen Leben. Sie lächeln uns immer freundlich an. Sie nehmen ihr Leben hin, begleitet vom Glauben an die Verbesserung ihres Schicksals.

Das Land, das sich früh eine Verfassung gab und als Staatsform eine demokratische Republik schuf, steht vor großen Aufgaben. Die Entwicklung wird und muss von innen heraus geschehen. Die Frauen erhielten z.B. seit 1950 umfassendes Wahlrecht, seit 2010 gibt es eine Frauenquote mit einem Drittel im Parlament. Es ist die größte Demokratie der Welt und sicher schwer zu leiten, aber die Veränderungen werden geschehen.

Zurück zu Hause wurde mir klar, dass ich etwas verändern musste. Die Anzahl der Kurse mussten reduziert werden. Zum Beginn des kommenden Jahres beendete ich meine Übungsleitertätigkeit beim Sportverein und reduzierte die Kurse an der Volkshochschule. Die Yoga-Kurse als Teilnehmerin gefielen mir sehr. Ich komme zur Ruhe, versuche die Übungen zu schaffen und kann mich so ganz dem Augenblick hingeben.

Ich schrieb einen Brief an Stev, den 30.: „*Lieber Stev, heute drängt es mich, ein paar Zeilen an Dich zu schreiben. Die Gedanken kommen zu mir und vielleicht kommen sie auch, um Dir durch mich etwas mitzuteilen. Ein neues Jahr beginnt und die Menschen nehmen sich etwas für das neue Jahr vor, was sie bisher nicht geschafft haben. Diese Vorsätze hören sich alle gut an und irgendwann stellen die Menschen fest, dass sie sie nicht erfüllen konnten. Ich beobachte das augenfällig im Fitnessstudio. Im Januar/Februar ist es übervoll, dann flaut es ab und dann ist es gefüllt wie immer. Die Antwort ist einfach und schwer zugleich. So funktioniert das Leben nicht.*
Sicher kann man sich Ziele stellen, aber nur mit Druck und wenn es nicht die sind, die mit den eigenen Aufgaben übereinstimmen, hält man nicht durch, man gelangt nicht dorthin. Was hat das mit Dir zu tun? Du hast Deine Lebenserfahrungen gemacht, in letzter Zeit nur schlimme von gewaltiger, böser Kraft. Du musstest leiden. Das Leiden ist auch Leben. Du hast Dich weiterentwickelt. Deine Seele hat jetzt genug Leid erfahren. Du stehst vor einer Tür, die Du aufstoßen musst. Wenn Du es schaffst, wirst Du erfahren, dass es im Leben nicht nur Leid gibt, es gibt schöne Erlebnisse und Gefühle, die das Leben erfüllen können. Dazu gehört z.B. die Schönheit der Natur, das Gefühl von Weite, frische, saubere Luft, das Meer und der natürliche Rhythmus von Kommen und Gehen. Es geschieht einfach. Sieh in die Natur und Du bekommst die Antwort, wie Du die Tür aufstößt und wie Du weitergehen kannst. Lass es einfach geschehen. Lebe im Augenblick. Das, was man tut, ist nur ein Geschehen, mehr nicht.
Erst durch unsere Gedanken darüber wird es gut oder schlecht.

Ich erinnere mich an einen Vorgang, nachdem wir das Haus gekauft hatten. Ich wollte die lange Hauswand, an der nur das Badfenster war, streichen. Mit einem großen Pinsel ging es nicht, es deckte nicht. Also musste ich einen kleinen Pinsel nehmen und mich mühselig voran arbeiten.

Es hat zwei Tage gedauert. Zuerst war ich wütend, dann ließ es mit der Wut nach, denn es half mir nicht. Die Wand musste ja fertig werden. Je ruhiger ich innerlich wurde, umso leichter wurde es. Es war nur noch streichen. Dann erreichte ich das Ziel und dann kam erst die Freude.

Ich kann nur raten: Lieber Stev, wache auf! Gebe Dich dem Augenblick hin. Lasse es geschehen. Du kannst Dich dem Leben nicht entziehen. Nimm es an, ohne Gedanken an Wut, Angst, Unsicherheit. Wenn Du Dich versuchst zu entziehen, wird es nur aufgeschoben, es wird geschehen. Jetzt oder später. Habe Vertrauen in das Leben. Du wirst erfahren, wie schön es sein kann.

In Liebe Mutti
Liebe Grüße auch von Vati"

Als Antwort erhielt ich von Stev ein Gedicht:

> *„Hm – Jetzt schreibe ich hier*
> *und bin in Gedanken bei dir.*
> *Du bist meine liebe Mutter,*
> *gibst mir immer Futter.*
> *Das Rauchen geht mir aufs Herz,*
> *damit mache ich keinen Scherz.*
> *Ich würde gern aufhören mit dem Rauchen.*
> *Vielleicht soll ich stattdessen lieber Tee*
> *saufen.*
> *Mein Leben war sehr chaotisch,*
> *doch jetzt mache ich reinen Tisch.*

Ich bekomme dabei Hilfe von Gott.
Er räumt auf mit dem Schrott.
Jesus hat mich einfach lieb,
er sieht mich nicht als Mörder und Dieb.
Er vergibt mir meine Taten,
das wurde mir durch die Bibel geraten.
Ich wurde von ihm geschmückt,
das war mein größtes Glück.
Ich danke allen sehr,
jetzt bin ich reicher als ein Millionär.
Und zum guten Schluss,
gebe ich dir hiermit einen Kuss."

Zur Unterstützung wünschte sich Stev regelmäßiger Reiki. Wir verabredeten Zeiten und die ankommende Energie fühlte er immer mehr. Das freute mich sehr und bestärkte mich in der Zuversicht auf Besserung. Stev träumte von seiner Frau in Liebe. Sie ist an seiner Seite und unterstützt ihn. Nun weiß er, dass er nicht allein ist. Dann geschah es. Stev erhielt die Erlaubnis, uns zu besuchen und vier Tage zu bleiben.
Es war der 30. März 2018. Wir holten ihn mit dem Auto ab und fuhren ihn nach Berlin zurück. Er war sicher genauso aufgeregt wie wir. Unser neues Zuhause kannte er nicht. Alles wird neu sein, alles auf ihn einstürzen.
Nach sieben Jahren lag unser Kind nebenan und schlief. Ich konnte nicht schlafen. Das Herz schlug mir bis zum Hals. Die Gedanken kreisten. Sicher würde nicht alles so werden, wie es war, aber es könnte besser werden als es ist. Wir könnten unser Kind wiederbekommen, es könnte wahr werden. Die Gedanken hörten nicht auf. Tränen krochen hoch. Die Glücksgefühle siegten.
Stev hatte genaue Anweisungen zur Einnahme der Medizin und kein Alkohol. Er hielt sich streng daran. Er wollte ins

Leben zurück. Wir danken dem Universum mit all seinen Helfern. Nachdem die Besuche positiv verlaufen waren, durfte er in dem Jahr noch vier Mal kommen und die Aufenthaltsdauer verlängerte sich bis zu sechs Tagen.
Wir hatten gelernt und unsere Ausflüge beschränkten sich auf die nähere Umgebung. Die Menschen strengten ihn am meisten an, deshalb wählten wir Ziele am Wasser und in der Natur. Freude und Lächeln kamen zurück in sein Gesicht. Das tolle Essen bei Muttern wirkte natürlich auch. Es lief so gut, dass das Krankenhaus den nächsten Schritt wagte. Stev fuhr mit dem Zug von uns allein nach Berlin zurück. Seine Aufenthaltsdauer verlängerte sich auf elf Tage. Welch ein Erfolg! Wir sahen aber auch, wie anstrengend Unternehmungen, Menschen, Gespräche für ihn sind. Die Dosis der Tabletten ist sehr hoch, so dass Stev viel schläft. Wir sprechen mit ihm, wenn er möchte. Durch unsere Kontakte schreibe ich weniger Briefe. Sie werden nicht mehr gebraucht. Das Ziel ist erreicht. Stev will leben. Die Erinnerung an die Palmblattbibliothek kommt. Damals gab es die Aussage, dass die Genesung von Stevs Verhalten abhängig ist. Es ist gelungen durch seine Kraft und die Annahme von Hilfe. Wir freuen uns unheimlich darüber und werden in unserem Leben mutiger. Wir mieten uns ein Wohnmobil und fahren gemeinsam mit meiner Freundin und ihrem Mann durch Frankreich. 4.000 Kilometer durch die Normandie. Wir werden stärker und stolz darauf, was wir alles schaffen können.

Für Stev schreibe ich einen weiteren Brief (Nr. 31): „*Lieber Stev, die Frage nach der Gesundheit und ihrer Erlangung beschäftigt die Menschheit schon immer. Zu unterschiedlichen Anlässen werden Wünsche ausgesprochen und dazu gehören besonders Wünsche für gute Gesundheit. Wie steht es mit der Gesundheit? Ist sie* angeboren? Habe ich sie so, wie sie ist, und kann ich mich nur mit ihr abfinden? Kann ich an der Gesundheit überhaupt etwas verändern? Oder ist es eine Illusion? Das, was ich Dir schreibe, ist meine Sicht auf die Gesundheit, sicher gibt es viele andere. Ein Teil unserer Gesundheit ist angeboren, mit der Geburt festgelegt. Kein Mensch ist vollkommen gesund. Die Weltgesundheitsorganisation (WHO) definiert Gesundheit folgendermaßen: ‚Gesundheit ist ein Zustand vollkommenen körperlichen, geistigen und sozialen Wohlbefindens und nicht allein das Fehlen von Krankheit und Gebrechen.‘ Die Frage ist also: Kann ein Mensch diesen vollkommenen Zustand erreichen? Du weißt aus dem Buddhismus, dass es möglich ist, aber ein Leben ist dafür nicht genug. Das körperliche, geistige Leiden ist ein Weg zur Vollkommenheit. Die Krankheit ist also ein Weg der Erkenntnis. Viele Menschen erreichen erst über die Krankheit die Kenntnisse, die sie für ihren Lebensweg gebrauchen. Es ist sozusagen eine Abkürzung zur Bewusstseinserweiterung. Es wäre wundervoll, wenn Körper, Geist und Seele in Balance sind. Die körperlichen Krankheiten, die offensichtlich sind, werden durch Medikamente behandelt.

Die Frage nach der Ursache liegt aber sehr häufig nicht im körperlichen (etwa 70%). Es wäre also gut, nach den seelischen Ursachen zu forschen. Für den Einzelnen ist das aber ohne Hilfe oft unmöglich. Es gehört außerdem ein hohes Maß an Selbsterkenntnis, Selbstkritik, Offenheit und Veränderung im eigenen Leben, also Mut dazu.

Du siehst, es ist sehr schwierig. Ich weiß aber ganz sicher, derjenige, der sich auf den Weg macht, der sich öffnet (vor allem das Herz) und es versucht, wird auch belohnt.

Es ist einfach (und das ist schon schwer genug), an der Verbesserung der körperlichen Gesundheit zu arbeiten. Bekannt ist sehr vieles; Bewegung, Ernährung,

Lebensrhythmus ... Für den geistigen Aspekt ist es so: Balance von Anspannung und Entspannung, Ruhe, Meditation, Atmung, Umgang mit anderen Menschen ... Die Seele in den Fokus zu stellen, ist am schwersten. Ich versuche, es Dir am Beispiel der Depression zu erklären. Die Ursache der Depression liegt in folgenden Charakterschwächen, vor allem in der Zeitverschwendung. Wenn der Mensch auf einem Gebiet seine Zeit nicht nutzt, hat das einen Abzug von Energie zur Folge, z. B. wenn es um mutige Entscheidungen geht, und es wird viel Zeit mit Gedanken der Angst oder mit aufgeschobenen Entscheidungen verbracht. Zeit wird verschwendet, wenn der Mensch dauernd kritisiert oder sich mit Problemen anderer Menschen ‚herumschlägt'.

Immer, wenn man Problemen aus dem Weg geht, anstatt sie zu lösen, verschwendet man Zeit. Das hat einen Energieentzug zur Folge. Es entsteht Unlust, Müdigkeit. Um eine Verbesserung zu erreichen, erfordert das eine große Ehrlichkeit zu sich selbst. Die Erkenntnis, dass alles in mir selbst liegt und nicht bei den anderen ist schon eine harte Erkenntnis. Es erfordert viel Mut, die eigenen Schwächen anzugehen. Dabei ist es erst einmal wichtig, sich selbst zu vergeben für die Fehler, die man schon gemacht hat. Erst wenn wir uns selbst vergeben, können uns auch die Naturgesetze vergeben. Es braucht den festen Entschluss, dass man weitergehen will.

Da das Gehirn das Bindeglied zwischen Körper und Seele ist, benötigt der Mensch zur Verbesserung seiner Situation eine positive Lebenseinstellung. Das ist leichter gesagt als getan. Dazu gehört Dankbarkeit und tägliche Übungen in Konzentration.

Konzentration ist die optimale Zeitnutzung. Bleibe mit den Gedanken bei der Tätigkeit, die Du ausführst. Bleibe im Hier und Jetzt. Beginne den Tag mit voller Konzentration auf das ‚Zähneputzen', das ‚Waschen', das ‚Anziehen', das

,Essen'.

Immer nur eine Tätigkeit nach der anderen ausführen, sonst entsteht Stress. An diesem Beispiel siehst Du, wie schwer es ist, alte Gewohnheiten abzulegen. Aber nur dadurch kann die gegebene Zeit richtig genutzt werden. Damit meine ich das Gesundwerden. Das ,Heilwerden'. Wenn man eigene Schwächen erkennt, sollte man sie bearbeiten. Man wird dafür belohnt, weil man sich besser fühlt.

Das waren ein paar Gedanken zum Thema Gesundheit. Du siehst, es ist schwer, ganz gesund zu werden. Das Entscheidende ist wohl, dass jeder Mensch versuchen sollte, an der Verbesserung zu arbeiten, sich stetig darum zu bemühen.

Ich finde, Du hast schon große Fortschritte erreicht und ich bin überzeugt, dass Du es weit bringen kannst. Jeden Tag, jeden Augenblick ein kleines Stück.

> Wir lieben Dich und
> drücken Dich von
> Herzen
> Mutti und Vati"

Nun war ich mir sicher: Unser Sohn wird wieder gesund, ganz langsam, aber sicher.

Unsere Söhne leben in sehr unterschiedlichen Welten. Wir lernten, das zu akzeptieren. Wir hätten uns gerne mehr Kontakt für die Jungs untereinander gewünscht. Es war aber nicht so. Wir lernten, auch das zu akzeptieren. Das half uns bei der Bewusstseinserweiterung und gleichzeitig bei der Erdung im Hier und Jetzt. Unsere Enkelinnen erfüllten uns mit viel Freude. Wenn wir ihnen unsere Aufmerksamkeit schenkten, wurden wir mit Dankbarkeit in ihren Augen belohnt. Die Tagesaufgaben zu erfüllen, ist notwendig, um nicht abzuheben. Jedes Leben ist wertvoll, egal wie es verläuft. Wir haben unseren Jungs das Leben geschenkt, damit sie genau die Erfahrungen machen können, die sie sich wünschen. Dabei lernten wir auch, uns von unseren Vorstellungen, unseren Wünschen für sie zu lösen. Wir lernten, sie loszulassen im Bewusstsein, dass sie unsere Kinder bleiben. Unsere Bemühungen galten der Unterstützung so, wie wir es leisten konnten.

Ja, egal wie alt sie sind und was sie tun, sie bleiben die Kinder. Das Band der Liebe zwischen Eltern und Kindern kann nicht zerschnitten werden.

Im Jahr der vielen Begegnungen mit Stev schrieb ich nur einen Brief an ihn (Nr. 32):

„Lieber Stev, es war schön zu sehen, welche neue Ausstrahlung Du hast. Es wird formuliert, dass das Innere nach außen kommt. Ich finde, da ist etwas dran. Wenn der Geist gesünder wird und er sich in seinem ‚Haus‘ oder ‚Hülle‘ wohler fühlt, so kann man das äußerlich wahrnehmen. Dabei geht es nicht um schicke Klamotten, sondern um das Wohlfühlen in seiner Haut. Es geht um die Achtsamkeit gegenüber sich selbst. Nach meiner Vorstellung ist der Weg immer vom Geist zum Körper. Die Menschen probieren den Weg vom Körper zum Geist, aber sie stellen immer wieder fest, dass es der lange Weg ist. Die Ernährung ist wichtig, die Pflege des Körpers ist wichtig, die Fitness für einen gesunden Körper ist wichtig. Fortschritte in der Genesung und Bewusstseinserweiterung werden jedoch nur dauerhaft erreicht, wenn der Geist gesünder wird. Das ist der Weg, auf dem klare Verbesserungen erreicht werden. Der Körper, die Hülle, zeigt es uns. Ich habe das Gefühl, Du bist auf dem Weg der Genesung, auf dem Weg der Besserung, der Verbesserung. Du beginnst, das Leben leben zu wollen. Mir fällt ein Bild dazu ein: Das Leben ist ein Fluss, er ist in ständiger Bewegung mit unterschiedlicher Stärke. Er fließt über

*Sand, Steine, Geröll. Der Fluss besitzt eine große Kraft,
vieles mitzureißen. Manchmal gibt es Steine, die zu schwer
sind und liegenbleiben. Das Wasser strömt vorbei.
Du warst ein Stein, der festlag. Was kannst Du tun, um
wieder loszurollen? Lasse das Leben zu, lasse es geschehen
und sei offen für das, was kommt. Du kannst den Fluss von
der Quelle bis zur Mündung im Meer nicht beeinflussen,
nur Deinen augenblicklichen Standort.
Du bist das Leben, Deine Welt bestimmt Dein Leben. Bleibe
bei Dir und glaube an Dich.
Habe Vertrauen zu Dir und zum Universum. Glaube an
Dich und Deine Kraft.
Nimm Dich an, wie Du bist.
Sei achtsam zu Deinem Geist und Deinem Körper durch
Wort und Tat. Bitte um Hilfe und nimm sie dankbar an.
Es werden Rückschläge kommen. Es wird Menschen geben,
die Dir nicht vertrauen.
Du wirst Fehler machen. Es werden Dich unterschiedliche
Gefühle treffen. Das ist das Leben. Nimm es an, wie es ist.
Du bist und bleibst im Leben.
Vielleicht haben Dir meine heutigen Worte geholfen. Ich
drücke Dich von Herzen.*

Wir haben Dich lieb und das ist die größte Kraft von allen

Mutti und Vati "

Ich nahm regelmäßig an Yogastunden teil und durfte als Vertretung die Stunde auch mal leiten. In einer Stunde lernte ich das Meditieren mit geöffneten Augen, ohne das Augenlid zu bewegen. Dabei ist der Blick auf einen Gegenstand gerichtet. Der Gegenstand war eine Kerze mit Halter. Es gehört etwas Übung dazu. Nach einer Weile, die Zeit ist immer schwer einzuschätzen, bewegte sich die Kerze für mich. Das beeindruckte mich total. Es faszinierte mich so sehr, dass ich weiter übte. Durch diese Übung gelang es mir in kurzer Zeit, in diese Meditation zu finden. Eines Tages eröffnete sich für mich eine neue Welt. Alles, was mich umgab, war von einem hellen Licht umgeben und das Gefühl dabei kann ich als losgelöst, friedlich und harmonisch beschreiben. Ein Blick aus dem Fenster zeigte, dass die Häuser von diesem Licht umrandet sind. Wenn ich jetzt in eine Kerze oder Lampe mit offenen Augen schaue, sehe ich auch das helle Licht um jeden Menschen. Mich erinnert es an die Vorstellung von Engeln. Nun weiß ich es. Es gibt diese „Engelsenergie". Sie ist überall in unserer Nähe. Das Licht der Liebe. Es kam ein Buch zu mir, so wie man nach einem Buch im Laden greift, ohne zu wissen, warum. Der Titel lautet: „Das Heilgeheimnis der Engel – Himmlische Botschaften für Krankheit und Not" von Doreen Virtue. Sie erhielt ihre Botschaften durch das „Automatische Schreiben". In diesem Buch gibt sie praktische Anleitungen für eine Kommunikation mit der geistigen Welt. Ich wurde neugierig. Las es und legte es weg. Nach einiger Zeit fasste ich Mut und wollte es ausprobieren. Am Anfang ist eine Anspannung da und eine Ungewissheit. Wichtig ist, ohne Erwartung zu sein, es geschehen zu lassen. Rituale, die ich selbst bestimmt hatte, erleichterten die Konzentration und die Aufmerksamkeit auf das Schreiben. Auf den ersten Seiten sah es aus wie Gekritzel ohne Sinn. Später erkannte ich Worte und dann kamen Sätze. Die Wörter höre ich durch meine Stimme.

Erst wenn ich fertig bin und der Kugelschreiber aus der Hand fällt, lese ich genau, was ich geschrieben habe. Mir wurde viel Vertrauen von der geistigen Welt zugesprochen und ich erfuhr auf diesem Weg meine Aufgabe, für die ich vorgesehen war. Ich sollte ein Buch schreiben. Ich habe das Gefühl, dass ich es schon immer wusste, nur nicht den Mut hatte, es zu tun. Nun ist es raus. Ich hoffe, die Worte erreichen die Menschen, die offen dafür sind.

Das kommende Jahr wurde für uns ein ganz besonderes. Es begann mit der Anhörung für Stev vor dem Landgericht Berlin. Der behandelnde Arzt des KMV und Stevs Rechtsanwalt wurden gemeinsam mit Stev vor das Gericht geladen und die Gutachten über den bisherigen Krankenverlauf konnten vorgebracht werden. Nach acht Jahren im geschlossenen Krankenhaus des Maßregelvollzugs gab es für Stev die Möglichkeit, einen nächsten neuen Schritt zu gehen.
Wir durften Stev nur bis vor das Gebäude begleiten. So setzten wir uns auf die gegenüberliegende Straßenseite in ein Café und warteten gespannt, nervös auf das Urteil. Was wird beschlossen? Da waren wir wieder nach acht Jahren. Wir hatten keinen Einfluss und mussten jede Entscheidung akzeptieren. Wir hofften auf das Beste. Das Gefühl ist schwer zu beschreiben. Wir kannten es, aber diesmal fiel es uns leichter. Wir waren fest überzeugt, es wird gut ausgehen. Als die drei Männer aus dem Gerichtsgebäude herauskamen, versuchte ich in den Gesichtern etwas zu erkennen. Ja, tatsächlich. Sie lächelten. Ich lief auf Stev zu und umarmte ihn. Nun hörten wir, was beschlossen wurde. Stev wird aus dem Krankenhaus des Maßregelvollzugs mit einer Bewährungszeit von fünf Jahren entlassen. Er erhält einen Therapieplatz im angeschlossenen Therapiezentrum bei Neukloster, in Ravensruh. Die Erleichterung glitt vom Kopf über das Herz in die Beine. Die Tränen der Freude

konnte ich nicht unterdrücken.

Das Median-Therapie-Zentrum hat einen guten Ruf. Wer bereit ist, kann einen wichtigen Schritt ins Leben gehen. Wir freuten uns auch, weil Stev näher bei uns ist. Die Dankbarkeit für die Ärzte des Krankenhauses und für unseren Rechtsanwalt ist groß.

Ich schreibe einen letzten Brief, den 33. an Stev: *„Lieber Stev, nun geht Deine bewegte Zeit in Berlin zu Ende. Wir denken in diesen Tagen besonders viel an Dich und an das, was hinter uns liegt. Es gehört sicher dazu, zurückzublicken auf diesen Lebensabschnitt, um ihn besser loslassen zu können. Alles, was geschehen ist, bleibt in uns. Wir haben es erlebt, erfahren und mussten unsere Aufgabe erfüllen. Jetzt beginnt ein nächster Lebensabschnitt. Ich bin mir sicher, dass Du das, was jetzt kommt, gut bewältigen wirst. Du besitzt die Stärke, die Geduld, die Unterstützung und das Wissen, das Notwendige zu tun (Auch wenn es das ‚Nichtstun‘ ist). Dein Weg geht weiter und ich habe das Gefühl, es wird Dich noch weit bringen. Bleibe immer in der Liebe, sie ist die entscheidende Energie. Du hast das dunkelste Gefühl erlebt, die Ohnmacht, ausgeliefert zu sein. Jetzt geht Dein Weg zum Licht hin, zu mehr Bewusstheit und Einflussnahme. Wenn Du unsicher bist, vertraue auf das Gefühl der Liebe. Dieses Gefühl ist immer die Wahrheit. Mit jeder Tagesaufgabe geht es im Leben einen kleinen Schritt weiter. Bleibe offen, verständnisvoll für andere Menschen. Die Balance zwischen Geben und Nehmen zu halten, wird Dir guttun. Nur Geben ist nicht gesund. Es macht Dich müde, antriebslos, angespannt. Nur Nehmen ist für Dein Wohlbefinden nicht zu empfehlen, denn es macht Dich unachtsam, überheblich, egozentrisch. Vati und ich haben Dich in schwerer Zeit begleitet. Wir taten es mit dem, was wir konnten. Wir werden natürlich*

*auch weiter für Dich da sein, aber es beginnt ein neuer
Abnabelungsprozess. Du kannst jetzt langsam, ja, ganz
langsam Deine Lebensvorstellungen, -wünsche, -
möglichkeiten verwirklichen. Es liegt bei Dir, welche es
sind, Du wirst so zu Dir selbst finden.*

*Wir lieben Dich von Herzen, immer. Wir wünschen
Dir ein Leben mit mehr Sonnenschein, Freude und Erfolg*

*Es drücken Dich
Mutti und Vati"*

Um die Angst vor dem Reisen zu verringern und die
Selbständigkeit zu verbessern, durfte Stev von Berlin aus
die Aufenthaltsdauer bei uns langsam verlängern. Er hielt
sich konsequent an alle Regeln, z.B. kein Alkohol und
regelmäßige Einnahme der Medikamente. So fuhr er
schließlich eine Fahrt mit der Bahn von Berlin zu uns
alleine und die Urlaubstage erhöhten sich von vier auf elf.
Das war ein großer Erfolg und machte ihn selbstsicherer.
Nach dem Gerichtsbeschluss über den weiteren Verlauf von
Stevs Leben fuhren wir gemeinsam zur Vorstellung nach
Ravensruh. Unser Eindruck war sehr gut. Eine alte
landwirtschaftliche Wirtschaft mit Gutshaus, Stallungen
und Nebengelass wurde zu einer Einrichtung mit vielen
Möglichkeiten umgebaut. Eine Schule, eine Tischlerei,
Gärtnerei, Küche, Sportgeräte, Therapieräume, Zimmer für
zwei Personen und sogar Wohnungen gab es auf dem
Gelände. Der Weg zum nächsten Ort (3 km) und mit dem
Bus zum Einkaufen (7 km) hatten den Vorteil, dass es sich
ruhig und entspannt lebte. Die Hektik kam hier nicht herein.
Der Nachteil zeigte sich bei der Möglichkeit, uns zu
besuchen. Stev nahm die Anreise mit Bus, Bahn und
umsteigen gern auf sich, denn wir brachten ihn mit dem

Auto zurück. Stev blieb drei Jahre dort.

Er hatte angenommen, dass es weniger Zeit sein würde. Wir wussten, dass es so kommt, wie es sein muss. Wenn es soweit ist, wird es geschehen. Geduld hatten wir gelernt. Im selben Jahr gab es für uns einen weiteren Höhepunkt. Wir feierten unsere Goldene Hochzeit. Das war auf der Gefühlsebene ein Spagat. Mein Mann wollte nicht feiern. Er wollte keinen Aufwand und keine Organisation. Also gut, dachte ich. Ich möchte aber. Dann entwickelst du einen Plan für eine Feier nach deinen Vorstellungen, mit der dein Mann einverstanden ist. Ich kannte eine kleine Kirche, die von der Stadt verwaltet wird. Unser Sohn Frank hatte hier standesamtlich geheiratet. Zu der Kirche passt eine junge Pastorin mit modernen Auffassungen. Wir sprachen mit ihr und entschieden uns für eine Kerzenzeremonie. Ein Musiker wurde leicht gefunden, mein Musiklehrer. Ich hatte eine Flamenco-Tänzerin kennengelernt, die gern zu einem Auftritt bereit war. Ich musste dafür eine Tanzstunde in ihrer Gruppe mittanzen. Der Flamenco ist wirklich sehr schwer zu tanzen. Ich bekam großen Respekt. Wen wollten wir einladen? Wie entschieden uns vor allem für Freunde und Bekannte, die uns auf unserem Weg begleitet hatten. So entwickelte sich eine bunte Feierstunde und eine gute Stimmung bei herrlichem Wetter, einem kleinen Büfett im Freien, Musik, vielen Gesprächen und Ausklang im Familienkreis. Mein Mann zeigte sich glücklich und dankbar für meine Ideen und die Initiative, eine Feier auszurichten. Ich glaube, dass es richtig war, eine so lange Gemeinsamkeit zu feiern. Im darauffolgenden Sommer folgte eine Hochzeitsreise durch den Westen Amerikas. Eine Rundreise von Los Angeles, Santa Barbara, Carmel, Monteray und San Francisco. Die Nationalparks Yosemite, Zion, Bruce Canyon, Grand Canyon und Joshua Tree mit ihrer Natur beeindruckten uns gewaltig. Die Route 66 gehört natürlich zu dieser Reise, Las Vegas, Palm Springs.

Ich versuchte mich im Roulette und gewann. Immerhin wurden aus 40 $ 200. Unsere Eindrücke werden für immer bleiben. Wir sind zurück in der „Stadt der Engel". Besonders gefällt uns das Planetarium über der Stadt. Wir wären gerne länger geblieben.

Hollywood, Beverly Hills und die Strände von Santa Monica, Venice Beach einmal zu sehen, beeindruckend. Die Welt scheint dort offen, groß, bunt für jeden und nach seinem Geschmack. Es gelingt für einen Moment, sich treiben zu lassen, zu genießen.

Das gesamte Jahr war mit Unternehmungen, Veranstaltungen und Besuchen besonders abwechslungsreich. Das Leben griff nach uns und wir saugten es auf. Wir waren bereit dafür. Die Erleichterung über die Entlassung von Stev aus dem Maßregelvollzug fiel wie ein Stein von uns ab. Wir freuten uns auf eine leichtere Zeit. Ich bin nicht sicher, ob ich hungrig auf Erlebnisse, Erfahrungen war. Wahrscheinlich ja. Wir besuchten Freunde, gingen mit ihnen essen oder tanzen. Wir hörten Konzerte, Musicals und sahen Ballett. Wir betreuten unsere Enkelin, verbrachten Zeit in unserem Garten an der Ostsee. Ich bin mir nicht sicher, ob ich ahnte, dass im nächsten Jahr die Welt stillsteht und eine Pandemie ausbricht.

An der Volkshochschule leitete ich fünf Kurse mit Einsatz und Freude. Unsere Besuche bei Stev gestalteten sich mit kürzerem Abstand und wir konnten sie mit einem Tagesausflug verbinden. Wir beobachteten, wie sich unser Junge ganz langsam entwickelte zu einem eigenständigen Leben. Ich konnte ihn dabei aus der Ferne unterstützen, indem ich ihm mit Hilfe von Reiki Energie schickte.

Das Therapiezentrum war für Stev ein großer Schritt zur Selbsterkenntnis, zum Umgang mit seiner Krankheit und zum Mut etwas auszuprobieren ohne Angst, dass es falsch ist. Er wollte keine Fehler machen und sich anstrengen, die gestellten Forderungen zu erfüllen. Er traf dort auf Betreuer mit Verständnis, sehr individuelle, offene Gespräche auf die Frage: „Was kann ich tun?" Stev wurde mehr und mehr in den Schulalltag einbezogen und bekam neue passende Aufgaben.

So hielt er einen Vortrag mit Erfolg über den Buddhismus oder war bereit, Nachhilfe in Mathematik zu geben. Hilfsarbeiten bei der Organisation brachten ihm neue Erkenntnisse über den Schulalltag. Dadurch veränderte sich seine Einstellung zu den Lehrern insgesamt. Die täglichen Aufgaben wie Wäsche waschen, Zimmer aufräumen, putzen gelangen ihm langsam besser durch regelmäßige Kontrolle. Wir waren immer voller Hoffnung und Zuversicht. Es wird besser und vielleicht irgendwann alles gut. Stev fällt es schwer, Kontakt mit anderen Menschen aufzubauen und auszuhalten.

Telefonate führt er regelmäßig mit zwei früheren Mitbewohnern aus Berlin. Er vermeidet bis heute die Menschen und zieht sich zurück. Wir geben nicht auf. Auch das kann sich ändern.

Das Jahr der vielen Ereignisse endete noch nicht. Ich flog mit einer guten Bekannten für zwei Wochen zu einer Ayurvedischen Kur nach Sri Lanka. Unsere kleine Gruppe von sechs Leuten traf sich in Berlin und der Flug endete in Colombo. Wir kamen im November dort an und spürten die Nachwirkungen des Attentats im April. Unser Ziel ist das Ayurveda Center in Bentota. Eine tolle Anlage, aber wenig Gäste. Wir sind gespannt, wie die Kur ablaufen wird, denn der Ursprung des Ayurveda liegt hier in Indien und Sri Lanka.

Nach dem Arztbesuch mit Untersuchung wird uns der Lebenstyp, der wir sind, genannt. Ich bin ein „Vata" und erhalte den extra für mich angefertigten Tee aus Kräutern.

Sehr, sehr bitter. Die Untersuchung besteht aus einer Pulsmessung, einem Blick in die Augen und auf die Zunge. Als Nächstes gibt es ein vollständiges Kaffeeverbot. Oh, je! Ich trinke nicht viel, aber gern drei Tassen am Tag. Wie werde ich damit fertig? Erstaunlich gut. Nur zwei Tage Kopfschmerzen. Das Verbot gehört zur Entgiftung. Das Essen ist vegetarisch mit frischem Fisch, viel Obst und Gemüse. Sehr gut. Omelett zum Frühstück bekomme ich nicht. „Der Doktor hat Nein gesagt". Den ganzen Tag steht eine Person neben dir beim Essen und schenkt Wasser nach. Thermosflaschen mit Wasser gibt es mit auf das Zimmer. Für die Entgiftung. Die Hauptentgiftung steht uns noch bevor. Dafür gibt es zwei kleine Kräuterkügelchen und für jeden ein Extrazimmer mit Toilette. Ich habe die Anzahl der Gänge nicht gezählt, es sollten 12 bis 16 sein. Da kommt wirklich alles heraus und der Darm ist leer. Die Einheimischen machen das jedes Jahr ein bis zwei Mal. In den Behandlungsräumen stehen uns zwei Masseurinnen zur Verfügung, die uns gleichzeitig behandeln. Danach eine Ruhezeit auf dem Gelände. Die Sauna gefiel mir besonders. Sie wird mit Kohle geheizt. In der Mitte liegen viele Kräuter unter einem Gitter und verströmen ihre Düfte. Fantastisch! Durch die wenigen Gäste waren die Behandlungen gegen Mittag beendet und wir schauten gerne zum Strand, zur Shopping Meile in Ahithgama. Hier leben Buddhisten, Islamisten und Christen in einer Stadt. Das beeindruckte mich sehr. Wieso funktioniert das nicht auf der ganzen Erde?

Die Entgiftung bezieht sich nicht nur auf den Körper, auch auf den Geist. Ich war gespannt, wie das geschehen sollte. Die einfache Methode überraschte mich schon. Ich legte mich auf die Massageliege. Über mir befand sich eine Querstange, an der ein Gefäß mit warmem Öl an einem Band befestigt war. Die Höhe wurde jetzt genau über meinem Kopf eingestellt und das Gefäß in leichte

Schwingungen versetzt. Ein feiner Ölstrahl ergoss sich genau über meiner Stirn. Die Haare waren mit einem Tuch bedeckt. Ein angenehmes Gefühl von Behaglichkeit und Ruhe erfüllte mich. Nachdem der Guss beendet war, streifte man mir eine Haube mit Gummizug über den Kopf. Diese musste ich drei Tage und Nächte tragen. Nach jeder Behandlung standen Liegen und der persönliche Tee bereit für eine Ruhepause. Ich glaube gerne durch Erfahrung und ich erhielt die Erfahrung. Mein Geist öffnete sich während der Entspannung. Ich sah vor dem geistigen Auge einen weißen Vorhang, der sich öffnete. Hinter dem Vorhang stand eine lange weiße Tafel mit weißgekleideten Menschen, die ich nicht kannte. In der Ferne zeigten sich Berge, Seen und eine wunderbar leuchtende Sonne. Mich erfasste ein Gefühl von Glückseligkeit, wie ich es noch nicht gekannt hatte. Ich wollte es festhalten, aber der Vorhang schloss sich wieder. Schade! Wie schön kann die geistige Welt sein.

In unserer Gruppe gab es persönliche Kontakte nach Sri Lanka. So wurden wir zum Essen eingeladen oder konnten einen Ausflug in die Berge unternehmen zu einem Besuch bei Verwandten des Fahrers. Die private Atmosphäre gab einen tieferen Einblick in das Leben in diesem Land. Die Menschen sind sehr freundlich, bescheiden, hilfsbereit und ich spürte die Achtung vor allen Lebewesen.

Auf einem Ausflug zum größten Buddha des Landes darf ich einen Elefanten füttern und streicheln. Ein erhabenes Gefühl mit Beigeschmack. Das Tier ist angekettet.

Bentota liegt direkt am Indischen Ozean und der Strand ist fantastisch. Jeden Morgen heißt es Wecker stellen, um 6.00 Uhr zum Yoga und am Nachmittag nochmals um 17.00 Uhr im Hotel. Da gehen wir zwischendurch zum Strand.

Zum Abschluss der Kur erhalten wir ein Blütenbad. Die Blüten werden frisch gepflückt für eine Badewanne voll. Das Gefühl ist auf einem Foto gut zu erkennen. Ein klarer, entspannter Blick mit einem Blütenmeer um den Körper. Volles Wohlgefühl. Ja, die Kur war für mich und meine Sportfreundin teilweise anstrengend, aber das Ergebnis kann sich sehen lassen. Ein voller Erfolg! Ein glückliches Jahr geht zu Ende. Eine Speichermöglichkeit für Glück gibt es leider nicht. Ich hätte gerne einen Teil davon für die kommende Zeit aufgehoben.

Das neue Jahr beginnt wie immer. Ich leite Kurse an der Volkshochschule, Besuche, Yoga-Unterricht, wir haben verschiedene Kontakte zu unseren Kindern und Freunden, der Garten beginnt zu rufen, Gespräche mit Betreuern im Therapiezentrum.
Im März dann der Paukenschlag. Eine Pandemie geht um die Welt. Die Angst geht um, die Ungewissheit, die Hilflosigkeit. Die Menschen sterben allein auf irgendwelchen Fluren ohne Beistand. Die Menschen vereinsamen in der Isolation. Die Kinder vermissen ihre Freunde. Diese riesengroße Unsicherheit fährt den Menschen durch die Glieder und den Geist. Die Orientierung geht verloren. Was soll ich tun?
Können wir überhaupt etwas tun oder sind wir dem Geschehen ohnmächtig ausgeliefert?
Wir dürfen zu unserem Garten an der Ostsee, nur die, die hier wohnen. Die Strände menschenleer. Die Geschäfte, Restaurants, die Campingplätze geschlossen. Die Ruhe ist ungewohnt, unnatürlich und beängstigend zu gleich. Wie weiter? Was kommt noch? Der Mensch ist ein gesellschaftliches Wesen und nun wird er aus der Gesellschaft gerissen und ins Abseits gestellt. Das ist schwer auszuhalten. Es hilft das Bewusstsein, dass wir nie alleine sind. Die geistige Welt ist bei uns.
Im Juni kommt es endlich wieder zu Kontakten mit den Kindern und Freunden. In diesem Sommer sind wir besonders froh über unseren Garten. Wir sind draußen,

denn alles ist geschlossen. Das öffentliche Leben kommt wieder zum Erliegen.

Die Krankenhäuser sind überfordert. Das Ziel ist die Vermeidung von Kontakten, um die Ausbreitung der Pandemie einzuschränken. Außerdem wird fieberhaft auf der Welt an neuen Impfstoffen geforscht und das Impfen empfohlen, gefordert.

Im Rückblick empfinde ich das Jahr 2020 als ein Jahr des Innehaltens, der Besinnung, sowohl für die Familie als auch für die Gesellschaft. Was ist wirklich wichtig im Leben? Ist der Rhythmus des Lebens gut so, wie er ist oder folgt eine große Veränderung? Jeder weiß, dass Leben Veränderung ist und nichts bleibt so, wie es ist.

Nun kommt die Veränderung wie ein Donnerschlag auf die Menschen zu.

Meine Kurse an der Volkshochschule beginnen wieder, die Begegnungen werden langsam mehr und trotzdem fühle ich die Zurückhaltung und Zerrissenheit der Menschen.

Sie möchten weitermachen wie bisher, aber das ist nicht möglich. Sie suchen nach neuen Wegen und werden dabei manchmal ungeduldiger.

Als wir glauben, die Pandemie mit „Corona" überstanden zu haben, kommt sie zurück. Die Natur zeigt uns, wer stärker ist. Der Verstand kann es nicht fassen und die Menschen fühlen sich hilflos. Haben wir denn nicht schon genug gelitten? Wahrscheinlich nicht. Was sollen wir lernen? Alles steht wieder still. Die Vorhaben fallen aus, vieles ist geschlossen. Gibt es etwas Gutes an dieser Stille? Vielleicht ist es das Innehalten, das wir lernen sollen, das Zur-Ruhe-Kommen. Eine gesellschaftliche Besinnung, eine Meditation. Die muss der Einzelne erst einmal aushalten. Sie wollen nicht gezwungen werden. Da hilft nur, die Veränderung annehmen, wie es ist. Hoffnungsvoll sein, dass es gut wird. Vertrauen besitzen in eine Kraft, die mehr weiß als wir.

Unser Stev bekam eine Anhörung in Berlin am Gericht und es wurde entschieden, dass er im Therapiezentrum bleibt. Er hatte die Hoffnung auf eine Verkürzung des Aufenthaltes. Die erfüllte sich nicht, aber wir hatten Geduld gelernt und das Positive anzunehmen. Wir konnten Stev in der Therapie treffen und für einen Tag etwas Schönes unternehmen. Ich wusste, es ist immer anstrengend für ihn, aber er freute sich trotzdem und zeigte seine Dankbarkeit. Ich feierte meinen 70. Geburtstag im kleinen Kreis. Die äußeren Umstände brachten mir Demut in Bezug auf meine Gesundheit. Ich leitete drei Kurse in der Woche an der Volkshochschule und musste einsehen, dass die Zeit für ein Ende gekommen war. Mein Herz meldete sich. Es schlug unregelmäßig, manchmal blieb es stehen in der Nacht. Die Luft wurde knapp. Ich bin älter geworden. Das ist eine Tatsache. Ich fasste den Entschluss, meine Tätigkeit als Übungsleiterin zu beenden. Der Verstand folgte dem Herzen. Gut, dass wir Signale vom Körper erhalten. Ich wollte unbedingt auf sie hören. Eine wundervolle Zeit kam auf uns zu.

Nach einem langen Urlaub in der Sonne erhielten wir die Nachricht vom Ende der Therapie. Stev konnte in unsere Stadt kommen. Wir wollten alles dafür tun, dass es klappt. Zuerst eine eigene Wohnung für ihn finden. Die Schwierigkeiten auf dem Wohnungsmarkt kannten wir. Es ist eine große Herausforderung, eine passende zu finden. Ich glaube, wir hatten dabei Unterstützung durch das Universum. Wir waren die Einzigen, die Stev `s jetzige Wohnung besichtigen durften. Er brauchte eine Tagesstätte, in der er betreut werden konnte. Ein Hausarzt und ein Psychiater mussten gefunden werden. Besuche beim Jobcenter und bei einem Bewährungshelfer sind weitere Voraussetzungen für eine Entlassung. Da Stev durch das Gericht zu einer Bewährungszeit von fünf Jahren verurteilt wurde, bestimmte das Gericht einen Betreuer für diese Zeit.

Praktische Fragen wie Krankenkasse und Versicherung waren zu klären.

Um die Angst bei Stev zu nehmen, begleitete ich ihn bei jedem ersten Besuch. Ich bin davon überzeugt, dass ein Mensch ohne Hilfe diese vielen wichtigen Aufgaben nicht erfüllen kann. Wir haben es geschafft und Stev kommt nach elf Jahren ins Leben zurück. Er bestimmt mich zur „Innenarchitektin" seiner Wohnung. Das bin ich natürlich gerne.

Es kommt jetzt auf ihn an, wie bereit er für das ist, was von ihm verlangt wird. Besitzt Stev genügend Energie, um durchzuhalten. Geldangelegenheiten regelt er selbständig, Termine hält er ein, Wäsche waschen klappt. Das Aufräumen und die Sauberkeit in seiner Wohnung werden stetig besser. An die Körperpflege denkt Stev und er bleibt clean. Kein Alkohol, keine Drogen. Alles kann nicht gleich rundlaufen. Die Dosis der Medizin ist hoch und mancher Tag wird verschlafen. Bestimmt kann sie noch verringert werden.

Wir machen auch traurige Erfahrungen mit der Ankunft von Stev. Einige Menschen, die wir schon lange kennen, wenden sich von uns ab. Wir können das Geschehene nicht ungeschehen machen, wir müssen damit leben. Wir wollen leben.

Stev ruft jeden Tag bei uns an. Wir reden offen und ehrlich miteinander. Das freut uns sehr. Am Wochenende besucht er uns regelmäßig. Er braucht uns, sein Weg war steinig und sehr schwer. Wir sind in der Liebe geblieben und das ist der Schlüssel. Durch sie konnten wir ihn begleiten und erhielten die nötige Energie.

Nun sind über ein Jahr vergangen und die Fortschritte sind zu sehen und zu fühlen.

Ein Brief aus Berlin trifft ein mit einem neuen Gerichtsbeschluss. Er beinhaltet die Verkürzung der Bewährungszeit auf vier Jahre. In ein paar Monaten ist sie zu Ende. Wir fallen uns in die Arme. Eine Erleichterung, Freude, Anerkennung, Hoffnung und Motivation. Die Tür zu einem neuen Lebensabschnitt ist offen mit mehr Selbstbestimmtheit. Stev will hindurchgehen in voller Bewusstheit.

Was für eine Lebenserfahrung! Ein Geschenk für mich, für die Familie, für alle, die es annehmen wollen. Die Gefühle werden für immer bei mir bleiben. Die Liebe überwindet alles.